W9-BSX-882

La segunda amante del rey

ALONSO CUETO

LITERATURA RANDOM HOUSE

LA SEGUNDA AMANTE DEL REY

Primera edición: junio de 2017
Primera impresión en Colombia: octubre, 2017

Literatura Random House es un sello editorial de
Penguin Random House Grupo Editorial S. A.

Diseño de portada: Penguin Random House Grupo Editorial
Fotografía de portada: Apollo Studio

Avenida Ricardo Palma 341, Oficina 601, Miraflores, Lima, Perú

Cra. 5A N.° 34-A-09, Bogotá D.C., Colombia
PBX (57-1) 743 0700
www.megustaleer.com.co

Impreso en Colombia-*Printed in Colombia*

ISBN: 978-958-8979-87-8

Impreso en Nomos Impresores, S. A.

Penguin
Random House
Grupo Editorial

A Gustavo Guerrero y Carlos Granés,
ascendiendo volcanes.

Ah! croyez—moi, Vicomte, quand une femme frappe dans le cœur d'une autre, elle manque rarement de trouver l'endroit sensible, et la blessure est incurable.

(LETTRE CXLV, LA MARQUISE DE MERTEUIL
AU VICOMTE DE VALMONT).
"Les liaisons dangereuses". Choderlos de Laclos

Al caer la mariposa, se convirtió en la laguna de Suchiche.

Leyenda de Tarapoto,
San Martín

I

DOMINGO, 6 A.M.

Era una línea que se iniciaba en la sien, se ocultaba en una ceja, y reaparecía dura y profunda, al final de la mejilla. Lali la había visto antes, pero no con la fuerza que mostraba en ese instante en la cara de su marido, el señor Gustavo Rey.

Estaba a punto de amanecer, una neblina iluminaba la ventana. Los dos en el dormitorio.

Lali, sentada en la cama, con su piyama verde, el cuello erguido, los pies atentos en el piso. Él, recién llegado, húmedo, incierto, el terno iluminado por la corbata azul. Ella misma se la había escogido, unas horas antes, le quedaba muy bien.

Los ojos de Gustavo parecían cansados, pero tenían una luz tierna y desamparada que activaba el resto del cuerpo.

Lali se llevó una mano a la boca. No había duda.

Era el amor.

En realidad, el trazo del amor. El garabato que la ilusión siembra en las caras de los hombres, un diseño de ruinas precoces.

Estaba amaneciendo. La luz pálida se formaba en la ventana, como un mensaje que llegaba desde el reverso del tiempo. El silencio aclaraba los bordes de las sillas, definía las pelusas de la alfombra, fijaba el perfil de la estatua que la miraba desde el rincón.

Ella, acostada ahora en el cojín, apoyada en el hombro, buscando las palabras que le dieran sentido a la quietud ominosa. Él, con las piernas inciertas, titubeando en el polvo que se alzaba.

—Tengo que decirte algo, Lali. Tengo que hablar contigo.

Después de las primeras frases, todo eso parecía tan predecible y banal, tengo que decirte algo, tengo que hablar contigo, y, sin embargo, esas eran las sílabas aterradoras que había previsto, mientras la luz fijaba sus posiciones en el aire. La pausa se iba prolongando. El silencio había surgido para insinuar la verdad. Era la advertencia que la vida cotidiana ya le había hecho en ese mismo dormitorio. Lali se quitó las sábanas de encima.

Gustavo avanzó hacia ella y se sentó al borde del colchón, una imagen que surgía del sueño, un pobre ángel que había aterrizado en ese piso, con las solapas arrugadas, una mano suplicante y sostenida que despedía una sombra. Casi se veía hermoso en ese instante.

Gustavo. Gustavo Rey. El señor Gustavo Rey.

Su marido o su esposo, había dos modos de decirlo. Había pasado de novio a esposo y de esposo a marido con los años. Su nombre se había ido deteriorando. Iba a quedarse allí. Un marido

Gustavo, el extraño con el que vivía, al que necesitaba, sin el cual no podía... Por un instante, le pareció que era otro.

Sí, era tan raro verlo así.

Gustavo y ella se habían casado veinticinco años antes, y, sin embargo, en ese momento, ese hombre era un forastero para el muchacho que había sido, el que ella conocía mejor que este, el que había aparecido entre el humo de una fiesta esa noche, cuando se habían visto por primera vez. Ahora, con las canas y las arrugas que lo envilecían, se inclinaba hacia ella, resquebrajado por el amor, suplicante y vago, protegido por esa sombra de un perfume ajeno.

—¿Qué pasa, Gustavo?

—Tenemos que hablar, Lali.

No se veía como en los casos anteriores, en esos instantes previos a la confesión, seco y alzado, con los ojos desafiantes, dispuesto a ejercer su oficio de empresario próspero, la versión del hombre exitoso y dueño de todas las situaciones, cuyo rango en la oficina y en la casa le permite unas infidelidades menores.

En esas ocasiones, cuando ella había descubierto alguna de sus aventuras, se había enfrentado a una estatua comprensiva. Él había terminado admitiendo las acusaciones, había liquidado a la fulana de turno, había vuelto a su vida de la casa, perdona, fue una tontería de mi parte, te prometo que no vuelvo a meterme con una huevona, ya nos olvidamos de eso mejor. Se había disculpado siempre, pero antes había cumplido con hacer notar su lugar en el mundo.

Al fin y al cabo, era el Rey. El señor Gustavo Rey. Lo decían sus amigos. Lo decían los periodistas. Había fundado la gran empresa de seguros El Ángel, y además tenía acciones en el banco, y había comprado esa casa para amoblarla con su arrogancia, la casa decorada con esas lámparas de pantallas altas, alfombras persas y sillones de espaldares grandes, con fotos de sus padres y sus hermanas y sus hijos pequeños en un yate, alzando la mano a su lado. El mismo señor Gustavo Rey que se había comprado el primer Audi de cien mil dólares equipado con un sistema de sonido estereofónico, en Lima. El carro que manejaba a todas las fiestas para mostrarlo a sus amigos. Gustavo, que aparecía de pie, mirando a la cámara con una sonrisa indiferente, la habitual sonrisa sesgada, a medio hacer, de su inobjetable espacio privado, alzando una copa brillante en el centro de esa luz donde el resto del mundo se perdía.

Había sido muchos otros, pero para Lali nunca había dejado de ser ese hombre. Lo había visto lavarse los dientes en piyama, pero también salir al trabajo con un terno reluciente. La gente la conocía como Lali de Rey. No podía ser alguien distinto. Ser la señora Rey tenía muchas ventajas. Si Gustavo la dejaba… sonaba algo irreal. No podía dejarla. Para ella, sería como renunciar a sí misma, a su imagen, a su nombre. Sobre todo, su nombre.

Era mejor ser su esposa engañada con ventajas que una divorciada sola y digna. La esposa que le permitía algunos recodos ocasionales que él ocupaba con alguna fulana nueva.

Las veces anteriores, cada vez que ella había sorprendido alguna conversación de amor, y él le había confesado una aventura, todo había terminado en un viaje a Miami o a Nueva York. Una vez allí, ella había hecho que él le comprara toda la ropa que pudiera encontrar. Cada noche habían ido al cine o al teatro y a cenar en los mejores sitios. Con todo gusto, mi reina. Ya vamos a olvidarnos, mi reina.

Pero ella sabía que iba a llegar un momento como este, cuando la cara de él apareciera transformada por la humedad de una melancolía perversa. Esa noche, había aparecido una sombra de otra mujer, por el momento más dulce y astuta, alguien que había enviado a través de él los aromas de un perfume desconocido. Un cuerpo extraño se había alojado en el suyo. Era como el polvo de las alas de una mariposa que iba avanzando por la geografía accidentada de este cuarto. La otra mujer ya había explorado, debajo de sus picos de certezas, las cadenas profundas de nostalgias y dudas de su marido. Había aprendido a volar en esa región. Y ahora su perfume estaba allí, sobre la cama. Por primera vez, Gustavo se había encogido frente a ella al decirle la verdad.

—Esta vez es distinto, Lali —había agregado—. No lo puedo ocultar.

Lali reparó en su saco, que brillaba con las manchas de llovizna. Gustavo se movió y el pelo se le derramó por la frente. Parecía estar aterido de amor o más bien de esa confusión extraña que los hombres llaman amor, eso que se siente por primera vez cuando un mechón inesperado y triste les cae por el costado de la piel. El pelo en su cara era el primer síntoma de una condición generalizada.

Lali se incorporó y se sentó en la cama, apoyada en la pared, el cuello erguido, los pies apretados en el piso.

Hubo un largo silencio. Lo más importante era dejarlo terminar, dejarlo a merced de lo que acababa de decir. Ella esperaba algún anuncio o promesa nueva, pero los labios de Gustavo apenas se movían, siempre a punto de articular alguna palabra. Su boca se había secado y tenía un color blanquecino.

—Mira, este momento es muy difícil para mí —repitió, volteando el rostro.

Se quedó en silencio, con sus enormes ojos de gato.

"Es algo muy importante, ya creo que sabes a qué me refiero", agregó con un susurro.

—Te escucho.

Felizmente, la voz había salido tal como ella la había planeado, un golpe de dulzura en el silencio.

Lali le sonrió. Había esperado con paciencia ese momento. Era como los terremotos que vienen a ejercer los derechos de la tierra cada cierto tiempo, y luego desaparecen hasta que se cumpla un nuevo plazo. Pero había que prepararse y acostumbrarse a ellos.

Todo parecía muy claro. Nadie la había educado para esto. Como no necesitaba de ningún trabajo para vivir, como había tenido tiempo de medir las consecuencias de ese episodio, había previsto su respuesta. Pero esperaba la frase definitiva. Era necesaria para que él pudiera escucharse a sí mismo y que esa frase lo siguiera.

—Me he enamorado de una chica, Lali. Es la verdad. Me he enamorado, no puedo negarlo. Así que voy a dejarte. Es lo mejor. Es algo que tengo que aceptar. Y además... no voy a decirte que lo siento porque no serviría de nada.

Eran exactamente las palabras que ella había imaginado. Sonidos patéticos, sentimentales, casi divertidos. Pero precisos. Estaban allí. Esa extraña contorsión de líneas y arrugas que le había deformado la boca, le doblaba el cuerpo, tomaba la forma de una frase cursi que dejaba un rastro negro.

—Bueno, no te preocupes —le dijo ella—. Es algo que tenemos que afrontar juntos. Pero te entiendo. Te entiendo, de verdad.

Te entiendo. La frase era deliberadamente vaga. ¿Qué había querido decir? No lo sabía, pero decir eso le parecía lo mejor.

Lali sintió un temblor en todo el cuerpo. Se quedó inmóvil.

De pronto, le pareció estar frente a un hombre viejo y algo enfermo. Las manos rendidas en la silla, los ojos opacos y caídos. Ella debía cuidarlo. O hacerlo a un lado. Casi lo despreciaba en ese momento. Debía tomar precauciones.

Lo vio dudar, mover los labios, pasarse una mano por la cabeza. Gustavo de veras pensaba que iba a hacerle mucho daño con lo que le iba a decir.

No tuvo que esperar mucho tiempo.

—Esta vez es en serio, Lali. No es lo que crees. No es lo de otras veces. Me parece que… bueno, creo que ya me entiendes. Lo he pensado mucho y creo que no hay otra solución. Pero me imagino que ya te has dado cuenta de que nosotros, en realidad, no vamos a ningún lado como pareja, no vamos a ningún lado. Somos unos extraños. Apenas podemos hablar. Tenemos que separarnos.

—Pero yo siempre la paso bien contigo. El otro día cuando hicimos el amor… gocé mucho, como siempre.

—No sé, no sé. Pero esta vez es definitivo, Lali. Mira. Voy a encargar a Oscar que empiece los trámites de divorcio. Te pido que entiendas. Puedo darte la mitad de todo sin problema. Vas a estar tranquila, no te preocupes.

Lali volteó hacia la ventana. Ya podían verse las buganvilias con su luz morada rociando las paredes. Una niebla clara iba dulcificando la alfombra. Se oyó el canto metódico del cuculí.

En la mesa frente al espejo estaban el peine, las cremas y los ganchos de pelo. Lali tuvo ganas de arreglarse y mirarse en el espejo. Debía embellecerse para dar la conversación por concluida y salir a la calle a hacer su vida de siempre, buscar una respuesta que la hiciera asimilar todo esto. Otra situación.

Sentada, los pies desamparados en el piso, atenta hasta el borde de la lucidez y la ternura, había organizado el cuerpo para mostrar su doloroso asombro.

Gustavo se incorporó, se quedó en silencio. Iba a decir algo más. Abrió la boca, pero apenas pudo emitir un sonido. Ella se dio cuenta de que debía ayudarlo.

—¿Has estado con ella hasta esta hora? ¿Han estado haciendo el amor toda la noche, hasta ahorita? Ya, pues. Dime.

—Por favor, Lali. De verdad que esto es en serio.

Ella se mordió los labios. Había sido un error suyo. Estaba a tiempo de repararlo.

—Claro. Yo sé que es en serio. No te preocupes por mí.

Él la observaba con los ojos enrojecidos.

—Voy a irme de la casa ahora —dijo mirándola de frente—. No podemos seguir así.

Ella sonrió, bajó la cabeza, se pasó las manos por la cara. Él la observaba.

—¿Qué fue lo que hizo que te enamoraras de ella, Gustavo?

Sabía que la respuesta era obvia, pero que debía cumplir con los protocolos.

La cara de su marido se contrajo. Miró hacia un costado. Las piernas empezaron a moverse, luego se detuvieron. Lali notó que un zapato estaba lleno de rasguños.

—No sé cómo ha pasado, pero estoy enamorado de verdad. Ni yo mismo lo creo.

Ella se tranquilizó, se quedó en silencio. Él estaba asintiendo lentamente con la cabeza. Pero estoy enamorado. Para qué te lo voy a negar. ¿Eso era todo?

—Muy bien —dijo Lali—. Muy bien entonces. Es bueno saber lo que está pasando. Ya te veía actuar muy raro. Más bien te agradezco que seas franco conmigo.

La cara de él se iluminó. Era obvio que él había estado esperando otra reacción y que se sentía aliviado.

—¿Eso nomás tienes que decir?

Lali dobló las manos, luego las estiró como queriendo expulsar algo.

—Bueno, no puedo negar que me has destrozado el corazón, Gustavo. De verdad —dijo tocándose el pecho. Luego alzó la mano—. Pero ahora también pienso que lo que me dices es muy lindo para ti. Te felicito. ¿Sientes que la quieres de verdad?

—Es algo muy especial, de verdad —vaciló él.

—Estoy segura. Bueno, ¿quién es ella? No es una de esas chicas estúpidas con las que te gastas tu sueldo, supongo.

—Por favor. No quiero tus burlas.

Ella lo cogió de la mejilla.

—No creas que me estoy burlando. Una pasión me parece muy respetable. Pero por lo menos tengo derecho a saber quién es, ¿no te parece?

Gustavo se mordió los labios. Tenía una lámina de tensión en la piel.

—No te lo quiero ocultar. Es una persona muy linda. Además, tiene mucho mérito. Es Jocelyne, de la oficina.

Gustavo sonrió.

—Qué lindo. Te enamoraste de una chica de la oficina. Qué bonito.

Lali se mordió la lengua.

—Ya te dije que no quiero tus burlas.

—No. Nada de burlas. Me parece lindo que estés enamorado, de veras.

Gustavo se puso de pie. Los pantalones le colgaban, formando bolsas. El maletín se había quedado junto a la puerta. Su voz había recuperado un tono neutro.

—Quiero que sepas que voy a cuidar de ti. Vas a tener todo lo que necesitas —dijo con voz cuidadosa.

—¿Cuidarme?

—Vas a tener todo lo que necesites. No tienes nada de qué preocuparte. Pero voy a irme de la casa ahora. Voy a hacer mi maleta. Es lo mejor para los dos, ¿sabes?

Lali lo observaba. Había algo de suplicante en la mirada de Gustavo.

—Bueno. Si eso es lo que quieres… —sonrió—. ¿Ya sabes dónde vas a vivir?

—Bueno, ahora me voy a un hotel —dijo Gustavo—. Luego ya veré. En unos días parto de viaje, ya sabes. Voy a Miami.

Lali adivinó los preparativos. En ese momento él acababa de estar con ella, le habría dicho ahora mismo voy a hablar con mi esposa, ya vas a ver, la habría besado, se habrían besado un largo rato en el hotel. Esa chica lo habría visto partir. Seguramente, sabía que iba a volver allí esa misma mañana. Ya tenía una habitación reservada.

—Pero mañana vengo a la casa temprano —agregó Gustavo—. Vamos al banco aquí en la esquina. Vamos a abrir una cuenta nueva, que va a estar solo a tu nombre. Para que puedas tener acceso a las cuentas en Estados Unidos también.

—No te preocupes de la plata. No me interesa por ahora.

—Quiero que estés bien.

—Voy a estar bien. Yo puedo cuidarme sola.

—Por favor.

—En todo caso, ese es un asunto que hablaremos luego. Pero déjame decirte. Te veo tan ilusionado. Hasta me parece que eres otro. Qué lindo verte así. Así estabas cuando nos casamos. Así eras.

Gustavo esbozó una sonrisa. Tenía los dientes marrones y rectos.

—Bueno. Gracias, Lali.

—No tienes por qué. Hace tiempo que me lo digo a mí misma. Ojalá que encuentre una mujer para él. O una chica, supongo. Porque esta debe ser muy joven, ¿no? Además, yo ya sé hace años que no me amas. Yo sí te amo a ti, pero tú a mí, hace mucho… hace mucho que no me amas ni un poquito. ¿No es verdad? Pero no pierdo la esperanza, Gustavo.

Gustavo la observaba. Tenía dificultad para hablar.

—No digas eso. Siempre tendremos nuestra vida juntos. Y nuestros hijos.

—Sí, claro.

Hubo un largo silencio, marcado por el canto de un cuculí en el árbol.

Lali había abrazado los cojines, con los brazos a ambos lados.

—Si quieres puedes quedarte —dijo.

Gustavo esbozó una sonrisa larga y triste.

—¿Cómo dices?

—No necesitas irte de la casa. Por lo menos no ahorita. Ahora puedes quedarte, sin problema. No te vayas todavía.

Ella le puso las manos en el pecho.

—Pero es lo mejor…

Ella sonreía. Le quitó las manos de encima.

—Bueno, como quieras, no te voy a molestar con eso. Pero está muy húmedo afuera. Abrígate bien. Te puede dar algo.

—No te preocupes.

—Solo te pido una cosa. No le digamos nada a Elena ni a Alejandro. Están a punto de dar exámenes y ya sabes que los estudios allá son muy difíciles. Déjalos tranquilos. Ya les diremos en Navidad.

Él asintió. Lali logró componer el rostro y le sonrió.

—Bueno, gracias —dijo él.

—No te preocupes.

Un ruido de sirenas pasó por la ventana. Había alguna ambulancia en dirección a alguna casa de un tipo que agonizaba.

Lali se puso de pie.

—Muy bien. Solo te pido una cosa más.

—¿Qué?

—Espérate hasta un par de meses para hablarme de divorcio o de cualquier cosa así. Luego hacemos lo que quieras.

—¿Por qué?

—No sé. Necesito asimilar la noticia. Y me tengo que acostumbrar a ya no verte. Además, tenemos la boda de mi sobrina, acuérdate. A eso no podemos faltar. ¿O tienes una cita con ella ese día?

Gustavo se quedó en silencio, mirando hacia un costado. Lali adivinó que no le sería difícil ponerle un pretexto a su querida para no verla.

—Tengo que irme a Miami el sábado, por cuestiones de chamba.

—¿Vas con ella?

—No. Ella se queda. Tiene que estudiar.

Lali se sentó. Estiró las piernas. Terminó con una voz lenta y precisa.

—Bueno, el matrimonio es el jueves. Pero quédate aquí ahora. Está muy húmedo afuera. Duerme aquí en el sofá si quieres. Creo que apenas has descansado. Descansa un ratito y después, si quieres, ya te vas.

Él se alejó. Estaba tocando la manija.

—Ya me voy. Es lo mejor. Además, me duele la cabeza. No sé qué me ha pasado.

Lali se levantó, entró al baño y salió con una pastilla y un vaso de agua.

—Sí, te ves muy mal. Esto te va a ayudar para el dolor de cabeza. —Después de una pausa, agregó—: Hasta que consigas un lugar más permanente no tienes que irte a un hotel, Gustavo. Esta es tu casa.

Gustavo tomó la pastilla.

—Me voy, Lali. No puedo quedarme. Mi avión sale en realidad la noche del sábado, o sea el domingo, en una semana. Igual, si quieres, podemos ir a la boda. Pero será lo último.

—Muy bien, no te preocupes. Descansa ahora —dijo ella, mientras se echaba.

Se cubrió. Lo vio salir del cuarto. Seguramente, había quedado en volver pronto donde la chica.

Lali se enterró bajo las sábanas. El aire se llenaba de polvo a esa hora. Algunos filamentos gravitaban en torno al silencio de los objetos.

Dobló la cabeza en la almohada. Se cubrió.

Allí estaba mejor, en la total oscuridad, donde nada podía interrumpirla. Esperaba no oír el ruido de la puerta de la calle.

Mejor una pastilla para quedarse dormida mientras amanecía. Mejor quedarse así mientras el mundo avanzaba y ella se apretaba a la tela, pensando en lo que iba a hacer.

Una sombra pálida iba cayendo desde la ventana, sobre los muebles, y se detuvo en el borde de la cama, como una maldición del mundo de afuera.

En sus sueños Lali vio el traje en el que había conocido a Gustavo Rey, la noche de la fiesta, veinticinco años antes, cuando él apareció junto a la piscina, como si hubiera surgido de las aguas, en el jardín de la Mona Gasco. Sí. Esa noche, él tan sonriente y ancho, apabullando el espacio a su alrededor, con su saco de gamuza verde, su camisa de barras azules, sus zapatos lustrosos sobre el pasto iluminado. Allí, con el pelo castaño, ladeando el cuerpo, parecía tan Johnny Depp, junto a la piscina, que era el mar donde navegaban sus barcos. Lo recordaba como un pirata en una mesa recién salido de las ondas, un cuchillo entre los dientes, para tomarla por asalto y recorrer con ella los mares. Esa primera vez lo veía así, un aventurero elegante y decidido, que algún día iba a llevarla con él, mirándola con sus ojos diseñados en ese azul de acero. Solo te faltaban la cinta y el parche, Gustavo. Por entonces, era el año noventa, la ciudad estaba agujereada por las bombas de terroristas, pero ellos seguían celebrando, y acababan de estrenar "Eduardo, manos de tijera" y Gustavo, más Johnny Depp que nunca, con sus pelos revueltos y su mirada triste y húmeda de misterio. Ella, que ya había tomado un poco, se lo dijo al final de la noche. Igualito a Johnny Depp. ¿Dónde has dejado tus tijeras, hijo? Él le sonrió, felizmente. En los grupos alrededor había al menos una mujer que lo miraba en ese instante.

Ese instante en el que sus ojos la habían traspasado, junto al buffet de carnes y ensaladas, y panes brillosos de grasa, y mozos de manos apuradas, trayendo bandejas con champán, copas altas con inscripciones de escudos, flores rojas en las mesas y parlantes vibrando con música de Santana. Oye, cómo va. Era un modo de decirlo.

Habían pasado tantos años desde esa noche en que lo había conocido, y la imagen seguía allí. En ese momento, ella estaba hablando con su hermana, de espaldas a él. Gustavo se apartó de una mesa de amigos ruidosos y avanzaba con los trancos largos de un gato salvaje. Ella lo vio de reojo, su piel bajo el sol de su casa de playa, con el vaso helado en la mano.

De pronto se dio cuenta de que había dejado ese vaso en una mesa y aceptaba otro, el que le ofrecía ese chico, con una sonrisa hecha de todo su dinero y su aplomo y su hechizo del instante.

Un poco después, esa misma noche, Gustavo iba a saludar al padre de Lali, don Luis Reaño, abogado de saco estricto y boca vencida por el agotamiento de las sonrisas forzadas, su padre que había salido de Magdalena para estudiar Derecho con mucho esfuerzo de su familia, en la Universidad Católica. Su padre, que en ese momento estaba tan feliz de que el señor Gustavo Rey, hijo de don Gonzalo, se acercara a saludarlos y de paso conocer a su encantadora hija.

—Ay, perdona la broma sobre Johnny Depp. Soy Laura— le dijo ella.

—No te preocupes. Soy Gustavo —le contestó su futuro marido, con un beso en la mejilla—. Y no tengo nada de Johnny Depp, por favor.

Lali vestía un chaleco morado, con una blusa blanca, falda roja y zapatos negros de taco. Su pelo estirado hacia atrás resaltaba unas facciones afiladas y certeras, sobre las que brillaban sus ojos. En ese momento hubiera deseado haberse puesto una ropa más llamativa, pero sabía que tenía que gestionar su atuendo como pudiera para la ocasión.

Ese era el hombre con el que debía casarse.

Se acercó otra vez.

Gustavo le dijo que la noche estaba muy animada y que había pasado un día de mucho trabajo en la oficina. Era abogado, especialista en seguros, había heredado la fortuna de su padre. Estaba cansado, pero le iba muy bien con su cartera de clientes, le sonrió. Había estado tan cansado ese día… incluso había pensado no ir a esa reunión. Pero se sentía tan pero tan feliz de estar allí. De verdad se lo decía. Muy feliz. Porque hoy te he conocido.

Lali no le contestó. Sonreía con la sonrisa más triste de la que era capaz, miraba a otro lado, recordaba muy bien ese momento, muda y emocionada.

Había algo tan misterioso en ese Gustavo Rey. Algo triste en el fondo de su seguridad y desparpajo. Era un muchacho especial.

Un poco más tarde, él se levantó de la mesa de amigos con dos vasos llenos en la mano. Le hizo una seña. Iban a conversar un poco más allá, en una mesa vacía junto a la piscina, donde nadie los molestara.

Hasta entonces Lali había estado con muchachos del tipo de Papo y Lucho, chicos que hablaban con sonidos guturales, manejaban autos desvencijados, y aparecían tristes y sonrientes en su puerta.

Estaba harta de gente así. Gustavo era distinto. Era fuerte, se vestía con telas y cueros brillantes, y ella veía sus dedos tan seguros aferrados a su copa.

Le había bastado un instante.

Esa misma noche, después de una breve charla al costado del jardín, Gustavo le dijo:

—Vamos al cine mañana. ¿Qué dices? Te recojo, como a las ocho.

Y esa mañana de veinticinco años después, casi dentro de la almohada, cuando él le había dicho que se había enamorado de alguna chica, Lali oyó otra vez las palabras que los habían unido por primera vez. Y esa misma noche, después del cine, vamos a comer algo. Y una semana después, me atraes mucho. Oye, hace tiempo que sabía de ti por unos amigos. Y luego de un mes, ven de viaje conmigo. A dónde vamos. Hay unas islas en las Bahamas donde no va nadie. Solo nosotros. Hay una que se llama Ábaco. Vamos allí. Bahamas. Son ciento veinte islas. Un collar de perlas, dicen. Allí vamos a fundar nuestro imperio. Eres tan linda, mi amor. Luego los besos y los hoteles y los paseos en vela por el mar de las Bahamas, una noche de tormenta con Gustavo, solos en el hotel de Ábaco, la piel dura y el sexo encrespado, furioso y tierno de Gustavo, ella siempre había sentido que iba ganando territorio en ese chico, y en su gran familia. El padre había sido el primero en decirle qué gusto que estés con Gustavo, hijita.

Un año después, todo parecía haber tomado su lugar. ¿Quieres casarte conmigo? ¿De verdad? Contigo me iría al cielo, mi amor. En realidad, estoy en el cielo cuando me hablas. Ella había sabido decirle la verdad.

Lali escuchaba su voz de entonces. Esos sonidos iban a continuar con ella. Solo que ahora toda esa historia estaba en peligro.

Pero iba a hacer algo por evitarlo.

Vio la puerta por la que Gustavo acababa de salir de la casa. Tomó otra pastilla. Ya se despertaría para pensar con calma.

DOMINGO, 9:39 A.M

Sintió el silencio que se agolpaba encima de ella. No había nadie en la casa.

Miró por la ventana. La pared verde que daba a la avenida El Golf apenas se movía. Un carro pasó a toda velocidad.

De pronto todo quedó vacío otra vez. Una calle desolada. Unas banderas y unos hoyos en el campo de golf. Un árbol. Vio de pronto la pista en la que ella había crecido, no tan lejos de allí, llena de huecos y baches, y algunos montones de basura.

Se duchó, se vistió y se arregló frente al espejo. Tomaría un café rápido. El sabor caliente, aguas negras iluminadas, y después el mundo. Primero iría a ver a su madre.

Subió al auto, se vio los dedos blanqueados, apretó el acelerador. Se estaciono frente a la casa de columnas. Llegó al cuarto en el que estaba siempre con su túnica gris, los ojos cerrados, la nariz conectada al tanque de oxígeno.

—Malas noticias, mamá. Resulta que Gustavo ha vuelto a enamorarse. Y esta vez en serio. —Luego de una pausa, agregó—: Pero no te preocupes que ya pensé en lo que voy a hacer.

II

LUNES, 8:14 A.M.

Esa mañana Sonia Gómez, detective profesional, natural de Cajamarca, treinta y dos años y madre de un niño de cinco (se lo recordaba todos los días en la ducha, sonriendo), subió las escaleras a toda velocidad. Sabía que su prisa no se debía a las dos tazas de café que ya se había tomado a esa hora, sino al asunto de siempre.

Abrió la puerta de la oficina. La chapa se acomodaba cada vez con más dificultad a su llave y desde hace tiempo quería decirle al Mocho que la cambiara. Durante la madrugada, el polvo se había apoderado del cuarto, integrándose a la neblina en la ventana, haciendo su recorrido lento y grave entre los objetos.

Sonia pasó un trapo sobre la mesa, calentó el agua y se sentó a revisar las páginas policiales. Cada vez había más crímenes en la ciudad, lo que era malo para todos pero una buena señal para su negocio. Era cuestión de protegerse mientras esperaba que algún cliente llegara a su puerta. A veces, el trabajo de detective consistía en colocar un aviso en el periódico, estar lista en una oficina a las ocho y esperar que sonara el teléfono con un pedido urgente. No siempre ocurría, pero había que esperarlo.

Esa mañana se había puesto el atuendo con el que recibía a sus clientes. Un saco gris, una blusa blanca y pantalones grises ceñidos, con zapatos negros. Había decidido dejar que el pelo le creciera. Entró al baño. No le gustaba mirarse: el dibujo de sus cejas, la nariz alta y los labios definidos hacia abajo.

Tenía el periódico delante de ella. Podía ver su aviso claramente. Detective. Información confidencial. Investigaciones en empresas.

Lo había aprendido al llegar a Lima. Era mejor dar la impresión de sobriedad usando pocas palabras. Había funcionado siempre en la ciudad.

Le preocupaba que su oficina luciera bien, pero no hacía mucho por lograrlo. La sala era pequeña, limpia, con una orquídea de Cajamarca que en ocasiones era su única compañía. "Estamos bien así, solas tú y yo", le decía de vez en cuando. Las dos venían de los bosques de neblina.

El Mocho no tardaría en llegar, pero le gustaba sentir ese primer momento de la mañana. Disfrutaba de estar sola. Valorar el silencio que a veces se abría paso. A veces se quedaba así, sentada, inmóvil, tratando de distraerse.

Por lo demás, se había acostumbrado a su oficina. Tenía las paredes peladas y un mueble antiguo que no quería reemplazar. Habría podido hacerlo, pero nunca se animaba. No tenía mucho gusto para la decoración. Tampoco debía parecer el bufete de un abogado. Lo que más la emocionaba de su trabajo era que conocía a gente que le contaba historias. Además, sabía que, en ese puesto, algún día sabría quién había matado a Gabriel.

Tenía un par de títulos pegados en la pared. Sonia Gómez, detective. No le gustaban, pero le parecía conveniente tenerlos. Uno de ellos era el de los cursillos de filosofía moderna que había tomado en el Centro Cultural de la Universidad Católica.

El viernes anterior el teléfono no había sonado.

Sonia prendió el minicomponente, escuchó algunas baladas, algo de música criolla con Susana Baca y las noticias. Leyó el periódico. Renuncias, inundaciones, acusaciones de plagio. Pasaban muchas cosas, pero nada le llamaba la atención. Estaba pensando en lo que había ocurrido unos años antes. Esa noche…

Ya eran las nueve y media. ¿Dónde estaba el Mocho? Recordó de pronto que le había pedido permiso para ir a sus clases. Sintió una sirena de ambulancia en la ventana. Se asomó. Alguien necesitaba ayuda urgente a cualquier hora.

A las diez sintió unos golpes de tambor tras la puerta. De pronto había una sombra en los vidrios empañados. Tres series de golpes más. La sombra estaba inmóvil.

Sonia se paró. Una mujer alta, de pelo claro estaba erguida frente a ella, mirándola. Podía tener cuarenta y cinco años, pero había gastado algún dinero en parecer más joven. Sus ojos brillaban como piedras preciosas engastadas en una piel de terciopelo antiguo. Algunas manchas y lunares que se había esforzado en borrar le marcaban el cuello. La miraba en silencio, con el inicio de una sonrisa rondándole la cara.

—Buenos días —dijo la mujer, estirando la mano—. ¿Es usted Sonia Gómez?

—Adelante.

La mujer se sentó. Tenía un traje largo, oscuro, con cuatro botones gruesos y una cadena de oro en la cintura, pestañas perfiladas por el rímel y un collar de perlas negras, con una cruz en el centro. Estaba con las piernas cruzadas. Eran pantorrillas largas, afiladas, muy resueltas. En el regazo, sostenía una cartera gris. Sonia se dio cuenta de que la mujer estaba aferrada a esa cartera al punto de que parecía estar torturando minuciosamente el cuero con sus uñas rojas.

—Soy la señora Lali Reaño de Rey —dijo—. Me han hablado de usted, me dicen que hace un muy buen trabajo.

Tenía una voz baja que resaltaba algunas de las sílabas con una precisión y una claridad inusuales. Estaba apenas murmurando sus frases, pero parecían dichas en voz alta.

—Gracias, señora Reaño. Dígame, ¿en qué la puedo ayudar?

La mujer miraba alrededor de la habitación. Parecía sentirse muy a gusto allí.

—Quiero que averigüe algo sobre una persona y, si es posible, que tome unas fotos —le dijo ella.

—¿Qué quiere saber?

—Quiero que siga a alguien. Me gustaría tener un informe completo si es posible. A quién ve, a qué horas. Algo sencillo. Es algo que seguramente sabrá hacer muy bien.

—De acuerdo. Dígame, ¿estamos hablando de una mujer joven que está saliendo con alguien que usted conoce?

—Sí, por supuesto. Es muy joven. Veinticuatro años o algo así. Por alguien de la oficina, he averiguado algunas cosas. Se llama Jocelyne o Jossy, así le dicen. El apellido es Sangama. Estudia secretariado en el último año de un instituto que queda en la avenida Arequipa, en Miraflores, y trabajó en la empresa de seguros de mi marido, seguros El Ángel. Es una chica un poco idiota, como toda la gente joven. Creo que está terminado de estudiar. Eso es todo lo que sé.

La señora Lali de Rey hablaba con las manos dobladas en el regazo, como una alumna aplicada que recitaba una lección a mucha distancia de quien la escuchaba. Parecía haberse entrenado en el arte de hablar especializándose en el de saber callarse a tiempo. Estaba informando a Sonia con un tono neutro. El aire que las separaba se había cargado con su presencia. Todos los objetos en su oficina parecían estar en ese momento pendientes de ella.

—Usted quiere saber si ha mantenido o mantiene una relación con su esposo, supongo.

La mujer asintió.

—Yo ya sé eso. Solo quiero las fotos.

—A ver, por favor, repítame los datos.

La mujer abrió su cartera y sacó un papel. Tenía un nombre y una dirección escritos con letras de una impresora.

—La chica se llama Jocelyne Sangama. Estudia en una academia de secretarias, ya le digo, en la cuadra cincuenta y cinco de la avenida Arequipa. En Facebook aparece su foto y una imagen de su pueblo, algún sitio en la selva de San Martín. Pero dice el nombre de la academia donde va, un lugar muy adefesiero que se llama Nuevo Colón, o algo. La puede identificar. Quiero que usted le tome una foto o mejor varias, para estar segura de que es verdad que está con mi marido, nada más. Mi marido es el señor Gustavo Rey. Empresa de seguros El Ángel, ya le digo.

Al decir el nombre de la academia, la señora de Rey había bajado la voz, había hecho un gesto con la mano apuntando hacia el piso, es un lugar muy adefesiero que se llama Nuevo Colón, o algo. Muy bien, señora.

Sonia apuntaba algunas de las palabras en una libreta.

Una mosca empezó a revolotear por la cara de la señora mientras seguía hablando. Ella la ignoró algunos momentos. Luego espantó al animal con un golpe de mano.

—¿Usted solo quiere fotos de ella o quiere fotos de ella con su marido? —dijo Sonia.

La mujer la miró con cierta lástima. Sonia se arrepintió de haber hablado.

—Quiero que tome todas las fotos que pueda de ella, no me importa cómo. De frente y de cerca si es posible. Con mi marido sería mejor. Sí. Me sentiría mejor si hay una foto de ellos juntos. Y que me diga algo más de su vida, todo lo que pueda. Lo poco que he averiguado es por gente que conozco en la oficina. Quiero saber más y sobre todo quiero ver la foto de los dos juntos. Para inspirarme, se entiende.

Sonia miraba de frente a la mujer. En ese momento, sus ojos eran duros y pequeños, como los de una muñeca.

—Bueno, lo podemos hacer. Pero necesitamos saber para qué necesita la información.

—Ya le dije que está con mi marido. Lo necesito para confrontarlo. Y lo voy a usar quizá en mi demanda de divorcio. ¿Cuánto me cobraría?

Sonia dejó de mirarla, cogió un lapicero y le pasó un papel con una cifra.

—Esto sería.

Ella miró el papel.

—Muy bien —contestó Lali—. ¿Para cuándo podré tener las fotos y toda la información?

—Tengo que insistir en algo, señora Reaño.

—Dígame.

—Tenemos una cláusula de confidencialidad. Usted no puede mencionar a la agencia ni a mí en nada de esto. Si se da el caso, yo voy a negar haberla conocido.

—No se preocupe —dijo la mujer—. Nadie sabrá que vine aquí. Solo quiero ver las fotos. Son para mí nomás. Creo que ni siquiera sé si vamos a divorciarnos. La verdad, quiero arreglar mi matrimonio. Pero quiero saber la verdad. Y quiero verla. Yo amo a mi marido. ¿Se da cuenta? Usted, como mujer, me comprenderá.

Era la primera vez que le sonreía, aunque era más bien una mueca de sonrisa, un desliz amargo de los labios. Hubo un largo silencio.

Era trabajo, así que había que alegrarse, pensó Sonia. Por otro lado, se trataba de una consulta habitual en su oficina. Un caso de infidelidad. Hombre casado y maduro se enamora de joven con la que trabaja. Claro que sí. Qué sería de los detectives del mundo sin esos hombres y esas mujeres jóvenes. Otras esposas habían venido llorando y pidiendo extrema discreción. Algunas habían llegado insultando a su marido. Una había pateado la pared al enterarse. Pero la voz de esta señora hacía juego con la superficie impecable de su traje y su piel de polvo blanco. No era como las otras, siempre tan desamparadas por el rencor o el placer de la venganza. Había algo de tranquilo y amenazante en ella.

—Nuestro trabajo se limita a seguir a la persona y comprobar el hecho. No queremos problemas.

—No va a haber ningún problema. No se preocupe. Solo quiero verle la cara, la verdad. Lo demás no me importa. Solo quiero verle la cara a ella. Ni siquiera sé si le voy a hablar a mi marido de esto. ¿Me explico?

Sonia asintió.

—Por supuesto que si hay problemas de divorcio, usted tendrá que tener las fotos de los dos juntos —dijo Sonia—. Y, sin embargo, yo no podré ser testigo. No es nuestro estilo. Pero para divorciarse, la infidelidad matrimonial tiene que ser comprobada por una tercera persona. Ya sabe eso.

—A ver si me entiende, señorita Gómez. Yo tampoco quiero que nadie sepa que tengo nada que ver con usted. Y no sé si voy a divorciarme. Mi marido es el señor Gustavo Rey. Confío en su discreción, por supuesto. Ya me han dicho que usted es muy discreta y yo lo creo.

La señora Reaño se puso de pie. La cartera se movía lentamente, en intervalos, entre sus dedos.

Sacó un sobre y dejó algunos montones de billetes sobre el escritorio de Sonia. Había escrito un número de teléfono y su dirección.

—Allí puede encontrar una foto de mi marido. Así que creo que ya tiene todo.

—Muy bien, señora. Aquí tengo un documento para que me firme.

La señora Lali alzó la mano.

—No es necesario. Confío totalmente en usted y usted debe confiar en mí.

—Como quiera.

—Avíseme cuando sepa algo. Pero que sea pronto. Yo vendré pronto por aquí y espero que tenga todo listo. En ese momento le daré el resto.

—Así es.

—Puede contar los billetes, si quiere.

—No se preocupe —dijo Sonia sin dejar de mirarla—. Como usted dice, tenemos que confiar.

—Es solo un adelanto. ¿Quiere un poco más?

—No creo. En todo caso, yo le aviso.

—Llámeme solo al mediodía y al celular. Regreso a fines de esta semana entonces.

Sonia la miró.

—El jueves o viernes debemos tener algo. Una última cosa, dígame. ¿Cómo se enteró de ella?

Lali sonreía. Alzó los brazos y los dejó caer.

—De la manera más tradicional. Mi esposo me dijo que está enamorado y que piensa dejarme.

Seguía aferrada a la cartera. La sonrisa había desaparecido.

—Ya veo.

—Ella va a la academia por las mañanas —dijo Lali—. Por las tardes, a veces ve a mi marido. Lo que quiero saber son los horarios, sus amigas, todo lo que pueda conseguir sobre ella.

Sonia vio el papel con el nombre. Estaba escrito en letras en líneas de luto.

—Jocelyne Sangama. Muy bien —alzó la vista, la señora Lali tenía los ojos fijos como piedras—. Yo la llamo.

—Si todo está bien, podré darle el resto la próxima vez.

—Muy bien, señora.

La señora sacó las llaves de la cartera.

—Entonces quedamos así.

Sonia asintió.

Antes de llegar a la puerta, la señora Lali miró brevemente a su alrededor. Hubo un ruido corto. La orquídea en su escritorio tembló un momento.

Sonia se quedó mirando los billetes. Todos parecían nuevos, con las formas y los colores definidos, como si haber pasado por las manos de la señora les hubiera dado una nueva vida. Pensó que no era casual. Quizá la misma señora Rey los había mandado a limpiar esa mañana.

—¿Quién vino? Me crucé a una fulana en las escaleras.

El Mocho estaba allí con su blue jean, su camisa blanca y su chaqueta de cuero. Robusto y rápido, con un aspecto de boxeador retirado antes de tiempo, tenía el pelo rapado, como de costumbre. Sonia seguía impresionada con su aspecto.

—¿De verdad te cortas el pelo todos los días?

—Así me prefieren las chicas, pe'. ¿Y quién era esa fulana que salía?

—No era ninguna fulana. Es la señora Lali de Rey, nuestra distinguida clienta —dijo Sonia.

—Puta, qué tal mujer…

—¿Qué te pareció?

—Guapa la lady. Trajinada pero guapita está.

—¿Y qué más?

—Y no sé pe' —dijo—. Me gustaría invitarla a esa fulana a algún sitio y conocerla más pe'. Pero no puedo. Yo sé quién soy.

LUNES, 11 A.M.

El Mocho había bajado a hacer unas compras.

Sonia estaba sentada junto a la ventana blanca, sola, con la imagen de la mujer que acababa de salir. El olor de su voz seguía flotando, un polvo invisible. Confío totalmente en usted y usted debe confiar en mí.

De pronto tuvo la certeza de haberla visto antes. La noche en que murió Gabriel. Sí, la había visto esa noche. Fue poco antes de que lo mataran, la noche que ella y Gabriel habían ido a comer a un restaurante. No. No era ella. Era una mujer parecida pero no era la señora Lali de Rey. Esa noche Gabriel le había confesado una vez más todo lo que la amaba.

Ahora la señora Lali de Rey viene porque su marido le es infiel con alguna chica, pero yo la he visto o se parece a alguien que he visto, o he imaginado que la he visto porque siempre he pensado que una mujer así... Mientras tanto, hay que seguir con lo que hemos venido haciendo. Hasta que llegue el día en el que sepa quién te mató, Gabriel, mi amor, Gabriel, pero ya no puedo seguir hablándote ahora.

El Mocho regresó.

—Te traje también tu café. Como a ti te gusta. Pero tomas demasiado café, Sonia.

—Gracias. Bueno, con la visita de esa fulana como la llamas, tenemos chamba.

—Qué hay.

—Una esposa, un jefe y una secretaria. La historia de siempre.

El Mocho tomó un sorbo del café de ella.

—No te creas —le dijo— cada historia es otra. Al comienzo, nadie sabe lo de nadie, pero al final todo se sabe.

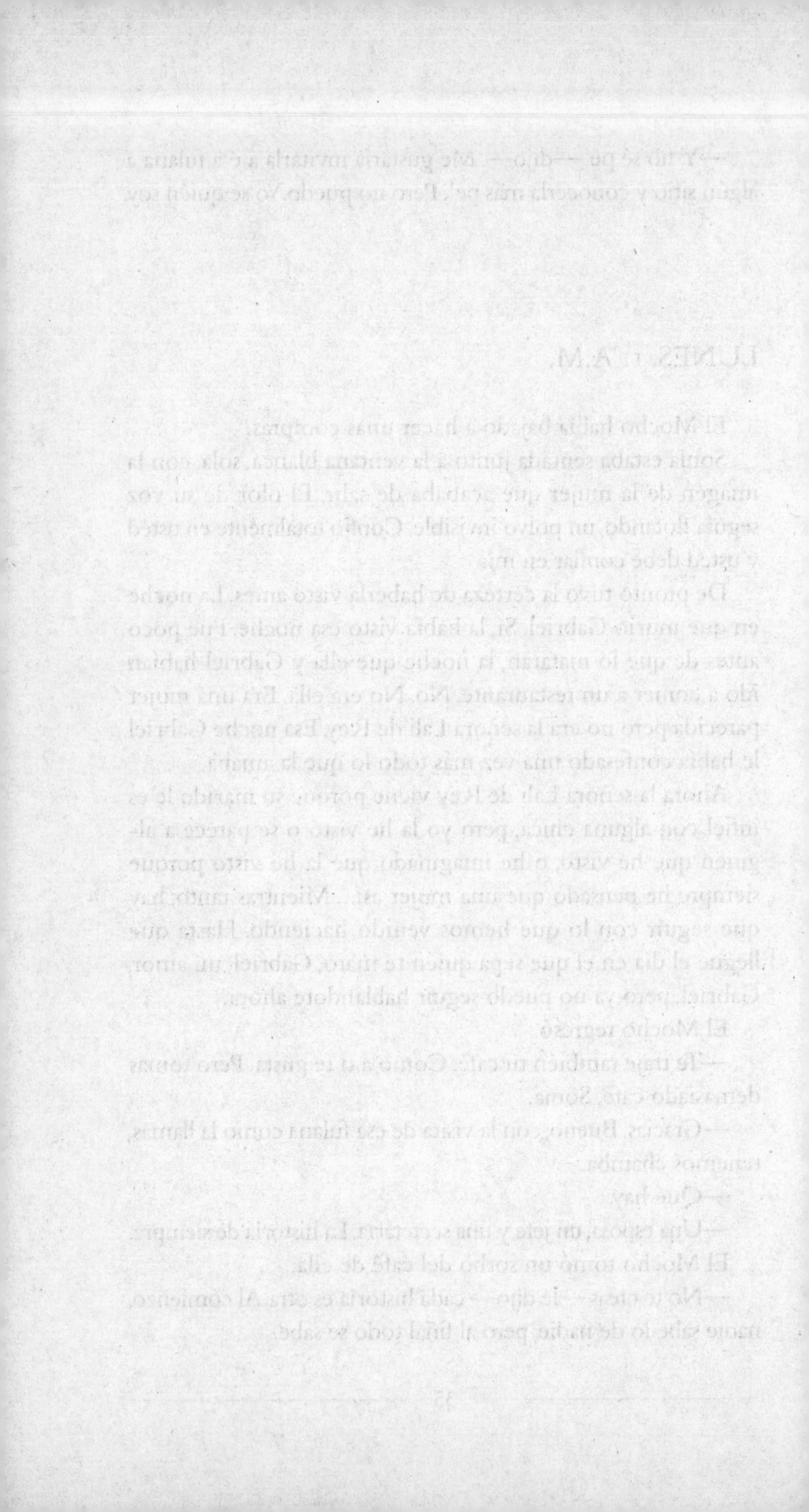

III

LUNES, HACIA EL MEDIODÍA

Al salir del gimnasio, la señora Lali de Rey se detuvo. Miró a la distancia. En ese momento, apareció el auto largo y plateado. Estaba allí, como si hubiera detectado su presencia. José, el chofer, las manos lentas y grandes, avanzaba hacia ella. Era reconfortante, por el momento.

Lo vio bajar del auto, la inclinación del cuello, el brazo atento, para abrirle la puerta. Siempre había pensado que José la imaginaba desnuda y él encaramado sobre ella. Le hacía gracia que él tuviera esa imagen, estaba segura. Por eso era tan respetuosa, casi cariñosa a veces, con él.

Lali subió. No era necesario que le dijera adónde ir. José sabía que alguien la esperaba en el restaurante del Country Club. De pronto, su celular empezó a zumbar en la cartera.

Vio la foto. Era su hermano André.

—Reina, qué alegría escuchar tu voz.

—No tengo tiempo de hablar contigo —dijo Lali.

—Anda, reina. No seas malita. Si hace tiempo que no nos vemos.

—Mejor.

Lali cortó el teléfono. Lo dejó sonar algunas veces.

No tardaría en llegar al Country Club, un hogar temporal donde podría hacer algunos planes en compañía de la persona que había citado allí. La terraza de columnas, los manteles blancos, los cuadros de algunos virreyes y nobles borbones del siglo XVIII, y más allá, el campo de golf y luego el océano, el gran horizonte, el más allá. Se sentía a sus anchas en ese barrio, extenderse, expandirse, caminar sobre las olas.

Mientras tanto, podía oír los sonidos de los cubiertos acariciando los platos. Se sentía reconfortada de saber que todo eso la esperaba. Algunos días almorzaba sola en el Country, pero esa tarde había citado a alguien.

El auto plateado avanzaba gracias a la sostenida pericia de José, un movimiento regulado, sin ninguna interrupción. Como otras veces, los semáforos parecían haberse confabulado a su favor. Era natural.

Lali abrió la puerta, puso el zapato en la acera y sintió el sonido letal del taco golpeando el cemento.

Entró al restaurante con la cartera en la mano. Dos mozos se acercaron y le ofrecieron una mesa en el patio. Esta vez, sin embargo, les dijo que prefería almorzar en la sala. Vio el doble anillo de luces, los cuadros virreinales, las grandes estructuras de flores rojas. Se sentó junto al retrato de doña María Amalia de Sajonia, reina de España.

María Amalia, a quien le parecía conocer, tenía un traje azul con líneas negras y una mirada que traspasaba los objetos. Desde allí tanto ella como María Amalia podían ver los arcos de los ventanales. Pensó que, si alguien le tomara una foto en ese instante, sería una imagen que todos en el futuro recordarían.

Entonces se sentó a mirar. Algunos hombres de las mesas de al lado la saludaron. Uno de ellos, Pipo Cano, se acercó. Pipo siempre desplegaba corbatas celestes y sonrisas dudosas, listas para quien se las quisiera recibir. Qué gusto verte. Mándale saludos a Gustavo, le dijo.

Entonces Lali vio llegar a Leticia Larrea. Era tal como la recordaba. Alta, pulida, con un saco negro. Tenía zapatos de taco aguja, piernas largas y una falda clara, ligeramente por encima de la rodilla. Ese día había organizado su pelo cobrizo en un moño. Sus ojos helados y pardos parecían siempre estar ocultando muchos secretos. Parecía inmovilizada en esa edad incierta que ofrece los colores sólidos de una mujer experimentada junto con el brillo plateado en una mirada de muchacha.

Al verla, Leticia abrió la boca en una señal de alegría y sorpresa. Apenas se saludaron con un beso en la mejilla. Hablaron de algunas amigas comunes.

El mozo les trajo el menú, les hizo algunas recomendaciones. Las dos pidieron tazas de café.

—Bueno, pero no he venido a conversar. Ni tampoco a comer —le dijo Leticia—. Solo quiero darte lo que me pides y listo. Ya sabes lo que te va a costar.

—Sí, ya me lo dijo Adela. Pero te invito a comer. Nunca está de más.

Leticia sacó un álbum.

—Bueno, pero primero vamos a lo nuestro. Aquí están —dijo—. Por un precio razonable, todos estos jóvenes están dispuestos a venir para hacer el trabajo. Si tú quieres que alguno de ellos se encargue de seducir a la amante de tu marido, no tienes más que escoger. Si tienes la plata, por supuesto.

—Muy bien —murmuró Lali.

—Hay argentinos, colombianos, brasileños —dijo Leticia mientras pasaba las páginas—. Todos están dispuestos. Los precios van de veinte mil a cincuenta mil dólares. Tienes que pagarles los gastos de viaje, hotel y alojamiento, por supuesto. Pero, además, darles algo para sus gastos mientras vivan aquí. Fuera del pago general por el servicio, como es natural. Ellos encuentran a la amante de tu marido, la seducen, la enamoran, provocan que rompa con él y la dejan. Es fácil, rápido y tú estás fuera del asunto. Solo tienes que pagarles. Luego, tu marido vuelve a tu lado, como un perrito, ya sabes.

Lali recibió el álbum. Empezó a recorrer las páginas. Había alzado la punta de los zapatos y los hacía bailar sobre los tacos. Seguía pasando de una foto a otra. Algunos hombres la miraban sonrientes desde sus retratos, la mayoría en camisas de colores vivos y con fondo rojo.

—Serán cinco mil dólares de gastos o algo así por lo menos, con el hotel y todo, supongo. O diez mil a lo mejor, ¿no?

El mozo trajo una bandeja de plata, hizo las consultas sobre el azúcar, el edulcorante y la leche. Luego las dejó.

—Eso depende del tiempo que les tome. Puede ser más. Algunas veces son muy rápidos los chicos. Y no te van a engañar. Es su chamba. Quieren acabar rápido porque siempre los están pidiendo en algún otro lado. Hay mucha esposa engañada en todas partes, ya sabes.

Lali siguió pasando las páginas. En cada una, la foto de un hombre joven, una descripción, la edad y algo de sus gustos y preferencias.

Se detuvo frente a uno. Era esbelto como un venado, ojos azules, pelo oscuro y un enigmático esbozo de sonrisa. Llevaba un saco y una corbata, con la pierna apoyada en un muro. Había algo de misterioso y mundano en esa mirada.

—Quiero a este —le dijo.

—¿Por qué ese en especial, te puedo preguntar?

—No sé.

—Bueno, amiga. Ese es Claudio Rossi. Argentino, treinta y dos años, muy bien dotado, en todo sentido. Tiene unos ojos preciosos, ya lo ves. Buen tipo, la verdad. Es uno de los preferidos. Pero va a costarte. Mira el precio.

Lali se detuvo en la foto.

—Es el que quiero. ¿Cuándo puede estar aquí?

—Voy a llamar. Pero si todo sale bien, la semana entrante.

—Ocúpate de eso y me mandas los datos. Yo lo mando recoger al aeropuerto y hago que lo lleven a su hotel. Va a ser un hotel en Miraflores, seguramente.

—Muy bien —dijo Leticia mientras cerraba el álbum—. Él solo se aloja en suites y en hoteles de cadena, te digo —dio un sorbo a su café—. Veo que tomas decisiones rápidas.

Lali tomó del vaso de agua.

—Siempre. Mándame lo de tu comisión también, todo lo que te toca.

—Por supuesto. Te llamo a la noche y te doy todos los datos.

—Llámame al celular. Voy a estar en casa de mi madre como a las ocho.

El mozo trajo dos cartas y se quedó de pie junto a la mesa. Tenía un bigote poblado y una inclinación solícita del cuerpo. Si gustan servirse algo las señoras, comentó.

Lali miró la taza.

—Traiga dos pisco sours —le dijo al mozo—. Y, de paso, dos lomos saltados que tenemos hambre.

Leticia le sonreía.

—Vamos a comer ahora —propuso Lali.

—Bueno, si insistes.

—Sí, tenemos que celebrar. Aunque no sé qué estamos celebrando, pero igual.

—Estamos celebrando que tu marido va a volver muy pronto.

—Sí. Así será.

—A propósito, el otro día vi a tu hermano André.

—Ay, no me hables de ese imbécil. Un tipo que no merecería estar en este mundo.

—Pero lo vi muy animado.

—Claro. Hay gente que sigue viva para desgracia de la humanidad.

—Caray, qué tal odio.

—No es odio sino desprecio —sonrió Lali—. Es mucho mejor.

—Bueno, lo que tú digas.

Poco después llegaron los dos pisco sours.

—Salud —dijo Lali, alzando su copa—. Por nuestro invitado especial. Claudio Rossi.

Cuando el mozo se llevó los platos del postre con un murmullo sumiso, Lali sacó la tarjeta de crédito y la puso en la bandeja. Se cuidaba mucho de no rozar la mano del mozo, que la miraba apenas, de costado.

Firmó, dejó cincuenta soles de propina en efectivo, le dio un beso a Leticia y salió en dirección al auto. José estaba afuera y la dejaría en el gimnasio otra vez. Había que hacer el turno de la tarde.

En el camarín se cambió a toda prisa. Se quedaría allí dos horas, la bicicleta, la corredora y las pesas. Trataría de recordar quién había sido y quién era entonces. Estuvo pensando todo el tiempo en su padre. Algunas escenas volaron por su mente.

Al final volvió a la bicicleta estacionaria. Tenía siempre un espejo y una botella de agua cerca. Al terminar, el sudor le velaba los ojos. Se bajó del aparato. El mundo le parecía más ligero. Una alegría secreta le latía en las piernas.

Se duchó, llamó a José, vio el auto acercándose y le dijo que iban a la casa. Se quedaría en el cuarto, quizá durmiendo algo, antes de ir donde su madre.

Esa noche se sentó frente a la pantalla con una pistola electrónica. Era el juego que había preferido siempre, "The Last of Us".

"El último de nosotros" se rebela contra la invasión de los seres enfermos, con la piel lacerada, a punto de caerse. Eran unos seres haraposos. Tienen aspecto de monstruos y quieren contagiarnos. Ella les disparaba a la pantalla, los veía caer, sentía su piel abriéndose. Tenemos que defendernos de sus cuerpos malolientes. La televisión se llena de hombres y mujeres con enfermedades infecciosas que se acercan desesperados. Ella aprieta el gatillo, los va eliminando uno a uno, da un grito corto de alegría cada vez que los ve caer. Se ha vuelto una experta. Apenas falla. Los labios apretados, la mirada segura, el dedo en el gatillo. Los leprosos dan una exclamación, aparecen detrás de una barraca de metal, van cayendo uno a uno con sus balas. Viva.

Iba a esperar la llamada, y de inmediato ponerse en contacto con el hombre.

Claudio Rossi, treinta y dos años, pelo rizado, ojos claros. Todo lo que había visto, incluso su nombre, le parecía muy prometedor. Ya le parecía verlo delante de ella.

En la casa de su madre, habló con la enfermera.

—Todo sigue igual, señora Lali.

Le dio a su madre sus pastillas, le habló de algunas tías y le pareció ver una sonrisa en su rostro de papel. Madre, madre, descansa ahora. Cuando su madre se quedó dormida, sonó el teléfono. Era Leticia.

—Claudio está libre la próxima semana —le dijo—. Pero tú tienes que llamarlo. Te doy el número. Dile que llamas de mi parte y no hay problema. Yo ya he trabajado con él otras veces.

—Muy bien. Te debo otro almuerzo.

—Sí, al final. Y ya sabes, no te me escapas. Quiero que me cuentes todo.

Lali colgó.

—Claro que sí.

LUNES POR LA NOCHE

Lali salió de la casa de su madre. Fue al centro comercial Salaverry, dio algunas vueltas mirando vitrinas de vez en cuando. Luego se sentó en una banca y miró a su alrededor. Sacó el teléfono y se quedó observándolo como si fuera un inesperado tesoro. Tenía el papel en la mano. Luego empezó a caminar. Se sentó otra vez. Allí estaba el teléfono con el código de Buenos Aires. Se sentó en una cafetería y pidió un cappuccino.

Un ruido de voces le llegaba desde el fondo del mall. Sintió que podía fabricar un silencio propio con el teléfono. Sería interesante escuchar la voz del tipo. Apretó los números. Un timbre largo, una pausa, un timbre largo. Se puso una mano en la boca.

Un hombre canoso y encorvado pasó cerca. Ella esperó que se alejara.

Nadie contestaba. Marcó otra vez.

—Aló —dijo una voz clara y musical.

—¿Es el señor Claudio Rossi?

—Sí.

Hizo una pausa. Lali se reclinó en el asiento. Miraba al vacío.

—Hola, Claudio.

La voz brotó al otro lado.

—Qué voz bella tenés, nena. ¿Quién eres?

—Te estoy llamando de Lima. La señora Leticia Larrea me dio tu número.

Una pausa, una risa corta.

—Lo digo y lo repito, querida. Qué voz tan sensual la tuya. ¿Cómo te llamás?

—Soy Laura, pero mis amigos me dicen Lali.

El sonido de su sonrisa se filtraba por el auricular. Adivinó el rostro en ese momento al otro lado.

—Laura. O Lali querida. Sí. Te escucho.

—Quiero que vengas a Lima, Claudio. Para hacer un trabajo.

—Ah, sí. Claro, claro. Ahora me acuerdo. Leticia me habló de ti hace un rato.

—Bueno.

—Estoy a tu disposición, señora Laura. ¿O señorita?

—Eso está por verse. Mira. Quisiera que hablemos.

Lali sintió el silencio al otro lado. Lo imaginó, los ojos brillantes, la mano aferrada al teléfono, mientras se arreglaba el saco. Era un tipejo.

—Muy bien. Me atraen mucho tus propuestas, señorita o señora. Y me encanta tu voz, nena.

Lali siguió hablando. Vio un grupo de hombres jóvenes pasar cerca. Uno de ellos volteó a mirarla. Ella bajó la cabeza y se concentró en el tipo llamado Claudio, que le hablaba desde Buenos Aires.

Se sentía muy tranquila, casi feliz. Era un pobre seductor. Había que alimentarlo con silencios bien administrados. Por el momento todo iba muy bien.

LUNES POR LA TARDE

Sonia estaba sentada, frente al Mocho. Se dio cuenta de que había traído una camisa nueva.

—Es que he estado ahorrando, pe' —le dijo—. Tengo un bróder en el mercado que me las vende barato, además.

—Qué bueno. Aquí no hay mucha plata, ya sabes.

Sonia conocía bien a su asistente. Una de sus ilusiones era buscar las mejores prendas para vestirse, con la esperanza de verse bien, lo mejor posible, y también con la esperanza de que lo vieran bien, es decir, que todos supieran lo que tenían que saber. Apenas había conocido a su madre, había sido criado por un padre alcohólico que salía a beber con sus amigos y llegaba a la casa para llorar en sus hombros. La calle —el cemento, el frío, la basura, los mendigos y los fumones, las camas de papel periódico y los huecos en las paredes— había sido su hogar. Durante un tiempo había estado comiendo de lo que le daba una panadería en Villa María del Triunfo, pero un tío había logrado que fuera al colegio y que terminara la media. Por lo menos eso.

Era un tipo solitario. En el colegio había conocido a algunas chicas. Cada vez que salía con una muchacha, se sentía muy lejos de ella, como si no hubiera nadie a su lado. Se lo había confesado varias veces. "Por eso soy el Mocho", le había dicho alguna vez. "A veces pienso que no tengo corazón".

Sonia había conocido al Mocho en la calle, cuando ella era policía. Una noche un chico de pelo crespo y ojos asustados había caído en la redada. Lo había encontrado en primera fila, la cabeza iluminada por la linterna entre el montón. Lo habían traído de la calle. Tenía una camiseta manchada, oliendo a mugre y Terokal. Aquí estamos un poco contentos, le había dicho esa noche y ella, sin saber por qué, lo alzó y lo llevó a su auto y llegó a la asistencia pública, donde le dijeron que su presión estaba volando y que debían inyectarlo para bajarla, y que si no, su vida sería muy corta. Entonces ella había encontrado una farmacia y le había comprado una jeringa y una ampolla con la receta del doctor. Al día siguiente, el Mocho había ido para agradecerle. Un tiempo después, ella le había ofrecido el trabajo. Él había dudado en aceptar. Sonia había hablado con don Carlos, el tío del Mocho, que intercedió para que trabajara con ella. Ella le había dicho que iba a pagarle las clases en el instituto de noche y que podía trabajar con ella durante el día.

Alguna vez el Mocho le había confiado que había aprendido a estar en la calle desde muy niño, pero la calle también tiene sus cosas buenas, no crea, a veces hay unos lugarcitos para descansar, junto a una pared, robábamos y escapábamos, y la calle nos enseña a defendernos y a aceptar las cosas, una vez mataron a algunos amigos míos, pero eso es algo normal, no podíamos vengarnos, a cuanta gente matan también, hasta que me contaron que mataron a mi padre, y yo estaba tirado en el cuarto, así que tuve que salir a la calle, y después me encontró mi tío, todo empezó cuando él tenía nueve años.

—Pero alguna vaina se perdió en el camino. Así que le digo y se lo repito. Por eso soy el Mocho. Me quitaron el corazón.

Ese día el Mocho parecía estar de buen humor con su camisa nueva y azul, su peinado alto y sus ojos encendidos. En los últimos tiempos llegaba a la oficina con la Biblia, y le gustaba recitarla en voz alta.

—¿Esa lady a qué vino entonces?

—Bueno, como te iba diciendo. Tenemos que buscar a una chica. Es un caso de adulterio. Su marido está con una chica de la oficina.

—¿Adulterio? Bueno, muy bien. Siempre el adulterio. La gente ya no lee la Biblia. Por eso hay tanto adulterio.

—Pero la señora que vino me parece demasiado rara. No sé, algo raro hay.

—Seguramente porque está tan fría y jamona, el marido le saca la vuelta, pe'. No hay nada raro.

—Tú siempre con tus explicaciones, Mocho. Bueno, ya sabemos un par de cosas. La chica se llama Jossy Sangama

—dijo Sonia—. Tenemos que tomarle fotos y saber algo sobre ella. Todo hay que hacerlo con cuidadito nomás, como ya sabes hacer, tú ya sabes.

—¿Dónde la encuentro a la chiquilla?

—Estudia en una escuela de secretarias de la avenida Arequipa. Aquí lo tengo. Hay que saber un poco más acerca de sus horarios y todo eso.

La cara del Mocho delante de ella se abrió en una sonrisa lenta.

—Voy para allá. No va a ser difícil esa vaina, creo.

—Está en el último año. Tú ya sabes cómo hacer. Aquí está la dirección.

—¿Fotos nomás quiere la chica?

—Tenemos que saber algunas cosas de su vida, lo que puedas averiguar. Y tomarle fotos, por supuesto. Acompañada del señor Gustavo Rey si se puede.

—¿Cómo se llama la señora?

—Se hace llamar Lali de Rey, pero en verdad se llama Laura Reaño. Reaño es su apellido de soltera. Nació en Magdalena, fue a un colegio parroquial, estudió en la universidad Federico Villareal, Administración de Empresas, pero no acabó. Ya me contaron de ella también. El padre era asistente del abogado de la empresa de los Rey. Pero la vida de esta señora empezó cuando se casó con el señor Gustavo Rey, así que subió de nivel, seguro que piensa eso. Me han dicho que se casó con él cuando no tenía mucha plata, pero que desde que es su mujer presume de ser muy fina y elegante, la desgraciada. Parece que ha escalado muy rápido. Nuestra reputación debe ser buena porque nos dio un adelanto. Toma, te doy algo para los gastos por ahora.

Sonia le alcanzó algunos billetes.

El Mocho se puso de pie, se guardó el nombre y el papel con los datos en el bolsillo. Puso el dinero en la billetera con una insignia del Alianza Lima.

—¿Y tú estás bien?

—Sí —dijo Sonia—. Estoy bien.

El Mocho caminó hacia la puerta. Una luz pálida cubría los muebles y llegaba hasta el vaso de flores blancas.

—Esperemos que sea guapa la chiquilla, por lo menos.

—No hables así, Mocho.

La puerta se había cerrado.

MARTES POR LA MAÑANA

El Mocho se levantó a las siete. A su lado, la mesa con la botella vacía, el piso de cemento, la ventana rajada de neblina. Se quitó la frazada y prendió la hornilla eléctrica.

Tendría tiempo de llegar a la hora de la primera clase. Salió a la calle, sintió el frío en la garganta y saltó dentro de un microbús que apenas se detuvo.

Las mañanas en la avenida Arequipa empezaban muy temprano. La acera con pasto recortado, las palmeras de tronco blanco, algunas flores recias que se meneaban al viento, ómnibus descoloridos y pujantes, el viento de polvo, los arbolitos de ramas quebradas, los cuerpos agrupados en los paraderos, camionetas convertidas en taxis de avisos mugrosos, la suciedad alegre y movediza del cemento.

Se detuvo junto a uno de los microbuses con letras onduladas, avenida Arequipa, Tacna, Acho, las ventanas eran contenedores de rostros y de retazos de cuerpos. Máscaras de cera, como indiferentes a su destino, cada ventana era un retrato, un museo ambulante de la resignación. En la vereda, sin embargo, avanzaban riéndose grupos de chicas en falda. Algunas de ellas tenían los cables de algún aparato de sonido adherido a las orejas.

El Mocho vio el grupo entrar al local de la academia. Tenía la foto de Jossy Sangama en el teléfono. Era la misma que aparecía en Facebook. Allí decía que ella estudiaba en la academia Nuevo Colón, frente a él.

Había una reja, un jardín de arbustos, una escalera circular de gradas blancas y un letrero que decía "Secretariado Ejecutivo. Idiomas. Computación. Oportunidades en grandes empresas. Prácticas profesionales incluidas". Algunas chicas entraban y salían con cuadernos bajo el brazo, hablando por sus celulares. A veces aparecía alguna mujer algo mayor.

Podía esperar allí para ver a las estudiantes que entraban. Después de un rato decidió subir las escaleras. Iba a preguntar por la matrícula y otros datos mientras observaba. Vio un corredor, una puerta con una recepción, un letrero de "Informes", un ventanal de vidrios y fierros rotos, macetas de geranios, un kiosco con chocolates, gaseosas y ofertas de sándwiches, algunos asientos de plástico. Se sentó frente a una chica de ojos grandes, que tenía una expresión extraña, de infinita melancolía. Pidió un café.

Frente a él, había algunas alumnas de uniforme azul y blanco, todas sentadas juntas, riéndose de algo. Las observaba. Ninguna de ellas era Jossy, obviamente. Terminó el café y entró a la oficina de informes a pedir los horarios y las tarifas. "Los hombres también podemos ser secretarios, por qué no", dijo, sonriendo, encogiéndose de hombros. "Al menos si nos tocan buenas jefas".

Salió a la calle.

De pronto la vio. Era ella.

JUEVES POR LA MAÑANA

—Es un señor de ojos claros, pelo rizado, viene de Buenos Aires en el vuelo de las ocho y quince —le dijo la señora Lali a José—. Se llama Claudio Rossi. Ponga su nombre en un cartel y, cuando lo vea salir, lo llama y lo lleva al hotel Adonis de la esquina de Benavides con Larco. Ya están avisados allí. Tiene una reserva pagada por una semana. Puede ser que se extienda. Si le pregunta, dígale que no hay problema.

José miraba hacia abajo. Estaba vestido de negro.

—Muy bien, señora —susurró.

Lali miró la pantalla de su teléfono.

—Ya después le aviso si necesita buscarlo para algo más —dijo mientras iba pasando el dedo sobre la luz—. Puede irse ahora.

La puerta se abrió. Sonia vio entrar al Mocho con su sonrisa habitual. Pero parecía muy satisfecho. Se sentó frente a ella, cruzó las piernas y se quitó de encima el celular. Había ratos así, en los que él regresaba con aires triunfales de alguna comisión.

Ya sé todo de la chica. He estado detrás de ella y ya sé todo. Ya sé que está con el señor ese también. Ella es hija única, pe'. Esas son las más jodidas, dicen. La vi hablando allí con sus amiguitas. Ella y su familia son de Tarapoto, además, vino aquí de chibola. Ahora vive con su madre. El papá murió en un accidente de microbús hace muchos años, así dicen, cuando ella era una niña, allá en Tarapoto, dicen. La madre hace trabajos de costurera para sostener los estudios de la hija. Esa Jossy es muy guapa, simpaticona es la chica, y la quieren mucho en la academia. Es la mejor alumna de su clase, así dicen también las otras chibolas. Tiene una amiga muy cercana también, Betty Gamarra. Pero hasta allí nomás llegamos, pe'.

El Mocho le puso algunas fotos en la mesa. No le he tomado todavía foto con el señor, pero sé en qué hotel están. Es por allí, por El Olivar. Mejor tómales. Es para estar más seguros. Ahora más tarde les tomo. Seguro que van a encontrarse en la tarde. ¿Y qué hace ella además de estudiar en esa academia de secretariado?

Está en último año. Hizo unas prácticas hace poco en una compañía de seguros. Allí parece que conoció a ese señor, el esposo de la señora Lali, un bacanazo que se llama

Gustavo Rey. Un gran huevón, pe', así dicen, un fichazo. Y la hembrita se templó de ese pata, no sé cómo. O, mejor dicho, sí sé. Por la plata, por la pinta, por el terno, por el auto. Como él era un rey. Es medio corchita para el amor la chica. Pero pucha, sus amiguitas la quieren, dicen, porque es muy alegre. Es así, toda llena de vainas pretenciosas, muy ella siempre, se viste siempre bien, con sus vestidos rojitos y sus cerquillos, y cosas así. Seguro que a esa Jossy le gustan las baladas de amor, tararea seguro esa canción "Cuarenta y veinte", su sueño es viajar a Miami, le gusta la buena ropa. Los fines de semana se reúne con sus amigas y sale a fiestas. Pero ahora, hace poco, ya no sale con sus amigas. Dicen que se ve mucho con el Rey. Y cómo te has enterado de todo esto. Pagué mi matrícula y me metí a las clases, nadie dice que está prohibido que un hombre estudie secretariado ahora que hay mujeres ejecutivas, así que me hice amigo con varias chicas. Todas hablan de Jossy Sangama. Es la comidilla de la academia. Todas saben que sale con el tipo. Primero se hacían las calladitas, pero después me contaron de su vida. Ya sabes que Lima es el paraíso de las bocas flojas. Todos hablan mal de todos porque saben que los otros también hablan mal. Rajar y chismear es una defensa, no un ataque. A ver, quién da más. Bueno, no sé qué más huevadas decirte, pero tienes que reembolsarme lo que pagué por la matrícula. Era más plata que lo que me diste, Sonia.

Sonia sonrió.

Ya, no te preocupes por eso. Dime cuál es su horario.

Jossy va a la academia en horario de mañana, de nueve a una. Por las tardes, se queda con su madre. Algunas tardes y noches lo ve al señor. Pero siempre va a las clases, eso no falla.

Y en qué hotel andan, solo por curiosidad. La seguí hasta uno de los hoteles en El Olivar, no lejos de la academia. Pero hay otro asunto. Estuvo con otro chico antes, ¿puedes creer? Estuvo con un muchacho de su tierra que se llamaba John, pero a ese bróder lo dejó hace tiempo. John a veces la busca, pero ella no quiere saber nada con él. Y John está asadísimo porque se ha enterado de que ella está con el Rey, su jefe de la compañía de seguros. Eso lo tiene más asustado que cucaracha en fiesta de huaylas al John ese. Bueno, y eso nomás, pe'. Además, te diré que me gusta la chica. Se viste bien. Buenos trapos se pone, la muy pendeja. Se hace la inocente, pero es una trepadora también, así me parece la Jossy. La he visto en las mañanas. Llega siempre puntual a clases, a las nueve, tienen una pausa de diez y media a once y quince, y luego vuelve. En la pausa va con sus amigas a una bodega en la esquina de la avenida Petit Thouars, pero a veces va sola. No le gusta estar mucho rato en el mismo sitio.

El Mocho se sentó. Una mosca revoloteaba entre ambos, como haciendo un ritual. Bueno, con eso tenemos. Era lo que nos pedía esa señora. Y no te olvides de pagarme lo que he gastado. Hasta un café le invité un día a Jossy. Pero ella se negó, pues. Tuve que tomármelo yo solo. No es mujer para mí. Yo sé quién soy.

La puerta de vidrio despedía a una muchedumbre de pasajeros. De pronto José vio al hombre salir, mirando hacia distintos lados. Traía saco verde, pantalón gris y zapatos de gamuza. Un peinado alto lo coronaba.

Miraba distraído al grupo de personas que esperaban detrás del cerco de aluminio.

Claudio Rossi, sí, señor.

El hombre se acercó. José alzó el brazo.

—Señor Rossi. Déjeme ayudarlo con su maleta. Por aquí, por favor.

Dos horas después, José alzó el teléfono.

—Ya dejé al señor en su hotel, señora Lali.

—Gracias, José. Puede irse a descansar. Mañana hablamos.

El día no era muy frío pero un chiflón de aire se colaba por algún lugar. Revisó las ventanas. Estaban todas cerradas. Pero no debía hacerle caso a la corriente de aire. Ella estaba protegida. Había tomado un café esa tarde, después del gimnasio. Debía estar muy alerta.

Se volvió a sentar y cogió una revista. Estaba esperando a Gustavo. Iban a ir a la boda de su sobrina, Anita. En realidad, Ana Carolina Sifuentes. Hija de su prima Caro, a quien detestaba, pero, como es obvio, tenía que agradar. Esta vez le tocaba hacerlo en el Club Golf Los Inkas. Su prima también la detestaba, pero si ella no iba a la boda, Caro no se lo iba a perdonar. Además, su ausencia sembraría muchos rumores, no faltaba más. De nada valdría la llamada con una excusa cualquiera. Había que estar allí y con Gustavo, y mejor que todos me vieran.

Además, había que quedar bien con ellos porque Caro y su marido, Lucho Sifuentes, habían sido los primeros en llegar a su fiesta de aniversario unos meses antes.

Se imaginó a Claudio Rossi instalándose en el hotel.

Gustavo iba a pasar por ella.

—Es lo último que vamos a hacer juntos —le había dicho ella—. Pero no puedes faltar a la boda de mi sobrina.

Los dos lo sabían. Él iba a pasar por ella, siempre y cuando todo estuviera bien con esa chica. Le inventaría alguna excusa a la tal Jossy. Es algo que tengo que hacer, un compromiso, después no voy a salir más con Laura. Algo así. No importaba.

Mientras tanto, pensó Lali, ese tipo argentino, Claudio Rossi, estaría saliendo a la avenida Larco a dar una vuelta. Se sentía tranquila de saber que estaba en Lima.

Gustavo no tardaría. Quizá la otra chica también tenía un compromiso, quién sabe. Quizá Gustavo la acompañaba esa noche porque no quería que nadie supiera todavía lo que estaba pasando. ¿Qué les habría dicho a sus amigos? Seguramente ellos sabían lo que ocurría desde mucho tiempo antes, casi seguro que sí. Me estoy tirando a una chiquilla de veinticuatro años, les había dicho. Claro, huevón. Claro que sí. Te felicito, pues.

Gustavo llegó a la casa un poco antes de las ocho. Su terno, su pelo corto, sus ojos dulces y lejanos. Ella se puso de pie. Acababa de verse en el espejo, una princesa delgada y madura, con el traje largo, el collar de perlas blancas, los zapatos de taco. Se había asegurado de dejarse unas hebras sueltas que le caían sobre los hombros en un calculado y espontáneo descuido.

—Vamos —le dijo.

En el auto, Gustavo empezó a hablar a toda velocidad, como si alguien lo estuviera persiguiendo por dentro. Le fue contando de algunas cosas que habían ocurrido en la oficina. Sus propuestas acababan de lograr una respuesta favorable en el banco, estamos muy animados. Podrían asegurar a todos los empleados. Felizmente que Pocho trabajaba allí, y lo había ayudado. El gran Pocho, claro. Ella le hizo las preguntas normales. Le deseaba mucha suerte.

Hablaron del clima, luego de los problemas de la Mona Gasco. Ni una palabra de la otra, ni de los días siguientes ni del viaje. Por el momento era lo mejor.

Gustavo miró el reloj.

—Lo mejor será ir de frente a la recepción. No llegamos a la misa igual.

—No, pero vamos a la salida de la misa por lo menos. Que nos vean allí. ¿Cómo no vamos a ir?

Gustavo enderezó el timón.

—Lali, he decidido que voy a alquilar un departamento. Apenas regrese de Miami, voy a buscar un sitio donde vivir. Voy a dejar el hotel.

—Como quieras, Gustavo. No voy a presionarte más. Lo que más me gustaría es que fueras feliz.

Lo vio endurecer los labios en un gesto que podía ser de resignación, de rencor o de afecto hacia ella.

Se cuadraron junto a la iglesia. Caminaron en silencio. De pronto, los grupos se movieron. Algunos aplausos y gritos. Se formó una doble fila. Ana Carolina, la gran novia, traía un vestido color mármol, con un velo corto. Se veía como una muñeca de porcelana ambulante. Habían comprado el traje en una tienda de la Quinta Avenida en Nueva York, y luego iban a tirarlo a la basura o a guardarlo para la boda, en unos treinta años, de su primera hija.

Habían llegado justo a tiempo de verla salir por el corredor central de la iglesia y de que los padres los vieran allí. Muy bien, qué suerte, qué bueno. Sonrieron a los Cipriani, los Rizo Patrón, los González Bass. La señora Mili Balarezo se había puesto un vestido turquesa con una voladura frontal que parecía un golpe de cimitarra o el parachoques de un camión. Fiel a su estilo, pensará que es María Antonieta, le dijo Lali a Gustavo en el oído. Él sonrió. Por un instante, ella fue feliz con su sonrisa.

En la iglesia, lograron hacer la cola en los salones para saludar a los novios y abrazaron a sus amigos. Luego todos debían ir al Club Golf Los Inkas para la recepción, el buffet y el gran bailongo.

En el camino, Gustavo le comentaba que su amigo el Negro Galindo se veía muy bien, a pesar de su reciente operación a pecho abierto. Y eso es gracias a los cuidados de mi amiga Milagros, que, como te repito, está pendiente de él, dijo Lali, la Mili cuida muy bien a su marido. Yo hubiera querido cuidarte también, pero ahora creo que perdí mi ocasión. Todo ha sido culpa mía. Y ahora por eso ha venido otra. Qué voy a hacer. Es mi destino.

Él apretó los labios. Se quedó en silencio. Era lo que ella esperaba, pero las palabras irían haciendo efecto luego.

Al llegar al club, cuadraron el auto, subieron al pequeño ómnibus que los llevaría a la zona de la recepción y se sentaron cerca de la mesa del buffet, con los Gómez Sánchez y los González Vass. Pili Gómez Sánchez llevaba un peinado alto como una torre, y un vestido blanco, largo y limpio, con un prendedor dorado. Pacho estaba con su terno negro. Los rostros les brillaban gracias a ese polvito dorado que habían encargado a Miami. En el momento en que los vieron, ambos estaban lanzando una carcajada. Luego se levantaron a saludarlos.

De pronto Lali recordó lo que había ocurrido un tiempo antes. Habían celebrado su aniversario en el club de playa. Habían estado todos sus amigos y algunos que pretendían serlo, y ella se había puesto el traje de color marfil con ribetes gruesos, el mismo traje que llevaba esta noche. Los fotógrafos estarían allí. Con algo de suerte, podía repetir la foto en alguna de las páginas sociales de las revistas o periódicos, y en algún lugar de Lima esa otra chica iba a verla. Aunque lo más probable era que esa chica no leyera periódicos ni revistas, qué diablos.

Por el momento todo iba bien. La fiesta había empezado, los mozos se acercaban con fuentes de vasos y botellas de whisky. La mesa del bufet estaba servida con carnes, quesos, panes y fruta. La música, de Carlos Vives. Un polvo azucarado se esparcía por el aire. La gente seguía llegando y se veían muchas parejas de la mano que se soltaban para abrazarse con otras parejas y volver a tomarse de la mano, era un ejercicio que cumplían cada quince o veinte segundos, como en una clase de gimnasia.

Casi todos eran amigos o conocidos. Esa noche al menos ellos dos seguían juntos.

Por un momento, Lali se sintió ansiosa. Si él había aceptado ir con ella a lo mejor era porque su relación con la chiquilla era más fuerte de lo que creía. La otra estaba segura de que Gustavo no iba a volver con ella, y le había dado permiso. Esa parecía ser la situación.

Pero eso iba a cambiar.

Lali se sirvió un pisco sour de la bandeja que le llevaba el mozo. Dio un sorbo breve mientras miraba a su alrededor. Había varias personas conocidas. Luego ya tendría tiempo de ir de grupo en grupo, hablar con cada una como debía ser.

Tenía a Carito a su lado y ella le informaba de un viaje reciente a Orlando, donde había comprado una camioneta Ford. Iba a llegar en un par de semanitas.

De pronto, Lali vio algo en su teléfono. Era una llamada perdida. Luego un mensaje.

—Estoy en Lima, nena. Esperándote.

Lali terminó su trago y se sirvió otro. La noche recién empezaba. Apagó el teléfono. Luego lo prendió.

—Salud —le dijo Carito—. Por los novios. Dicen que ella está con seis meses, pero casi no se nota. Imagínate.

Su prima se tapó la boca.

El teléfono sonó otra vez.

—Señora Lali de Rey. Trabajo con la detective Sonia Gómez.

Lali esperó.

—Sí, lo escucho —dijo.

—Tenemos la información, pero queremos confirmarla. Pasado mañana vamos a tenerlo todo. Vengase a la oficina el sábado a las diez.

—Muy bien.

Colgó y apagó el teléfono.

—¿Quién era? —le dijo la Mona Gasco.

Lali sacó un cigarrillo y lo prendió. La orquesta había empezado a tocar.

—Nadie. Gente que anda trabajando mientras yo estoy aquí.

La Mona sonreía. Había alzado su copa.

—Mira, empezó la música —dijo Lali—. ¿Por qué no lo sacas a bailar a mi marido?

La Mona asintió. Lali vio a su sobrina en la pista de baile. Tan llena de flores blancas, sonriente, luminosa. Querida sobrina, le dijo. Salud.

VIERNES

Cuando Lali se despertó, todo parecía haber cambiado en su habitación. La lámpara, la alfombra, el sofá seguían allí. La luz era la misma de otras mañanas de invierno. Las cortinas protegían el cuarto del mundo de afuera, pero sabía que uno de los clósets estaba vacío. Gustavo solo había dejado unos zapatos viejos y su estuche de puros.

Debía haber sospechado que Gustavo se había enamorado cuando lo vio dejar el cigarrillo. Le había extrañado que no fumara, lo había felicitado, no se había dado cuenta de nada. Ya no fuma más. Claro. Mantenerse joven para la otra chica y con el aliento puro, qué tal ridiculez, por Dios.

Aunque solo habían pasado unos días, su lado de la cama parecía haber estado vacío y sin arrugas desde hacía mucho tiempo. A lo largo de las últimas horas, el colchón se había ido subiendo de ese lado y ya mostraba una inclinación que ella no había previsto. Estar sin Gustavo era sentirse incómoda sin el otro cuerpo en la gran cama. Mierda. Mierda. Era como si la ausencia se confinara a un solo lado. Iba a comprarse un colchón nuevo cuando él volviera.

Oyó el rumor de la lustradora. Ella había ordenado a las empleadas que barrieran, lustraran y dejaran todo impecable, como si alguien nuevo fuera a vivir allí. Las palomas, en el árbol, y una leve brisa moviendo las cortinas blancas.

Lali entró al baño, se duchó apenas y salió a maquillarse frente al espejo. Se puso el vestido negro. Se tocó las piernas.

Había quedado en verse a las ocho y media de esa noche con Claudio Rossi, en su hotel. Debía pasar por la casa de su madre antes, un ratito, aunque fuera.

Sintió un pequeño temblor, pero se contuvo. Estaba acostumbrada a lidiar con los hombres y ese pequeño estremecimiento era parte de las tensiones, un nerviosismo parecido a la dicha. Estaba temblando, pero solo ella lo sabía. ¿Estaba bien ese vestido? Se enfrentó al espejo. Sí, estaba bien.

Se quitó el vestido, se puso el buzo. Iría al gimnasio.

Por la tarde, vio una de sus películas preferidas, "Reflejos de un ojo dorado", y después de comer sola una ensalada de alcachofa junto a la piscina, llamó por teléfono al hotel. Tenía aún grabada la imagen del muchacho desnudo encima del caballo.

—Aló.

—Soy Lali.

—Ah, qué gusto, Lali. Lindo escuchar tu voz. ¿Nos vemos más tarde como quedamos? Decime a qué hora, nena.

Ella le dijo que lo esperaba a las siete en la cafetería de Starbucks. Está en Larcomar, cerca de tu hotel.

Colgó.

Esa tarde, Lali cuadró el auto en el gran estacionamiento subterráneo, sintió el sonido del taco golpeando el cemento de manchas, una señal a todos de su llegada.

De pronto estaba sola. Adivinó la luz oscura del mar.

Al entrar a la cafetería, vio a un joven delgado, de pelo rizado y una camisa de tres botones abiertos. Ya la estaba esperando con un vaso de café para ella, vaya tipo.

Claudio se puso de pie con una sonrisa. Pero qué he hecho yo para encontrarme con una mujer tan hermosa como vos. Qué dios me ha echado su bendición esta noche.

Estaba abriendo los brazos.

Ella se acercó y se detuvo cerca. Puso una mano delante y le permitió un beso, pero logró evitar el abrazo.

Claudio Rossi dijo algo así como "qué placer" y le dio otro beso rápido. "Te pedí un cappuccino", le dijo mientras se sentaban. "Pensaba que era lo que más te gusta, nena". "Tienes razón. Gracias", sonrió. "Pero no me llames nena, idiota. Tenemos mucho de qué hablar". "Soy todo oídos", le dijo él. "Con una muchacha tan bella como vos, siempre será un placer hablar y hacer cualquier cosa que querás".

Lali dio el primer sorbo. "Conmigo no van a funcionar tus estupideces", murmuró. "Guárdate eso para las chiquillas que creen que eres muy guapo y todo, yo no soy así. Además, te ves regular nomás". Claudio sonrió. "Lo siento", dijo. "Vas a servirme para un trabajo y para lo que yo quiera. Después te voy a pagar y te vas de regreso a tu país. Pero primero quiero que me escuches lo que voy a decirte".

Claudio alzó los ojos hacia ella. Le sonreía con una felicidad convencional, lo suficiente para sostenerse.

—Bueno, como quieras.

—¿Qué te parece el café?

—Estamos en Starbucks, pero mirá, te lo digo de verdad, el café de aquí es mejor que el de Starbucks de Buenos Aires —declaró, alzando el vaso como un trofeo—. Ya me habían hablado del café peruano. Insuperable.

—Claro que sí, muy buen café —dijo ella alzando la mano, sonriendo—. Mira, Claudio. Está muy bien que te hagas el idiota y que quieras caer bien, pero bueno, eso para mí no tiene ninguna importancia. O sea que vamos a hablar de lo importante ahorita —seguía hablando mientras abría la cartera y sacaba un caramelo que se puso en la boca—. Ya sé cuáles son tus condiciones. Ahora voy a darte el dinero. Es un sobre, por supuesto que no lo abres ahora, sino más tarde en tu cuarto. No necesitas contar los billetes. Yo sé que tú lo vas a hacer y que no vas a engañarme. Tú sabes que allí está la primera cuota. Si te vas sin hacer el trabajo, voy a Buenos Aires a matarte o a castrarte por lo menos. Tengo tus datos.

Claudio dejó el vaso en la mesita y tomó del agua.

—Por favor, querida. ¿De qué estamos hablando? Soy un profesional. Mirame la cara, nena.

—Sí. Toda tu vida está allí, por supuesto.

Lali sintió que alguien iba a acercarse. Miró hacia abajo. Regresó el sobre a la cartera.

Una sombra pasó cerca de ellos. Era la Burra Velasco. Iba de negro, con ribetes plateados, una breve montaña de pelo. Habían estudiado juntas en el colegio.

Lali le hizo una venia y la escuchó decir "hola, Lali, qué lindo verte". La vio salir. Luego miró a Claudio otra vez.

—Por otro lado, hay algo de lo que no hablamos, pero estoy dispuesta a hacerte un pago extra por eso.

—Ah, ¿sí?

—Estamos de suerte porque mi marido va a salir de viaje. Ya sabrás lo que quiero —dijo Lali—. Supongo.

Claudio Rossi se puso la cabeza sobre el puño.

—Déjame pensar.

—Me dijo Leticia que eras el mejor en este asunto. Confío en que acabes con esa chiquilla. Pero quiero acabar contigo primero.

Claudio sonrió.

—Ah, ¿sí?

—Sí.

Lali le sonreía como un modo de examinarlo. Él apenas le devolvía la sonrisa.

—Yo estaré feliz, Lali. Dime entonces. Pero por estar con una mujer tan hermosa como vos no voy a cobrarte nada, yo debería pagarte, faltaba más.

Lali sacó el sobre con el dinero. Lo dejó en la mesa, cerca de su mano derecha, sabiendo que él aún no se atrevería a tocarlo.

—Pero antes esto... la chica a la que tienes que encontrar se llama Jossy Sangama. Es una charapa, aquí se les dice así a los que vienen de la selva. Parece una buena chica, en todo el sentido. Te apuesto que nunca habías estado con alguien de la selva peruana antes.

Claudio sonrió. Tenía la sonrisa de un niño perverso.

—He estado con chicas de la Amazonía brasileña, no de la peruana. Será interesante.

Lali dio un sorbo al café, y luego otro. Estaba a punto de terminar.

—Mi marido está con ella hace seis meses, o quizá un año. Por lo visto, lo ha agarrado fuerte esta vez.

—¿Cómo te diste cuenta?

Lali dio un sorbo. No entendía por qué era tan inquisitivo.

Él encogió los hombros.

—¿Te importa?

—Soy curioso.

—Desde hace un tiempo, él se viste demasiado bien cada vez que sale a trabajar. Esa fue la primera pista. La segunda fue que dejó de fumar.

—¿En qué trabaja él?

—Eso no te interesa.

—Claro que no —dijo Claudio alzando la taza—. Disculpa. Siempre tan curioso yo.

Ella se dio cuenta de que él se había quedado mirándole el inicio de los muslos. Era un tipo observador.

—Aquí tienes la mitad y algo más para tus gastos. Tendrás que invitarla a sitios buenos, por supuesto. Después hablamos de lo otro, o sea del bono que te digo.

Lali señaló el sobre manila. Claudio lo miró y alzó los hombros.

—Placer hacer negocios contigo, Lalita.

—Pero esto tiene que hacerse muy rápido. Mi marido ya se fue de la casa. Seguramente está con ella en el hotel ahora mismo, tomándose un trago y viendo la televisión antes de su viaje. Pero, como te decía, estamos de suerte porque se va sin ella. Una semana, por lo menos la tienes para ti nomás.

Claudio terminó el café y dejó el vaso de plástico en la mesa. A esa hora había muy poca gente. En una de las mesas un tipo leía el periódico. Había una mujer sentada, con su laptop.

—Lo mínimo será una semana. Lo máximo será un mes. Los gastos ya corren por tu cuenta. No creo que necesite más tiempo. Y, además, me interesa hacer el trabajo rápido. No es que no me guste Lima.

—Claro.

—¿Tienes fotos de ella?

Lali encendió su laptop y buscó en Facebook.

—Aquí hay algo. Una foto nomás. Pero mañana por la mañana voy a tener más fotos y algo de información.

Claudio recogió el sobre sin quitarle los ojos de encima. Luego volteó hacia la pantalla. Se quedó mirando la cara de Jossy.

—Tiene buena cara. Es linda. A lo mejor me equivoco —dijo—. Pero no creo que sea más de dos semanas. O una.

—Muy bien.

—Necesito saber algo sobre su vida. Sus horarios, sus amigas y todo eso.

—Mañana te voy a tener algo.

—Muy bien.

—Puedes empezar el lunes entonces.

—Puedo empezar mañana mismo. Dame la dirección de la academia.

Lali lo tomó de la mano. La sintió suave y firme. Lo miraba a los ojos con ternura.

—No seas estúpido. Mañana no hay clases, es sábado. Además, ya te digo. Antes tienes que demostrarme qué tal eres en la cama. Y vas a estar a mi servicio, además.

Claudio la miró. Tenía los ojos iluminados.

—Soy un hombre con suerte —dijo él.

—¿Por qué?

—Una mujer tan bella como vos queriendo dominarme —dijo, alzando los hombros—. Olvidate del bono. Soy un hombre afortunado.

Lali se acomodó en el asiento. Miró a la gente que pasaba. Al fondo se iluminaban los puntos de la bahía. Encima, la cruz encendida.

Al día siguiente, Jossy estaría despidiendo a Gustavo en un taxi, o acompañándolo al aeropuerto. Linda escena entre ellos, pensó.

—Vamos al hotel —le dijo—. A ver si mi inversión vale la pena, Claudio querido.

Subieron al auto.

Al llegar a la calle, Lali sintió los labios oscuros y húmedos que le recorrían la cara y los hombros, el fuego helado que bajaba hacia su cintura. Sintió la firmeza de su boca incrustándose en ella. Un escalofrío de placer la atravesó y por un instante la dejó paralizada en el asiento. Se bajaron en el estacionamiento del hotel, salieron a la calle, Claudio saludó al portero y entraron al ascensor besándose.

El corredor era una lujosa galería de espejos y alfombras rojas. Ella tomó la tarjeta de la mano de Claudio y abrió la puerta. Era una habitación amplia, con una gran cama doble. Ella se colgó de su nuca y lo jalo hacia la cama. Lo echó boca abajo y se desnudó encima de él, soltando las prendas a lo largo de su cuerpo, frotándolas contra su cara. Luego él se irguió, la puso de espaldas y se encaramó encima de sus piernas extendidas. Su sexo furioso se había alzado sobre la luz amarilla de la lámpara, como un dios de las tinieblas. Lali se sentía mojada y expuesta, y por un instante temió que el placer la hiciera rendirse. Pero recuperó el control con las manos, sosteniéndolo de los costados mientras sentía el sexo entrando suave y firme en ella, una y otra vez. Empezó a gemir. Hacía mucho que no había oído los peculiares ruidos del placer que su boca dejaba. El tipo se había transfigurado, jadeaba con una inocencia perversa, se había integrado a ella. Lo había aceptado todo. A partir de entonces, sería suyo para siempre, aunque lo olvidara muy pronto.

Había algo en el cuerpo de Claudio que le recordaba al muchacho con el que se había acostado la primera vez. Era un chico llamado Pocho, un rubio de pelo rizado que la había besado en una discoteca una noche después de varios pisco sours y la había llevado a un hotel cerca. Tras algo de charla y muchas copas, ella estaba de pronto sobre la cama de un hotel en las inmediaciones del malecón, y él se acercaba a ella. Pocho era un tipo de manos sucias que le había roto la blusa y había entrado como un animal en su cuerpo, a pesar de sus ruegos. No lo olvidaba. Le había enseñado como eran los hombres.

Como aquella vez y tantas otras, pero sobre todo como aquella vez, en ese momento, en la luz incierta y furiosa del cuarto, sostenía a Claudio, que había empezado a sudar, un líquido precioso y dulce, buscándola con el sexo encrespado, los pelos en el pecho doblados en la humedad, un jinete divino en el infierno. Desde entonces, todo fue un viaje hacia un universo perdido en el que Claudio parecía dirigir un carruaje dentro de ella. Por fin, sintió que todo su cuerpo se precipitaba, recogió las piernas y se entregó a la oscuridad.

Lo sintió alejarse, ir al baño, decir unas palabras amables. Ella se puso de pie, se vistió y lo esperó sentada en la cama.

Lo vio salir.

—Che, yo pensaba seguirla.

—No creo que puedas —le dijo ella—. Además, no eres tan bueno como pensaba. Buenas noches de todos modos.

Lali sacó unos billetes y los dejó en las frazadas.

Los ojos claros se iluminaron.

—De aquí no te vas, nena. Vas a ver ahora.

En ese momento, Claudio se parecía a ese chico de tantos años antes, ese muchacho llamado Pocho o quién sabe cómo se llamaba, a quien nunca había vuelto a ver. También se parecía a la sombra de sus hermanos cuando la habían encerrado en un cuarto para pegarle y divertirse y ella se había despertado con el dolor y la quemazón allí, en esa casa frente al mar de Magdalena, y también se parecía a su padre que llegaba a la casa oliendo, y se dirigía a ella antes, y también se parecía a todos los hombres que había conocido hasta entonces. Los otros rostros visitaban, transformaban, verificaban el suyo en el silencio. Sí, Claudio era todos ellos. Pero esta vez Claudio estaba a su servicio y la obedecía. Lo vio agacharse encima de ella, con su sexo furioso y dócil, con sus gemidos dulces, serviles, hasta que llegó el instante en el que soltó el torrente en sus entrañas, y bajó la cabeza para chupar su sexo como un siervo, y luego consentir a sus órdenes de arrodillarse mientras ella se aliviaba y se ponía de pie y se encaramaba a sus espaldas y cabalgaba con él sobre la alfombra celeste de la habitación. Sintió la piel firme y las patas duras del caballo que había encontrado para explorar todo el perímetro.

Él le había sonreído mientras lo hacía, pero ella le dijo que no iba a tolerar una sonrisa más. El sexo no era un asunto de bromas o de juegos sino algo muy serio. Él no iba a reírse ni a hacer bromas sobre eso. Le había dado gusto que él mostrara su encono en ese momento, y que a partir de entonces se hubiera esmerado en complacer las zonas de su cuerpo a las que recién llegaba. Ya sabía que por más que los hombres se esforzaran, siempre había regiones del cuerpo femenino que ellos nunca alcanzarían. En cada mujer eran distintas y en ella cambiaban de vez en cuando. Claudio se esforzaba, su sexo volvía a encresparse, se dirigía otra vez hacia ella y la noche se hundía, el fondo de ese techo negro. Se dijo que había sido un buen negocio traer a ese muchacho. Era el ideal.

IV

SÁBADO POR LA MAÑANA

Sentada en su oficina, Sonia recordaba esa mañana de su infancia, con sus padres, la mañana de la excursión, cuando habían salido desde La Popa, para cruzar el camino de arbustos, luego los campos de maíz, papa y olluco, y luego las planicies amarillas y verdes, y los bosques de quiñahuiro, hasta llegar a las pampas verdes con el bendito ichu y de pronto allí estaba, la Laguna de la Montaña.

Mira, papi, qué lindo, mira, su voz le hablaba desde entonces, y había salido a correr con él. En el camino habían visto un venado gris que salió corriendo con las patas hacia arriba, para perderse entre los árboles molle. Todo eso refulgía mientras contemplaba la orquídea en su ventana. Era todo lo que quedaba de ese día, de sus padres y de ella.

Le gustaba ver la orquídea de vez en cuando, le gustaba cuando no había otra cosa que hacer y también cuando había un trabajo urgente. Una orquídea estaba hecha para enseñar a la gente a tener paciencia. Era una flor minuciosa, que solo descubría sus tesoros después de mucho tiempo. Estaba hecha para ser contemplada.

Esperar, esperar. Ser detective, como cualquier profesión, significaba saber esperar. Esperarse a una misma. Tener esperanzas en una misma. Eso era la paciencia.

El Mocho le había traído el sobre con las fotos y algunos apuntes sobre Jossy la noche anterior. El sobre estaba allí, frente a ella. Pero algo en sus manos la impulsaba a volver a su tierra y llevárselo. ¿Por qué darle las fotos a esa mujer?

Eran las diez.

Oyó los pasos, los mismos ruidos duros en el corredor. Los había oído solo una vez antes. Se acercó a la puerta. La abrió.

La señora Lali estaba de pie en el umbral. Tenía una blusa blanca, con un chaleco verde y una falda clara, ligeramente por encima de las rodillas. A pesar de la oscuridad de la mañana, tenía anteojos negros. Un peinado con un cerquillo de colegiala la coronaba.

—Buenos días —dijo la señora Lali.

—Buenos días, señora.

Lali se sentó frente a ella. Sonia le alcanzó el sobre manila.

—¿Esta todo aquí?

—Lo que me pidió. Jossy Sangama. Veinticuatro años. Natural de Tarapoto. Allí están las fotos con su marido, mírelo. No hay duda. Hay la otra información que nos ha pedido también. No está en el sobre, pero se la voy a dar ahora mismo.

Lali se reclinó en el asiento, dobló las piernas y fue pasando cada una de las fotos. En ese momento parecía tener la expresión de un ornitólogo que está observando distintas especies de aves. En sus ojos había una calma lenta y continua que repasaba las imágenes de Jossy mientras su mano las iba haciendo a un lado. De pronto una enorme sonrisa la atravesó.

—Muchas gracias —dijo—. Con esto es suficiente.

—Tengo que decirle algo más.

Sonia repitió algunas de las informaciones que tenía en los apuntes del Mocho. Horarios, amigas, algunas preferencias.

La señora Lali la escuchaba sin moverse. Luego alzó el sobre. Sonia puso las hojas en el sobre y se lo entregó.

—Muchas gracias. Ya me habían dicho que usted era muy eficiente. Adiós.

—Si tiene alguna pregunta, me avisa.

—No creo que volvamos a vernos, señorita Gómez. Aquí tiene el resto de lo que le debo.

Lali sacó un sobre y lo dejó sobre la mesa. Sonia vio sus uñas largas y rosadas moviéndose sobre la madera. El Mocho acababa de entrar a la oficina, la saludó con un "buenas", se dio la vuelta sin esperar respuesta y se quedó en su escritorio.

Lali se puso de pie, hizo una venia, sonrió por última vez y se dirigió lentamente a la puerta.

El Mocho le hizo una venia. Lali siguió de largo. Tenía una soltura tan despectiva en caminar, en despedirse, en agradecer por los servicios prestados.

—Muy elegante la señora —dijo el Mocho—. Hace tiempo que no veía a una huevona así.

Sonia se acercó a la ventana. Vio que un auto se detenía. La señora Lali de Rey entraba rápidamente.

—Sí, muy elegante.

Sonia guardó el sobre con el dinero.

—Elegante y medio rayada también la mujercita —agregó—. ¿No te parece?

—Una esposa huevona engañada más —dijo el Mocho—. Vamos a pensar en otra huevada.

Sonia se sirvió un vaso de agua del bidón.

—Es la historia de siempre —dijo—. Los hombres siempre joden a las mujeres. Pero las mujeres saben joder a los hombres también. En medio de todo eso, a veces la pasan bien. Esa es la historia de todo el mundo, bien resumidita. Así vamos.

Hubo un silencio.

—Bueno, qué más huevadas tenemos.

Sonia dio un sorbo.

—Yo no sé qué va a hacer esta loca —dijo.

—¿Por qué?

—No tiene ningún problema en que su marido esté con otra. No sé, no sé qué decirte.

—Qué.

—Hay algo raro en ella. Me parece tan tranquila que da miedo.

Una sirena de ambulancia había tomado la calle. Los vidrios parecían temblar.

—O sea, la huevona es rara como todas las otras de su tipo. Toda la gente que conozco tiene algo raro. Pero esta huevona no me da miedo —dijo el Mocho—. Me parece una huevona cualquiera. No es para tanto, no creo, no es para tanto.

—Yo no sé lo que piensa —dijo Sonia—. Camina y habla como alguien que está recordando un montón de cosas todo el tiempo. Y creo que siempre anda en guerra con algo, siempre.

—No sé por qué dices eso —dijo el Mocho mientras se acercaba a la cafetera.

Llenó su taza de café y volvió a sentarse.

—¿Quieres un poco?

—Yo me sirvo —dijo Sonia levantándose. Mientras movía la cucharita en la taza agregó—: Bueno, ya no es asunto nuestro. Ya hicimos nuestra vaina.

—Sí, pe'. Ya fue con esa huevona.

SÁBADO, MEDIODÍA

Al llegar a su casa, Lali movió la cabeza de un lado a otro. Tenía un dolor en la nuca y al mirarse en el espejo reconoció las huellas de la noche de Claudio en su rostro. Solo ella podía notarlas.

Tenía las fotos.

Abrió el sobre y se dedicó a mirar a la fulana. Hasta entonces solo había visto la foto del Facebook. Ahora se la podía ver con más claridad: piernas largas, porte erguido, facciones finas, una puta con aspecto de inocente. Como muchas, claro. Era patético adivinar esos ojos de ilusión con los que veía la calle, agarrada del brazo de Gustavo. Patético, patético. Por Dios. Tuvo el impulso de romperlas, pero deslizó las fotos en el sobre otra vez.

Se echó agua en la cara. Había que limpiarse de esas imágenes. Junto a ella había un walk-in closet, un pequeño jacuzzi y unas puertas de espejos con estanterías llenas de frascos de Narciso Rodríguez.

Miró una cruz que se había comprado en Chincheros. Un Cristo doliente entornaba los ojos hacia el cielo mientras algunas gotas de sangre rociaban sus mejillas. Le fascinaba esa imagen. El torso desnudo de Cristo.

Se sentó en el dormitorio a revisar las fotos de Jossy y de Gustavo otra vez. Las hojas del árbol en la ventana se movían con una brisa. Una especie de tranquilidad la iba invadiendo. Muy bien. Todo parecía calzar con el rostro que ella había adivinado.

Debía esconderlas, no fuera que Gustavo las descubriera algún día.

SÁBADO, 2 P.M.

Después del gimnasio, fue al comedor del Country y se sentó en una de las mesas que daban a la avenida. Le gustaba sentir el ruido de los autos, algunas bocinas insistentes y el cielo nublándose mientras avanzaba el día. Había quedado en almorzar allí con la Gata Balarezo.

La divertía la Gata, que siempre tenía algo que contar sobre los hombres con los que le hubiera gustado casarse. Según ella solo había dos tipos de hombres. Los que seguían enamorados de su madre sin problemas, y los que seguían enamorados de su madre sin saberlo. Eso siempre se notaba.

Por fin, había encontrado a un hombre joven, estudiante de una universidad. Le pagaba un poco para estar con ella. Le estaba costeando los estudios, pero él siempre venía a su llamado. Se encontraban en un hotel en la calle República, en San Isidro. Ella tenía un acuerdo permanente con los administradores. No era un asunto puramente monetario, le dijo. Le tenía cariño al chico, y él a ella. Se veían siempre y ella le pagaba. Pero no era solo por la plata y el sexo, claro. Había algo más.

A media tarde, Lali se quedó dormida en el sofá de la sala. La despertó el silencio. Había una luz inusitada. De pronto todo apareció de nuevo. Miró el reloj. El teléfono empezó a sonar.

Era Gustavo, nada menos. Gustavo la llamaba para saber cómo estás, eso nomás, para saludarte, por eso la llamaba, qué tal tipo.

El viaje se había retrasado, le informó. Viajaría esa noche, más tarde. Estaba en la pausa de una reunión con sus socios para hablar de los proyectos del año siguiente, y luego, le dijo, debía pasar por la oficina a revisar unos informes. Tenía que volver a revisar una exposición en Power Point para el directorio.

Debía presentarla el lunes a las nueve en la sala de reuniones del hotel en Miami, frente a unos socios potenciales. La compañía le había asegurado que viajaba a la medianoche.

—Muy bien —le dijo ella.

—¿De verdad estás bien?

—Sí, no te preocupes por mí.

—Bueno, te dejo ahora porque están llamando otra vez a la reunión —le dijo Gustavo.

Su marido siempre se estaba yendo, pensó Lali. Y siempre terminaba volviendo también.

—Yo pensé que tenía todo listo, pero tengo que cotejar unos cuadros de cifras. No puedo fallar en esto. Así que me voy a hacer un café aquí a la oficina y voy a seguir trabajando. Después voy al aeropuerto.

—Claro —dijo Lali—. Que te vaya todo muy bien. Yo voy a ir al cine.

—¿Con quién?

—Sola.

—Cuídate mucho, Lali.

Ella lo escuchaba mientras se sostenía la correa de la bata. Se sentó frente al espejo. Bien, muy bien.

—No te preocupes.

—¿Qué vas a hacer después del cine?

—A lo mejor llamo a la Gata a ver qué hace. Pero ahora, en estos días, voy a aprovechar para ir más al cine. El cine siempre me ha ayudado, tú ya sabes.

Lali sonrió. Le pareció que él estaba adivinando su sonrisa y que una súbita tensión le tomaba la garganta.

—Bueno, qué bien.

—Pero no te preocupes por mí, ya te digo —añadió.

Ella asintió varias veces con la cabeza. Miraba su rostro en el vidrio. No se veía mal, después de todo. Quizá un poco más de sombra azulada en los ojos. Y un rojo más fuerte en los labios. Habría que probar.

—Bueno, muy bien. Hablamos mañana. Te llamo desde Miami entonces.

Gustavo colgó el teléfono y volteó hacia la puerta del baño. El cuarto del hotel era lo suficientemente grande, pero el baño estaba cerca de la cama. La puerta estaba abierta.

Jossy seguía duchándose, la sombra borrosa y curva de su cuerpo, alzando los brazos para lavarse el pelo, una danza en la neblina.

La imaginó iluminada, con los ríos de jabón bajando por el costado, recibiendo un mensaje del cielo con los ojos cerrados.

El sonido del agua se detuvo. Hubo algunos movimientos del cuerpo. La vio entrar a la habitación. Estaba secándose, las piernas largas y duras, las gotas rociando el piso, los ojos como zafiros entre el pelo húmedo. La sonrisa mientras sostenía la toalla.

—¿Con quién hablabas?

—Con Lali. Quería despedirme. No quiero cortar lazos con ella. Estás de acuerdo, me imagino.

—Por supuesto, amor. Ay. Ya te dije. Lo siento, qué pena que tenga que ser así. Pero a lo mejor también ella ya se había dado cuenta, o sea ya lo veía venir. —Después de una pausa, agregó—: tú me dijiste que no podías seguir con ella.

—Creo que Lali ya entiende —dijo Gustavo alzando el control de la televisión.

La pantalla se encendió. Unos campos verdes, una mujer que alzaba los brazos, una música que bajaba del firmamento.

—Mira, están dando una película de mi infancia —dijo Gustavo—. Es "La novicia rebelde".

Jossy se sentó junto a él.

—¿Vamos a verla juntos? Todavía hay un montón de tiempo antes de que vayas al aeropuerto.

—Espérate, voy a pedir algo de comer. No todo es sexo en esta vida. Aunque contigo, estaría tirando siempre.

—Ya, dime qué quieres comer —sonrió ella, alzando el teléfono.

SÁBADO POR LA TARDE

Ese día Sonia dejó la oficina temprano. Debía poner en el banco el dinero que le había dejado Lali y luego se iría a su casa. Estaría allí a tiempo de acompañar a su hijo e incluso de ayudarlo con la tarea.

En el camino, compró dos botellas de agua mineral con gas. Era uno de los pocos lujos que se daba. La animaba sentir las burbujas en los labios, como si allí encontrara el oxígeno que le hacía falta. También compró unos tomates y pan. El tomate era su fruta preferida. Algún día tendría una huerta solo para cultivar tomates, y llenarse de vitaminas todo el día.

El bodeguero, don Ramón, le envolvió las botellas y los tomates con unas hojas del periódico. Allí estaban, en una ironía del destino, las fotos de los bellos rostros de la página social del diario mojándose y ruborizándose poco a poco.

Por fin, llegó a su casa. Abrió la puerta, se sentó en la sala de sillones negros y se puso un cojín sobre el regazo. Su hijo Omar no había llegado todavía. Seguramente, su madre lo habría llevado al parque. Algún día iba a decirle toda la verdad.

De pronto, Sonia se dio cuenta de que alguien la observaba. Miró a la pared y a los costados. Luego vio las hojas del periódico. Allí, en el centro de la página, estaba la cara de la señora Lali de Rey. Sonia se acercó, desenrolló el papel y se la quedó mirando. Boda de las familias Sifuentes y Pardo, decía el titular. Allí estaba la señora junto a su marido, el señor Gustavo Rey, en el Club Golf Los Inkas. Un día viene a pedirme fotos de su marido con la otra, y otro día va con él a una boda, dijo. Felicitaciones, señora Lali. Es la persona con la sonrisa más feliz y depravada del mundo, y yo la estoy mirando.

Sonia se detuvo frente a la foto. Era como si Lali quisiera decirle algo en ese momento. Una sonrisa corta que ocultaba un universo. Lo más importante es que nadie se ha enterado, en verdad.

La puerta se abrió. Eran su madre y su hijo, Omar. Ambos le sonrieron. Qué haces mami. Acá viendo las cosas que trae el periódico, contestó, siempre tan interesantes.

Después de hablar con Gustavo, Lali colgó el teléfono y marcó un número.

—Aló —dijo una voz.

Ella se mordió el labio.

—Hola. Soy yo.

—Hola, guapa. Qué voz tan bella me sorprende.

Se mordió el labio. Hubiera querido estar con él en ese mismo instante.

—¿Qué tal tu mañana en Lima? ¿Viste algo que te gustó?
Sintió una sonrisa al otro lado.

—Pasé por Larco. Vi el Haití y me tomé un pisco sour allí. Una delicia. Luego fui por la Alameda y llegué al mar. Me gusta esta ciudad.

—¿Por qué te gusta?

—Es sencilla, amable y acogedora. Todos son muy corteses, ¿no? Es una ciudad un poco triste pero amable. Todos parecen resignados a algo. Pero siempre habrá algunos locos, como en todas partes. Yo ya sé que lo mejor del día todavía me espera, mi nena.

—Bueno, voy a recogerte en un par de horas. Tenemos mucho de qué hablar. Ya tengo las fotos y los datos de la chica. Pero nosotros seguimos en lo nuestro.
Hubo un silencio.

—Por supuesto —dijo la voz—. ¿Qué más quiero yo?

Lali entró al baño, se enfrentó al espejo y se lavó la cara. Luego se echaría la base. Iba a quedar muy bien, siempre bien, a pesar de su edad, se había dicho. Cuando terminó, fue al armario. Ya había elegido el vestido negro desde esa mañana.

A la hora indicada, se subió al Peugeot, encendió todas las luces de la consola, y entró en la pista. La noche era una acumulación de autos que flotaban en el vidrio, sórdidos peces voladores.

Cuando estuvo cerca, tomó el celular.

—Ya estoy llegando. Puedes bajar.

Lo vio en la acera. Se había vestido para la ocasión. Un saco limpio, la camisa larga, el peinado como un penacho alto. Cuando vio sus piernas en el asiento a su lado, le dio un beso y lo tomó de la mano.

—Vamos a hacer un poco de turismo —dijo ella.

—Qué bueno —contestó Claudio—. ¿A dónde vas a llevarme?

—He hecho unos preparativos.

Lali manejó hasta el hotel en el malecón Armendáriz, frente al mar. Un hombre de saco largo subió al auto y ella entró. Apenas firmó algo en la recepción, y recibió una tarjeta.

Subieron al ascensor.

—Vamos a ver el crepúsculo de la bahía de Lima desde arriba. Es como una constelación de luces, tratando de contener el mar. Estás frente a lo alto del Pacífico, el océano más frío y más bello del mundo.

La puerta del ascensor se abrió. Ella sacó la tarjeta. Sintió un resto de placer al ver cómo él la seguía. Sí. Estaba disimulando, pero en realidad la deseaba.

Entraron a la suite. Había muebles rojos, cortinas altas y sólidas, mesas de madera plastificada, la pantalla de una gran lámpara. La cama parecía un océano en el que podían sumergirse. De pronto un mozo de chaqueta blanca y rostro cortés apareció en el umbral. Había una botella de champán, algunos quesos y jamones, y trozos de yucas con salsa huancaína. Ella le dio un billete al mozo, que le hizo una venia y desapareció.

—Estas son cosas típicas de aquí —dijo poniendo una yuca en la boca de Claudio.

Se echó en la cama. Él seguía masticando.

—Muy rico —dijo él.

—Me alegro de mi elección y de tu erección —dijo ella, sacando cinco billetes de cien dólares de un sobre y poniéndolos sobre la mesa—. Esto es para empezar. Después, cuando termines, veremos de darte lo demás, amor.

Lali se sentó en el sillón frente a la cama. Él la siguió con la mirada.

—Pero antes, aquí tengo todo. Las fotos, los lugares donde ella va, sus amigas. Toma.

Claudio pasó por los papeles y las fotos.

—Muy bien —dijo—. No será difícil. Empiezo el lunes. Pero ahora vamos a celebrar.

—Yo voy a celebrar. Tú, no sé.

—Yo celebro siempre. Toda mi vida es estar celebrando.

—Por supuesto. Ya te puedes sacar la ropa. Lo de anoche fue una tontería, ya sabes. Y nada de risas conmigo.

Lo vio ponerse de pie, con el rostro serio. Claudio empezó a tararear algo. Era una canción de Chico Novarro. "Arráncame la vida de un tirón", susurraba. Se movía con pasos de baile alzando los brazos y estirando las piernas a ambos lados, mientras se iba sacando la ropa.

Lali se sentó en un sofá. El espejo de la pared duplicaba sus piernas. La inquietud profesional de su empleado la hacía sonreír. Se estaba desnudando poco a poco mientras cantaba, marcando los tiempos de cada prenda, como un pequeño dios compacto. Tenía la piel tierna color olivo, de sus antepasados italianos, y unos ojos que refulgían con astucia y complicidad. Por un instante, Lali tuvo la ilusión de pensar que estaba con un hombre que se interesaba en ella, y que vivían algún episodio de amor perdido en un cuarto que no quedaba en ningún lugar. Sintió un estremecimiento cuando Claudio se acercó, la tomó del pelo y la besó. Era el llamado del otro lado de la vida, de donde eran ambos.

¿Qué quería en ese instante? Quería traspasar la oscuridad de gritos lentos. Quería entrar en él y quebrar su alma, corromper su piel, antes que esa otra chica, antes que todas las otras mujeres que iban a estar con él. Quería poseerlo y consumirlo y desecharlo, dejar una huella permanente, que él no pudiera olvidar hasta que ella lo sometiera y lo descartara para siempre. Quería estar con lo que él podía ser solamente durante esa noche con ella, y luego seguir junto a ese cuerpo hasta terminar y abandonarlo. Por un momento, pensó en que lo debía matar luego de que todo acabara.

Un rato después, le dio un beso largo y empezó a vestirse. Me ha dado hambre otra vez. Podemos pedir algo de comer aquí, le dijo él.

Tuvo el impulso de llamar por teléfono a la recepción. Volteó hacia él. Lo vio sonreír. No, vamos a un sitio por allí. Quiero estar contigo en la calle. No creo que nadie nos vea. O mejor que nos vean, qué importa.

Llegaron a La Rosa Náutica, entraron al muelle, caminaron rodeados de los golpes frescos del agua sobre las piedras.

Si alguien la reconocía, Lali pensó en que debía presentar a Claudio como un sobrino que había llegado de Buenos Aires.

Mientras comían un pescado al ajo con ensalada, acompañado de puré de pallares y dos copas de vino chardonnay, Claudio le contó algo sobre su vida. Era de Rosario. Había crecido allí en una casa con su madre y sus tres hermanos. Luego se había mudado con su familia a Quilmes, en Buenos Aires. Muchos problemas y complicaciones, le dijo. Poco después, cuando un tío les dejó una herencia, se habían mudado otra vez a un barrio mejor, Colegiales. Había tenido que interrumpir sus estudios en la universidad, había tentado suerte en el cine, y había llegado a tener un papel secundario en alguna película. Allí había conocido una agencia que hacía servicios de prostitución masculina para clientes selectas. Al comienzo era solo para Buenos Aires, luego los pedidos habían llegado de toda América Latina y de España. A veces eran esposas despechadas que querían vengarse de sus maridos con él. Otras veces eran mujeres mayores que le pedían que las acompañara como pareja a algún evento social. Había llegado a tener a clientes habituales: mujeres solitarias, desvalidas, mujeres interesantes que buscaban un rato de charla. Las amaba a todas. Y las olvidaba con toda normalidad.

Pero más interesante le parecía el trabajo que tenía desde unos meses antes. Antes era solo citas, pero esta vez había relaciones. Se había enterado del tipo de trabajo por un amigo. Enamorar a amantes jóvenes de hombres casados, por encargo de las esposas. Lo hacía con gusto no solo por el dinero, sino para dar cuenta también de los maridos. Generalmente, eran empresarios: tipos de terno y maletines, con un chofer esperando a la salida de sus mansiones y con un sastre que le preparaba dos trajes nuevos al mes, hombres bien vestidos que compraban botellas de whisky en los aeropuertos, y que subían a los aviones antes que nadie con sus pasajes de business. Los detestaba. Detestaba a todos los hombres, pero sobre todo a los maridos exitosos, a los empresarios perfumados, a los tipos de cincuenta años que aún caminan esbeltos y erguidos, hombres con cuentas gruesas en muchos bancos del mundo, y que gustaban de hacerlo notar en los zapatos cuando cruzaban las piernas, en las cremas de gel iluminadas cuando se pasaban la mano por la cabeza, en las corbatas multicolores de su felicidad ominosa. Esos hombres que veían la promiscuidad y la infidelidad como medallas de su éxito, los que pensaban que no podían vivir sin meterle mano a todas las mujeres que pudieran, para después contarle a sus amigos. Claro que sí. Iguales a tu marido, seguramente, ¿no? Ejecutivos, hombres de empresa, que se creían los jefes. Los que van a almorzar con amigos, lanzan risotadas, acaban de comprar y exhiben sus celulares con plataformas nuevas, y salen a fumar puros a la terraza de un restaurante de lujo. Mierdas, mierdas. Gente que se levanta para lucir sus conquistas en los almuerzos, y que se acuesta convencida de sus miserables estúpidos sueños que les susurran que son los reyes del mundo. Los mismos que nunca le habían dado a él ninguna oportunidad.

Ya basta, no hables tanto. No te he traído aquí por lo que piensas sino por lo que haces. Estás conmigo.

Claudio la miraba. Es verdad, nena.

Pero él no se sentía mal por lo que hacía. Si su madre lo viera en ese momento, le dijo Claudio, no estaría escandalizada por lo que hacía. Quizá estaría orgullosa. Estaba con ella, con una mina como ella. Estaba en Lima. En este lugar, donde todo el mundo parecía narcotizado con la amabilidad. Un lugar mágico, donde nunca hace calor ni frío, como lo sentimos nosotros. Te lo decía por teléfono. Eso fue lo que noté. El mozo que le había servido el desayuno y la chica que lo atendía en el kiosco. Buenos días, señor. Buenas tardes, señor. Con mucho gusto, señor. Todos aquí parecían haber bebido desde niños la droga de la cortesía y la lentitud. Eran suaves, tan protocolares y sonrientes. Le sirvo más café. Azúcar o edulcorante. Muchas gracias, señor. Es un gusto servirlo. Así eran todos. A mí me encanta, dijo Claudio.

—Es que somos gente muy cariñosa —sonrió Lali.

Un mozo se acercó con una botella de champán. A lo lejos, Lali vio pasar algunas caras conocidas.

Claudio empezó a contar historias de sus otros trabajos en otros países, con otras chicas jóvenes amantes de hombres casados.

Lali se sintió estimulada por sus otras historias. Imaginaba a las otras mujeres que habían estado con él. Sentía una tibia indiferencia por ellas. Le gustaba escuchar a Claudio. Pensaba que lo iba a ver otra vez.

Su celular sonó. Era Gustavo.

—¿Dónde estás?

La voz sonaba cansada. Era probable que hubiera estado con ella.

—Sola. Fui al cine.

—¿Estás bien?

—Claro, no te preocupes. ¿Ya estás en el aeropuerto?

—Yo ya salgo para allá.

Lali apretó el aparato. Se mordió los labios.

—¿Te vas con ella?

—No. Me voy solo. Ya te dije.

—Muy bien. Ya nos hablamos —dijo ella, mientras veía la sonrisa de Claudio.

Sintió el golpe del teléfono. Muy bien, pensó Lali, fin de este capítulo.

El mozo les sugirió los postres. Trajo crema volteada, tiramisú, dos bolas de helado y café. Grupos de gentes pasaban junto a ellos. Felizmente, Lali no conocía a nadie. Aunque le hubiera gustado que sus amigas la vieran con él.

Sacó un grupo de billetes y pagó la cuenta. Dejó una propina de cincuenta dólares.

—Adiós —le dijo Claudio al llegar al hotel—. Te adoro.

Lali puso los dedos en los labios y sopló en su dirección. Claudio se bajó, pero se quedó de pie, observándola y empezando a sonreírle.

—Eres mi reina.

—Mañana tienes el día libre. El lunes puedes empezar con ella. Ya tienes la dirección.

—¿No podemos vernos mañana?

—No. Tengo que ver a mi madre. Además, ya estuvo bien de diversión. Y no te he cobrado nada. Te he pagado más bien, qué más quieres.

Aceleró.

El camino de regreso, las calles húmedas, la llovizna oblicua en la luz de los postes, un perro vagabundo con sus violentos ojos amarillos.

Ella miró hacia el cielo que se escapaba por el vidrio. Le parecía seguir viendo, escuchando el cuerpo encrespado, la voz larga y triste, la luz furiosa del techo, sí, mi amor, sí, mi amor, el negro gemido de la noche.

DOMINGO, MADRUGADA

Cuando ella entró a la casa, le pareció que Gustavo había pasado por allí. La palmera se erguía un poco más alta en el jardincito entre la calle y la puerta interior estaba más limpia que de costumbre.

Se sentó en la sala. Era hora de gozar de su triunfo un momento. El cuerpo de Claudio que se acerca, un hombre con los brazos y las piernas abiertas, buscándola. Iba a echarse en un momento más para seguirlo viendo desde su dormitorio. Estaba allí con ella. Se quedaría allí, en la oscuridad, como un trofeo de su memoria.

Pasó el domingo con su madre. Por la mañana, había entrado al cuarto en puntas de pie. Había algo de doloroso y sagrado en la imagen de la cama, condecorada con tubos y cables que entraban y salían de su cuerpo y se elevaban en dirección de un fierro vertical, conectado a un tanque. Se quedó en silencio, mirándola.

Se había sentado cerca de ella, con una revista.

Le gustaba estar con su madre, aunque la viera así o quizá precisamente porque estaba así, siempre dormida, en ese dormitorio que era un altar de la supervivencia, compuesto por el tanque de oxígeno, los tubos transportando el suero, las barandas de fierro en el límite de su mundo de enferma, una mujer que seguía viva, pero que estaba demasiado lejos de la vida para saber de su enfermedad.

Esa noche fue a comer sola, en Larcomar. Estaba en La Bonbonniere frente a un sándwich de salmón con alcaparras y queso cremoso cuando recibió la llamada de Gustavo. Ya había llegado a Miami a juzgar por el número que aparecía. No contestó el teléfono. Era mejor. Quizá ya había llamado a la casa. No la había encontrado. Se preguntaría qué había sido de ella, y estaba bien.

Lali miró a la distancia. Una miríada de luces, las sombras del agua, el tormento blanco y horizontal de las olas, el Cristo mirando el mundo. Alzó su vaso hacia el Cristo y brindó con él.

V

Antes de viajar, Gustavo pasó el día con Jossy en la habitación. Estuvieron en la cama toda la tarde, haciendo el amor, mirando la película, tomando queso y vino. "La novicia rebelde", qué canciones que eran esas, me llevan a mi infancia, dijo Gustavo. Me ha encantado, qué linda peli, contestó Jossy. Él le dijo que en el viaje a Miami estarían juntos.

—Mi esposa lo tomó todo a bien —le había dicho unos días antes—. Como te dije, no hay ningún problema. No voy a hablar de divorcio ahora, pero en estos días voy a llamar a mi abogado. Solo quiero estar contigo, amor.

—Ya, amor —le había dicho Jossy—. Yo también solo quiero estar contigo, tú ya sabes eso.

Gustavo se acercó a ella. Claro que sí.

De pronto, Gustavo sintió un dolor en la espalda. Perdón, un ratito, me siento un poco mal, dijo.

Entró al baño. Era un cuarto grande, con decenas de pomos de jabón, champú y acondicionador, un cepillo de dientes y toallas blancas alineadas.

Gustavo se miró al espejo. Sentía un escalofrío en todo el cuerpo. Solo quería estar con Jossy pero, al mismo tiempo, una opresión de cansancio y de tristeza se había ido formando en el pecho.

Le extrañaba que su esposa Lali (todavía lo era, aún sonaba normal) hubiera sido tan comprensiva. Era casi admirable y pensó en lo que se había perdido de esa mujer con la que había estado casado tantos años. Sintió que una fuerza inesperada y extraña lo ataba a Lali, una fuerza hecha de las costumbres, el miedo y una especie de afecto doméstico desamparado. En ese momento le alegraba poder pasar un rato con Jossy en el cuarto del hotel. Era lo que había buscado, por eso le había dicho a Lali que iba a dejarla. Pero un viento que surgía entre esas sábanas le recordaba la cama en la que había dormido tantos años con su mujer. Era su mujer, y no le parecía raro decirlo. Extrañaba su gran dormitorio.

Lali lo había perturbado con su paciencia, su serenidad, casi su amor. No tenía ninguna atracción por su cuerpo, pero era la persona que sentía más cerca. De pronto tenía ganas de llamarla para decirle que le dolía la espalda, no iba a decírselo a Jossy que sospecharía que era un achaque de la vejez, eso se lo debía decir a Lali, que le recomendaría alguna pomada o ver a un especialista, la compañera ideal en sus dolores de cuerpo, también la compañera de los desayunos de los fines de semana junto a la piscina, las salidas de los sábados por la noche con los amigos y las visitas a sus hermanos. Además, Lali era la única que podía compartir lo que hacían sus hijos en sus universidades en Estados Unidos. Era la única también con la que hubiera querido comentar las noticias del día mientras tomaban el café en el comedor perdido de su casa. Pero ya estaba hecho. La había dejado. Tenía que seguir.

Y, además, estaba seguro de amar a Jossy. ¿No estaba seguro? La había amado desde el primer día que la había visto entrar a la oficina. Gracias al encanto de su voz, al movimiento de sus manos, a las preguntas en sus ojos, el mundo de pronto le había resultado un lugar nuevo, que él debía explorar. Todo brillaba en ella. Su piel oscura, su pelo largo, sus ojos grandes y risueños, sus caderas movedizas. Y su voz que le resonaba en todo el cuerpo. Había tenido seis o siete amantes de importancia a lo largo de su matrimonio y Lali había sabido de tres o cuatro. Pero nunca había sentido por las otras lo que sentía por Jossy. Había un hechizo tan fino en su talle y en sus labios. Su boca recorriendo su pecho le provocaba un temblor. Cuando Jossy salía del cuarto, dejaba un rastro, un camino de miel que los ataba. Claro que sí, lo había escrito en una libreta. Estaban siempre juntos.

Se le había ocurrido esa frase huachafa. Carajo. El amor es el hogar natural de las huachaferías. Hasta entonces su corazón había estado acostumbrado a latir sin propósito, eso le dijo. Hasta que había llegado esa noche en la oficina, cuando ella lo miró desde la ventana con un deseo tan encendido, junto a la alfombra verde, una noche en la que se había quedado con él a hacer el presupuesto para la cadena de clínicas que se inauguraba. Esa noche no ocurrió nada, pero él había vuelto a su casa sabiendo que no sabía qué iba a hacer salvo seguir sus emociones y acercarse a Jossy. Era la única que había roto el cerco. Desde entonces su corazón sabía por qué estaba latiendo. Sí. Era su modo de decirlo. El amor, pensó. Su arrogancia, su seguridad en sí mismo, su orgullo de marido profesional habían resistido hasta entonces con las otras mujeres. Era extraño. Cuando Jossy había aparecido, se dio cuenta de que no podía seguir con Lali.

Pero había ocurrido algo extraño. Cuando le había planteado la separación, Lali no había protestado, no se había molestado, me alegro, yo quiero que estés feliz, algo así le había dicho. Podía ser en realidad un alivio para ella que la hubiera dejado.

¿Era posible? Quizá Lali había dejado de quererlo. ¿Estaba facilitando su salida con una bochornosa piedad de madre? ¿Se estaba liberando de él? Era asombroso. Las puertas abiertas de comprensión y de afecto de Lali eran una afrenta, en realidad una ofensa. Una mezcla de rencor y de. lástima y de nostalgia, acaso de amor perdido y reencontrado por su esposa, lo perturbaba. Si ella hubiera gritado y protestado, si lo hubiera abofeteado, se sentiría mucho más feliz, en el infierno del amor que dejaba atrás. En ese momento estaba en el dudoso paraíso de la comprensión y el afecto.

En cualquier caso, iba a hacer un paréntesis. El lunes tenía una reunión de negocios en Miami. Era una cuenta de seguros de una cadena de hoteles y se trataba de un acuerdo importante. Al regresar, en cualquier momento, vería los trámites del divorcio. Luego iba a comprar un apartamento para irse a vivir con Jossy. ¿De verdad? Los amigos ya entenderían. Solo aquellos pisados por sus esposas lo harían a un lado. Mientras tanto, se iba de viaje. Al llegar a Miami, cenaría en el Tampa Bar, donde servían algunos de los mejores mariscos del mundo.

Al enterarse de que él se iba de viaje a Miami, Jossy le había sugerido que podrían ir juntos.

—No tienes la visa —le dijo él—. Ya no hay tiempo de tramitarla.

Ella miró hacia abajo.

—Tienes razón. Vete tú y nos vemos a tu regreso. Pero llámame de allá, no te olvides.

—En unos meses nos casaremos —le dijo Gustavo—. Que termine todo lo del divorcio con Lali. Entonces será fácil que te den la visa, como mi esposa. No te preocupes. Ahora me voy solo.

Era uno más de los varios viajes que hacía al año. No había nada especial. Salvo que quizá sería el último como el esposo de Lali.

Jossy no lo podía creer. ¿Realmente vas a buscar un apartamento donde vamos a vivir?, le preguntó y Gustavo asentía con la cabeza, sí, sí, ahora sí, apenas vuelva del viaje. Te lo prometo, ahora sí. Estos sonidos la acompañaban mientras tomaba un taxi blanco, que le pareció que podía ser un carro nupcial esa noche, camino de su casa. Él se iba al aeropuerto y al regreso… Cuando vuelva, veremos lo del divorcio con Lali, ahora sí, te lo prometo.

Jossy sintió un vacío en el pecho. ¿Realmente Gustavo iba a divorciarse de Lali para casarse con ella?

Tú, Jossy, no podías entender, aceptar, imaginar que un hombre de tanto ruido, tan elegante y bueno como él, te hubiera aceptado. Menos todavía que te hubiera dicho te amo, esas palabras con la cara húmeda una noche, en el hotel, y que ahora, sin que lo hubieras presionado, te contara que le había dicho a su esposa que iba a dejarla por ti. No lo podías creer. Y tampoco podías aceptar que por entonces te estaba hastiando el olor de su cuerpo, un olor a sudor mezclado con perfume que se le pegaba a la boca cuando se acercaba. Algo en su boca rechazaba la de él. ¿Estaba ocurriendo todo eso? ¿Cómo había empezado? ¿De verdad estabas dejando de quererlo?

Cuando Jossy había entrado a trabajar con Gustavo, decidió hacerse indispensable en la oficina. Cortejar al jefe era solo parte de ese deseo. Eran unas sonrisas con pudor, sin coquetería. Había logrado llevar la rutina de su afecto en paz hasta la tarde en la que empezó una llamarada tranquila en su corazón.

El primer día que entró a la oficina, el inicio de una vida nueva para ella, Jossy estaba muy nerviosa, pero había descubierto que podía disimularlo con una cortesía de voces bajas y gestos medidos, la conducta apropiada de una joven que quería aprender. Se había presentado con su hoja de vida frente a una mujer canosa y grande.

Era la mano derecha del señor Rey, es decir, la emperatriz de la oficina. Ocupaba el escritorio más grande, tenía ordenados la libreta, el estuche de lapiceros y la computadora, como en un diseño de marca registrada. Se llamaba la señora Norma, con todas sus letras, la gran jefa, asistente principal del señor Gustavo Rey. Ella le iba a asignar un sitio donde ponerse y, de pronto, cuando había volteado en otra dirección, el rostro de Gustavo estaba allí, sonriéndole, como el día que le había dicho que el puesto era suyo. Qué emoción, por Dios. Ella puso su vida a un costado. La estaba reservando en ese momento para el señor.

Desde entonces un prolongado impulso se había activado en su pecho. Jossy había pasado la prueba de computación y de idiomas rápidamente. Luego, había empezado a trabajar allí.

Pero con el tiempo, después de muchos pedidos y sonrisas, señorita Jossy, me puede ayudar con el cálculo de intereses, si fuera tan amable, mil gracias por su linda sonrisa y qué traje tan bonito tiene puesto hoy, cuando él había empezado a pedirle que le trajera su taza de café con un chorrito de leche, ella había accedido a mostrar que sentía algo por él. Había besado el borde de la taza antes de servirle y había visto poner sus labios en el mismo lugar donde ella había dejado los suyos. Le sonreía, caminaba cerca. A veces se quedaba mirándolo trabajar, como si estuviera contemplando a un dios. Esperaba con una paciencia llena de ilusión que él le diera alguna señal. Por fin, después de soñar tantas veces con el sabor de sus labios, sintió el estremecimiento tibio una noche, junto a la mesa de oficina.

Desde el comienzo, él le había explicado que vivía con su esposa. Pero la verdad, la verdad, es que mi esposa es como una amiga distante, soy un soltero que por casualidad está casado, pero que busca a alguien con quien conversar por las noches, y que tú, Jossy, mi amor, contigo me siento tan bien, perdona por hablarte así, no te quiero ofender. Eres tan linda, Jossy. Al principio ella le había creído. Casi se había ilusionado con esa primera declaración. Parecía tan sincero, de verdad.

A la mañana siguiente, sin embargo, la oficina parecía haber recuperado su ritmo habitual, la señora Norma tenía puestos los anteojos mientras escribía frente a su pantalla, el mensajero estaba saliendo con un lote de sobres, el señor Rey le dio los buenos días y le hizo algunos encargos protocolares.

En este momento todas esas primeras escenas con Gustavo parecían haber ocurrido mucho tiempo antes, cuando ella era otra mujer.

Jossy y Gustavo habían tenido casi un año de relaciones, con rupturas y reencuentros, hasta el último episodio, cuando ella había dejado la oficina, lo había dejado a él y lo había visto llegar a su casa una madrugada con su coche lleno de luces y el rostro inflamado, para pedirle perdón y jurarle su amor eterno.

Pero por entonces ya Jossy había decidido dejar de verlo. No solo porque él estaba casado y era mucho mayor que ella. Era algo mucho peor. Gustavo había empezado a aburrirla. Siempre las mismas frases, la misma ropa, las mismas sonrisas. Ella había pensado que los hombres exitosos y bien vestidos encubrían vidas fascinantes. Ahora sabía que no encubrían nada. Se quejaban, tosían sin parar, se preocupaban de una arruga en su traje. No tenía nada de atractivo, en verdad, era igual a todos, solo que tiene más plata que otros. Gustavo era un tipo cualquiera, solo que más rico y más viejo. Últimamente, le dolía la espalda. Se quejaba. Y había engordado después de dejar el cigarrillo. Jossy se había empezado a hastiar de su cuerpo. Él lo había notado, por supuesto. Era por eso que él había decidido hablar con la señora Lali, estaba claro. Y ahora Gustavo se iba a Miami y ella iba a esperarlo, y al regresar iba a divorciarse de Lali y a quedarse en el hotel, o a mudarse a un apartamento con ella, y después… Pero no quería que hubiera un después. No quería que ocurriera nada de eso. Jossy quería separarse de él cuanto antes. Era un hombre demasiado diferente a ella. No sabía qué hacer. Había querido conocer Miami, pero no tenía la visa. Tenía que dejarlo. Y ahora…

Pero ahora ya no podía seguir pensando en eso. Era un pecado pensar en eso frente a su madre, y el taxi la estaba dejando en la puerta de la casa. Al menos tendría una semana sin él.

Gustavo llegó al aeropuerto, como era su costumbre, dos horas antes de la salida del avión. Hizo la cola breve de los pasajeros de primera clase y entró a la sala VIP. Allí comió algunas nueces, bebió dos vasos de whisky (on the rocks, nada de agua, por favor), y vio el final de la repetición de un partido del Real Madrid en la sala. Fue uno de los primeros en subir al avión, donde recibió su copa de champán y un cubo de nueces y pasas. Vio el inicio de una película de naves espaciales, cenó un arenque con espárragos, unas frambuesas, y se quedó dormido. Ya volvería con Jossy y con Lali después del viaje.

Al entrar en su sala, con la ropa mojada por la llovizna y por sus miedos y deseos, Jossy aún guardaba la imagen de Gustavo despidiéndose, camino al aeropuerto.

Pero en ese instante se dio cuenta de que había una figura en el asiento. Un joven se alzaba, la confrontaba, la miraba con una sonrisa dura. Era John.

Al ver su polo de letras grandes, su peinado brilloso, sus facciones descompuestas por la amargura, Jossy sintió miedo del tiempo que debía perder con él. John sentado en la sala de su casa, solo un mal rato, un cruce de reproches o acusaciones, y esperaba que nada más. Un muchacho de su tierra, a quien le había dado el primer beso, una tarde, después del colegio, mientras paseaban por el jirón José Olaya, cerca de la plaza. Le gustaba ver otra vez su rostro familiar, la piel joven y tostada por el sol de gracia, que habían compartido en Tarapoto. Pero la atemorizaban sus ojos que despedían el hambre del deseo y los reboses de la inseguridad envueltos en una luz de lástima. Y era un tipo tan familiar. Tonto y familiar, con ese polo rojo que decía "University of Oklahoma", pobre muchacho, y unos jeans negros con zapatillas. Había estado vestido así desde que se habían conocido, cuando eran niños, en el colegio.

—John.

Él se puso de pie, la observaba con lástima. Ella le sonrió. Era la última persona que hubiera querido ver en ese momento, y le daba pena verlo, y le sonreía, y quizá le gustaba verlo también, por renovar la certeza de que la seguía amando.

—Bueno, los dejo solos —dijo su mamá—. Voy a ver mi novela.

Jossy se sentó en el pequeño sillón. El polo de John tenía una mancha negra en un costado. Sus manos descansaban sobre los muslos.

John había sido su novio durante casi toda la escuela secundaria en el jirón Manco Cápac. Era un local de ladrillos y rejas al que ella llegaba con la alegría de verlo por las mañanas. Todo había ido bien entre ellos hasta que Jossy empezó a sentir una ansiedad por el futuro. ¿Qué le esperaba allí? ¿Qué iba a pasar con su vida si se quedaban en Tarapoto? ¿Iba a vivir siempre en esa casa de ladrillos molidos? No, no. Mil veces no. Tenían que salir de allí, venir a Lima, ella estaba decidida a venir a Lima a estudiar. Podía vivir con su madre en la casa que les dejaba su tía. Era un alquiler barato en Lince. Pero ella no quería irse a Lima sola. Quería que John la acompañara. Había un gran futuro. Un día le dijo a su novio, nos vamos con mi mamá. Voy a estudiar secretariado ejecutivo. ¿Te vas a ir? Pero tú ven con nosotras. Allá en Lima vamos a estar mejor. Tú también puedes estudiar si quieres. Tenemos un futuro allá. Y él, pero tú crees, por qué, pero cómo será allá, no sé. Pero vamos. Somos Jota y Jota, nada nos puede separar. No. No sé. No puedo irme ahora, Jossy. Tengo que cuidar a mi mamá, no puedo irme ahora. Pero tu mamá que venga.

Él había llegado a Lima dos años después, al cabo de muchas llamadas telefónicas.

El día que Jossy lo vio de nuevo, John le pareció demasiado flaco, con una mano en el bolsillo y la otra sin un lugar en el mundo, como queriendo ocultar todo en esa mano perdida en un cuerpo que se le escapaba. John había querido besarla esa misma noche en una bodega llena de bolsitas de chocolates de la calle Canevaro, le había acercado sus bracitos de muñeco, pero ella había sostenido la cara inmóvil. Esa primera noche de su reencuentro en Lima, sus botones gruesos y su piel de plástico, y sus ojos ansiosos, y todo le había parecido tan pobre y triste en él.

Cuando John la tomó de los brazos y la besó, sintió un escalofrío. Todo en ella era "no" y seguiría siendo "no" desde entonces. Pero John la había seguido llamando, había seguido invitándola al cine, había ido a esperarla a la salida de la academia. Hasta que un día, harto de sus negativas, se había ido, había tenido una relación con otra chica llamada Yesenia, y una mañana había aparecido en su casa diciéndole que había dejado a Yesenia, y que no podía olvidarla, Jossy. No, John. Si quieres como amigos, pero nada más. Ya no. Olvídate. Habían vuelto a salir al cine y a comer de vez en cuando. Pero ella sentía que una muralla de nerviosismo y rechazo la separaba de él. Solo somos amigos, le había aclarado Jossy varias veces. Se habían seguido viendo hasta que un día ella le había dicho:

—Estoy viendo a un hombre.

Estaban en ese mismo lugar, en la sala de su casa.

—¿Qué?

—Estoy viendo a un hombre y tenemos una relación en serio, John. No podemos seguir saliendo porque estoy muy ocupada.

John se había acercado.

—Me has dicho que ves a un hombre, pero no me has dicho quién es.

—Un hombre de la oficina donde trabajo. No voy a decirte más. Ahora es mejor que te vayas, John. Por favor.

Él se había puesto de pie y había salido de la casa. Pero había vuelto una semana después.

—Ya sé quién es. Tu jefe, un hombre casado. Es el señor Rey. No lo puedo creer.

Y esa noche que Gustavo acababa de irse al aeropuerto, John había vuelto. Estaba otra vez allí, cuando ella ya no esperaba verlo otra vez. Allí, sentado en el sofá de su sala, temblando de rabia, una nube de humedad en sus ojos. Ay, John, por Dios. No sé qué pasa contigo.

—Voy a terminar el próximo año —le dijo John.

—¿Vas a terminar tu carrera? Te felicito.

—Sí. Voy a ser ingeniero —dijo él, sin una sonrisa—. Y con Atilio vamos a hacer una fábrica de cocinas. Vamos a hacer cocinas baratas para todos, vas a ver. Todo está programado. Tenemos el capital que nos ha dado el papá de Atilio. Y vamos a ganar plata como cancha, vas a ver.

Ella asintió.

—Qué bueno.

—Pero vengo aquí para decirte algo.

—Qué.

—Quiero que nos casemos.

—Pero…

—No me digas nada. Saca tus papeles. Te piden certificado de nacimiento, para empezar. ¿Dónde lo tienes?

La miraba de frente, tratando de iniciar una sonrisa. Jossy sintió que el mundo se hundía.

—Por favor, John. Hace tiempo que…

—Hace tiempo que estamos juntos. Hace tiempo que te amo. Hemos vivido juntos toda nuestra vida, con algunas interrupciones nomás. Por favor, Jossy… déjate de tonterías y de cosas.

—Yo me vine a Lima, John. Tú te quedaste. Te dije que vinieras conmigo. Pero preferiste quedarte allá.

—Sí, pero me vine después.

—No puede ser, John. Ya no.

—Dime, ¿es cierto lo que dicen?

—¿Qué?

—Que tu jefe te tiene en un departamento, que pasa contigo los fines de semana. Cuando alguien me dijo eso, yo no lo podía creer. ¿De verdad tan bajo has caído?

Ella alzo la mano.

—Cállate. Mi mamá te va a oír. ¿Cómo puedes creer algo así, John?

—No sé, dime la verdad entonces. Jossy, cómo pudiste hacer algo así. Una chica como tú.

—Vivo acá, en mi casa. No tengo ningún departamento ni nada. Pero sí, lo veo a veces. Es un gran hombre. Y me ama. Ya ha dejado a su mujer, ya me dijo.

John sonreía con una sonrisa cruel, un gesto que le deformaba y le envilecía el rostro. Se pasó las manos por la cabeza. Se puso de pie.

Jossy vio sus ojos de fuego pasar frente a ella. Luego sintió el golpe furioso de la puerta.

Se quedó sentada. Oyó los ruidos de la calle, un motor tras otro, un grito breve, una sirena.

De pronto, un silencio largo se apoderó de la sala. Se dio cuenta de que se había quedado dormida. Estaba sentada en el sofá.

Mientras se levantaba dando pasos inciertos para llegar al dormitorio, no pensaba en Gustavo, que se había ido a Miami y volvería, sino en John, a quien quizá nunca más iba a ver.

—Pero sí lo voy a ver —se dijo, antes de cerrar los ojos.

Cuando vio salir a Lali, Claudio se sentó en la cama del hotel a contar los billetes. Luego prendió la televisión, pasó al azar por algunos canales y se echó en la cama con la conciencia bendecida por una buena segunda noche de trabajo. Durmió en un estado de gracia.

Alguna vez las mujeres que lo contrataban habían querido hacer el amor con él, pero no era lo habitual. Que hubiera sido así en Lima y con una mujer como ella lo halagaba, lo desconcertaba, casi lo enaltecía. En realidad, no le importaba mucho. Siempre que hubiera una mujer al frente, trataría de complacerla. Pero el virus que corría por sus venas no era el de la complacencia, sino el de la necesidad. El dinero era importante porque era una prueba de lo que era capaz. Si a ello se unía el placer, solo tenía que dar gracias a la Virgen de Luján, la santa patrona de su madre.

La señora Lali no era ciertamente la de peor aspecto que se le había cruzado en el camino.

Al despertar ese domingo Claudio se duchó, salió a la calle, compró algunos periódicos y se sentó en el Cheffs de la avenida Larco a tomar un cappuccino y un croissant. Prefería estar allí que en el comedor del hotel.

Después de revisar los periódicos miró el mapa de Lima. Estaba cerca del lugar donde esa chica llamada Jossy Sangama estudiaba.

Pagó la cuenta y caminó algunas cuadras. Cruzó el óvalo de Miraflores, vio los chorros verticales y blancos de agua y entró de lleno, por la calzada, al ruidoso territorio de la avenida Arequipa. Tenía la dirección en un papel.

Pronto llegó a las paredes ásperas y las escaleras de un blanco sucio. La academia Nuevo Colón. Era allí donde estudiaba esa chica. Ya sabía dónde tendría que aterrizar al día siguiente. Esperaba que el clima mejorara. Las mujeres siempre respondían a la salida del sol.

Mientras tanto, podía llamar a su amigo Ezequiel en Buenos Aires y contarle lo que había ocurrido. Me acosté con la que me contrató, pibe. Estas cosas a veces pasan. Sí. Estaba muy buena. Creo que quería probarme antes que la otra. Pobre nena. Pero como te digo, no estuvo mal aunque ya tiene sus años. Igual estoy feliz aquí, te digo.

VI

DOMINGO A VIERNES

Al llegar a Miami, Gustavo tomó un taxi a su alojamiento de siempre, el Crowne Beach Hotel. Recorrió las calles pulidas, adivinando los rascacielos y las palmeras a ambos costados, hasta que llegó a su habitación. Durmió a sobresaltos, algunas veces despertándose con sus propios ronquidos.

Esa primera mañana, se acercó a la ventana y vio el océano color verde y azul, espolvoreado de yates y veleros. Le parecía ver también el rostro de Jossy de vez en cuando, como si estuviera flotando en alguna de las nubes a la distancia.

Se alejó de la ventana como huyendo, dio una vuelta por el corredor, bajó al lobby del hotel, cogió un "USA Today" y volvió a su cuarto a mirar las fotos. Ordenó huevos revueltos con tocino, café y jugo de naranja a la habitación. Mientras veía los noticieros, alzó el teléfono para confirmar la reunión de esa noche.

El viaje duraría hasta el viernes. La rutina era la prevista. Por las mañanas, discutiría los términos del contrato. A las doce, saldría a almorzar con alguno de los socios de la corporación. Volvería al hotel por la tarde, a la piscina y mientras se secaba, llamaría por teléfono a Jossy. Luego iba a las reuniones con los socios, por lo general a unas cenas de lujo con seafood, cerveza y papas fritas todas las noches.

Y así fue. En alguna ocasión, también llamó a Lali, que lo recibió preguntándole qué tal le iba por allí. Una noche salió a comer con algunos de los amigos que se habían instalado en la ciudad, Pepo, Guayro y Lucho. Todos estaban divorciados, felices y tostados por el sol. Se habían adaptado a Estados Unidos, claro que al comienzo no había sido fácil, pero con el tiempo... Gozaban de las carreteras limpias, los autos de lujo y la buena ropa, aunque Lucho le dijo en algún momento que vivo en Estados Unidos, pero solo hasta las seis de la tarde. Lucho trabajaba de día y por las noches extrañaba, en ese orden, los cuidados de su madre, el sabor húmedo del cebiche y la comodidad de las sirvientas que había tenido en su casa de Lima. En Miami tenía que ayudar a su mujer a limpiar la casa, qué te parece.

Una noche Gustavo caminó por South Beach, entró a un local pintado de verde, con palmeras que florecían en el centro de las mesas. Tomó muchos martinis mientras veía a algunas parejas jóvenes. Una mujer de pelo largo, con una falda roja, se acercó a él.

El jueves, un día antes de su regreso, Gustavo empezó a sentir miedo por el retorno. Quería ver a Jossy cuanto antes, pero debía pasar por la aduana de sus obligaciones matrimoniales. La última era el divorcio de Lali. Pronto debía iniciar los trámites. Ella parecía estar de acuerdo, lo que le seguía apenando un poco. En ese caso, el divorcio sería muy rápido. Solo tenían que llegar a un acuerdo. ¿No hubiera sido mejor quedarse en Miami dos días más?

El día que volvió a Lima hacía una niebla por todo el litoral. Llegó al hotel Los Delfines, a dejar las maletas. Estaría cerca de su casa. Por el momento no tenía ganas de llamar a nadie. Llamaría a Jossy al día siguiente. No podía estar mucho tiempo lejos de ella, esa es la verdad. En sus llamadas desde Miami, la había notado algo extraña, una sucesión de frases cortas y esquivas. Tenía miedo de llamarla ese día de su llegada, qué le podía estar pasando.

Esa noche se reunió con sus hermanos, siempre tan capaces de contar chismes de la política local, y de ver partidos de fútbol uno tras otro. Habían sorprendido a un candidato a la presidencia en un hotel con una dama de compañía, o sea, en buen cristiano, una puta, le dijo su cuñada. Mejor dicho, una puta de mierda, agregó su hermano Pacho. Todos en el grupo estaban siempre a punto de reírse, auxiliados por sus buenas esposas.

Solo entonces Gustavo les dio la noticia. Me he separado de Lali, saben. Pero cómo puede ser, le dijo Tota, su cuñada. Así es, pues, Tota. Bueno, sabes qué, mejor. Lali nunca me cayó bien, tú ya sabes eso, se rió Tota. Su hermano Pacho aplaudía. Lo mismo César. Bueno, supongo que habrá otra mujer, o chica debía decir, en tu vida. Cuándo la vamos a conocer. Gustavo siempre se había llevado bien con sus hermanos. Pero no eran como él. ¿Llamaría esa noche a Jossy para decirle que había regresado?

Durante el tiempo que su esposo había estado en Miami, Lali había seguido su rutina. Se levantaba temprano, hablaba con la enfermera de su madre, les decía unas palabras a sus clavelinas y sus bromelias (crezcan bellas y crueles, hijas), iba al gimnasio, desayunaba con el buzo puesto: una taza de café negro, dos tostadas y un huevo duro. A media mañana, salía a ver algunas vitrinas, tomaba un café sola, acompañada de algunas revistas, luego almorzaba en la casa y por las tardes buscaba a alguna amiga, de preferencia la Mona Gasco o la Gata Balarezo, con quien salir a beber. El bar Olé, en San Isidro, era uno de sus preferidos.

Esa semana habló dos o tres veces con Claudio. Esperaba algunos resultados pronto.

LUNES POR LA MAÑANA

A las ocho, cuando Claudio llegó al local de la academia Nuevo Colón, le pareció una copia en pequeño de una mansión elegante, con manchas tristes de humedad y unas escaleras blancas. Se quedó de pie, mirando los alrededores. Paredes altas, pequeñas columnas y pisos de baldosas cuadradas. Un balcón de madera enclavado en una pared de yeso. Un patio, unas escaleras, un arbolito. Letreros de madera.

En ese momento, algunas chicas subían la escalera riéndose, aferradas a sus mochilas. Tenían zapatos chatos, medias blancas y uniformes azules con un escudo amarillo en la solapa. Claudio las siguió hasta el patio de losetas blancas y negras. Había un kiosco con barras de madera y unas mesitas. Una chica de piernas cortas y casi desnudas tomaba un café.

Entró a una oficina de recepción, recogió un brochure que decía "Academia de secretariado. Computación. Inglés. Oficina de empleos calificados".

Claudio se sentó en una mesita junto a un kiosco, donde una camarera vino a ofrecerle algo. Miró los grupos de alumnas a su alrededor. Sabía que ella saldría por allí a las diez y media. Debía esperar. Pidió un jugo de papaya (había oído que las frutas peruanas eran buenas, claro, una mujer es como una fruta, nene).

Era un modo de decirlo. Sabía que cada vez que abordaba a una mujer debía seguir su inspiración del momento. Casi nunca le había fallado. Por las fotos que había visto, la señorita Jossy Sangama tenía los ojos grandes y luminosos. Eran los ojos de una joven que tendía a ilusionarse pensando que el mundo era un espacio vasto y rico, que iba a colmar con su energía. Su inocente capacidad de asombrarse estaba intacta. Tenía la frente amplia, el pelo largo y sedoso, y su rostro parecía querer llegar muy lejos. Sacó la foto del bolsillo y la miró de nuevo. Quiso sentirse interesado en ella. Parte de su trabajo consistía en fabricar una atracción verdadera por la chica de turno. Con esta no sería difícil.

Sentado en el kiosco, supo que la iba a ver llegar en cualquier momento. Le sirvieron el jugo de papaya y, de pronto, como si fuera un acto de magia, la vio entrar. Sí, no había duda. Esa joven llamada Jossy estaba efectivamente allí, caminando por el patio. Sola, con un cuaderno entre los brazos. Parecía acunarlo, como si fuera un objeto precioso.

Se asombró de la clara elegancia de la mirada, bastante mejor que en las fotos, con su pelo largo, una impecable piel tostada, y sus trancos lentos y decididos. A diferencia de las otras alumnas, ella no usaba el uniforme de la academia. Su indumentaria de una blusa azul, falda oscura y botines rojos iba bien con ese aire de duende con el que estaba entrando al patio. Alguien la llamó "Jossy, Jossy" y ella se quedó conversando con una tipa parecida a ella, sentadas en una banca.

Claudio alzó la cabeza, la vio sacar un cuaderno y apuntar algo, y esperó un tiempo prudencial.

Ella se desprendió de la amiga y avanzó por el patio. Entonces, él se acercó. Tenía las manos a los costados, como las de un mago a punto de iniciar un truco.

—Perdona. No quiero ser descortés.

Jossy se detuvo. Tenía un gesto de fastidio.

—Disculpame, por favor.

Ella lo observaba.

—Qué.

—Es que estaba sentado allí y te miraba. Disculpá, yo no soy de aquí. Soy argentino, de Buenos Aires. Pero la verdad es que me he estado preguntando de dónde podés haber venido. Me parece que hubiera aterrizado en Lima una nave espacial con las mujeres más hermosas de la Vía Láctea y que tú dirigías el grupo como la reina. Perdón, a lo mejor soy muy atrevido, disculpame. No te quiero molestar. Soy muy atrevido, lo sé. Pero no es lo usual. No siempre soy así, pero cuando te he mirado, por favor, por favor. Qué muchacha tan bella. No sé decir otra cosa.

Ella lo miró con sus ojos grandes.

—¿Qué busca, señor?

—Perdoname, no te quiero molestar. Es que te vi y tuve que acercarme. No pude quedarme allí, sin hablarte. No sé. No me lo hubiera perdonado nunca, la verdad.

—Tengo clases ahora, disculpe.

Ella avanzó un paso.

—No quise molestarte. Soy extranjero aquí y no conozco a nadie. —Con una sonrisa agrego—: Estoy un poco perdido, la verdad. Por eso soy tan torpe.

Ella lo miró. Sus ojos oscuros brillaban.

—No lo conozco a usted, señor.

—Perdón, soy muy descortés. Me llamo Claudio. Es que vine aquí a buscar información. Soy de una corporación de vivienda y pensamos comprar algunos edificios en esta linda ciudad. Pero nunca imaginé…

—¿Qué? ¿Piensan comprar este local?

—No. Este local, no. Solo pasaba por aquí y lo vi tan bonito que entré. Pensé que podíamos comprarlo. Pero no. ¿Cómo íbamos a desalojar a todas estas estudiantes? Debe ser una maravilla estudiar aquí. Te decía que nunca imaginé… que aquí me encontraría con alguien como vos. Perdoname mi atrevimiento.

Jossy lo observó, dio media vuelta, cruzó el umbral y se sentó en su carpeta. La clase estaba a punto de empezar.

MARTES, MEDIODÍA

Jossy se sentó en la sala. Estaba en su casa, felizmente, a salvo. Se aferró a un cojín. Hacía varias horas que quería hablar con Betty.

—Lo conocí ayer por la mañana. No sé qué hacer.

—Ay, flaquita. Qué me dices. ¿Por qué?

—Porque no sé. Se me acercó antes de la clase y cuando lo vi, sentí, no sé, como una luz, como una luz que salía de sus ojos, y me dejaba allí, paralizada. Es tan guapo, con unos ojazos, lo vieras. Pero hablaba como un tonto así que me fui a la clase. Pero no sé por qué, lo miraba de vez en cuando por la ventana. No sé cómo me sentí. Después me pareció que había sido muy malcriada con él. En la clase estaba pensando todo el tiempo que me gustaría que estuviera allí en el patio cuando saliera, no sé por qué, es una estupidez, amiga, ya sé, es una tontería, primera vez que me pasa algo así, la profesora hablaba de cualquier cosa y yo dale que dale pensando en él, no lo podía creer, soy una cojuda, ya sé, no me digas nada. Y cuando salí de la clase, puta que estaba allí, el chico argentino me estaba esperando o se había quedado, no sé. Pero estaba allí sentado en el patio, y me sonreía como si me conociera de toda la vida, así parecía. Entonces quise caminar a su lado, sin mirarlo, pero se me acercó y me dijo que no quería molestarme. Y que solo quería que yo le dijera qué tal es Lima y otra vez que no quería molestarme y que si quería tomar un café con él en el Haití, así me dijo.

—¿Así te decía? Bueno, pero de repente está perdido aquí.

Jossy se mordió los labios.

—Sí, así me decía. Estoy un poco solo aquí. Me atrevo a preguntarte, me dijo. ¿Puedes enseñarme Miraflores? Me parece tan lindo, me dijo. Y yo no sabía qué contestarle.

—Pero ¿qué tal es?

—Es un chico muy guapo, de verdad. Bueno, ya no es un muchacho. Tendrá treinta y tantos años. Así que le dije que no, que no podía porque no tenía tiempo porque tenía que estudiar, y entonces me preguntó que qué iba a hacer en ese momento. Me dijo que había unos cappuccinos muy ricos que había probado en el Haití, que el café peruano era muy bueno, mejor que el argentino, me dijo. Y que fuéramos.

—¿Y tú?

—No le contesté y él empezó a caminar mientras me seguía hablando, y yo a caminar con él, y nos fuimos al Haití. Y hablamos de todo un poco, empezando por cómo es Buenos Aires. Y de repente me dice que me va a leer la mano. Y yo como una cojuda le extiendo la mano y sentí sus dedos sosteniéndome, como acariciándome poco a poco y entonces, no sé, creo que allí sentí algo muy fuerte. Y me dijo qué mano de mujer tan inteligente y sensible, y me dijo que tenía una línea de la vida y una línea de la inteligencia y una línea del corazón tan separadas y que eso significaba que era muy independiente, y que también era muy sensible, y me hablaba y me acariciaba la mano. Y después, mientras tomábamos el café, me contó de su vida un montón. De su colegio, de sus padres, de sus hermanos. Yo no le conté casi nada. ¿Cómo es? Lindo, con pelo bien negro y ojos claritos. Y muy solvente, además. Pagó con una tarjeta de crédito que era toda de oro. Ni a Gustavo le vi una tarjeta así, oye. Me dijo para ir a cenar anoche. Pero le dije que no, que tenía que irme a mi casa.

Mientras Jossy hablaba, una sonrisa se iba iluminando en Betty.

—¿Y han quedado en algo para hoy?

—Hoy me ha invitado a ir al cine. Y a comer primero. Pero no sé.

—Bueno, amiga, mejor ven a mi casa a hablar. Aquí te espero.

La sala de Betty tenía dos sofás rojos y una lámpara alta, con una pantalla blanca.

Ella había sacado unas cervezas y le estaba sirviendo.

—¿Te ha invitado al cine? Entonces anda, pues, flaca. No seas sonsa. ¿Y es guapo me dices?

Jossy desvió la mirada. Le parecía verlo. Hubiera querido estar con él y no con Betty en ese momento.

—Sí —le dijo—. La verdad…

—Entonces acepta, pues.

—No sé. Pero ¿por qué crees que se ha fijado en mí?

—Claro. Como tú eres tan fea. Como ningún chico te sigue. Qué raro. Mira, Jossy, voy a decirte algo. Si yo fuera hombre, me tiraría encima de ti todo el tiempo.

—Ay, qué graciosa que eres, hijita. Bueno, pero yo estoy con Gustavo, Betty. Anoche me llamó.

Betty alzó la mano.

—Oye, oye, Jossyta. No me hables de ese señor. Además, tú misma me has dicho que ya te estabas cansando de él, no me vengas oye.

Las dos tomaron de sus botellas de cerveza. Estaban echadas en la alfombra. Unas fotos del pueblo de Lamas colgaban de la pared. Había unas pinturas de figuras azuladas en un fondo oscuro con una pareja que se abrazaba frente a un lago y algunas ramas.

—Pero dejó a su mujer, Betty. Me dijo que iba a dejar a su mujer y ya habló con ella. Estamos bien con Gustavo, Betty. Yo lo quiero a él, pero no sé… Apenas él vuelva de viaje, va a buscar un apartamento. Y me ha dicho que nos casaremos. Así me ha dicho.

Betty le sonrió, se tomó la cabeza, alzó la voz.

—Ay, Dios mío. No te hagas la que lo quieres, oye. Ya te vi la cara.

—Pero te digo…

—Tanta huevada junta contigo. Te haces la complicada pero tú bien sabes, hijita, que no puedes estar con ese viejo. Salud.

Betty le extendió la botella y tocó la de su amiga.

Jossy le sonrió y empezó a beber.

—Ay, no sé. Tengo que dedicarme más a los estudios, la verdad.

Betty alzó las manos.

—Voy a traer otra chela. ¿Quieres otra?

—¿Qué voy a hacer?

Betty se puso de pie.

—Ven, vamos a la cocina que voy a sacar unos chifles —le dijo—. Esto tiene que arreglarse.

Llegaron a la cocina. Un lavatorio, unos estantes con calcomanías, un reloj de plástico.

El segundero parecía estar avanzando más rápido que en los otros relojes que Jossy había visto. En ese momento las dos estaban solas en la casa, salvo por la imagen del señor Jesucristo, que las miraba desde la pared.

Betty abrió la puerta del frigidaire y sacó dos botellas de cerveza. Le sirvió a su amiga. Luego cogió la bolsa de chifles.

—No puedo creer que una chica tan inteligente como tú sea tan huevona para el amor, Jossy —dijo.

—No me digas eso.

Jossy tomo un trago de cerveza.

Betty seguía hablando.

—Lo único que quiere ese señor Gustavo es aprovecharse de ti, por supuesto. ¿Cómo no te das cuenta? ¿Tú sabes lo que les cuenta a sus amigos de ti? Les dirá que se está tirando a una hembrita bien rica de la oficina. Y a ti te dice que te ama y todas esas babosadas. Él te va a mentir con tal de seguir con su propia farsa de mierda. ¿No te das cuenta? Él es de otro mundo. Eso está clarísimo. A esos huevones tan ricachones no les importa nada. No respetan nada.

—No sé.

—Convéncete de eso.

—¿Y el Claudio no es de otro mundo también?

—Pero por lo menos es joven, es soltero y se interesa en ti. Es soltero, supongo.

Jossy alzó los brazos y bebió otro sorbo.

—Pero Gustavo también es soltero ahora, pues. Ha dejado a su mujer. Y me dice que siempre fue tan infeliz con ella. Se va a venir a vivir conmigo… Ay, Dios mío. Bueno, casi ya vivíamos.

Yo iba a su hotel a estar juntos, hasta el sábado que se fue de viaje.

—Ay, claro. Gustavo te ha dicho que se va a separar, por supuesto. Así dicen todos. Es un viejo, y un viejo verde, además. Cuando se aburra de ti, se va a ir con otra. Lo que pasa es que estás tan idiotizada por él que no te das cuenta. Yo pensé que era más inteligente, amiguita.

Jossy se tapó las orejas. Betty se puso un chifle en la boca.

—Bueno, no hables así, por favor. No digas eso. Estoy confundida, estoy confundida. Te diré que ahora tengo mis dudas sobre Gustavo, esa es la verdad. Hemos pasado muchos ratos juntos con él. En su oficina primero, y después… pero ahora no sé.

Betty abrió la cartera de Jossy.

—Si yo encuentro aquí una foto de ese miserable del señor Gustavo Rey, te juro que…

Jossy le arrancó la cartera. Ambas forcejearon.

—Oye, deja mis cosas. No seas…

Betty la soltó. Le apuntó con un dedo.

—No te vuelvo a hablar si sigues con ese hombre casado. Además, es un viejo.

—Pero lo quiero, pues, para que sepas. Sí he pensado en que es muy mayor para mí. Pero es lindo. Un caballero es.

—Tú misma me lo dijiste una vez, hijita. Dijiste que nada de meterse con hombres casados. Y menos con viejos. Y si él dejó a su mujer era porque se daba cuenta de que te habías cansado de él. Ya ibas a dejarlo. ¿Te acuerdas que me dijiste que te estabas cansando de él? Por Dios. ¿Qué va a decir tu madre si se entera que estás con ese viejo? ¿Y qué diría tu papá en el cielo? Mira, Jossy, a ver si te lo digo claramente. Lo que has hecho está muy mal. Fuiste a trabajar en su empresa y empezaste a acostarte con el jefe.

—Betty.

—Pero es la verdad, pues, no te hagas —dijo Betty alzando las manos—. ¿No te parece una vergüenza lo que has hecho? Además, si John se entera también, no te digo…

Jossy estaba aferrada a su cartera. Tenía los ojos húmedos.

—Qué mala que eres, oye. Bueno, John ya sabe. Y, además, no tiene nada que ver en esto. Es un chiquillo.

—Pero John es un buen muchacho. Se ha graduado. Va a hacer un negocio. Y te quiere. Y, además, es uno de los nuestros.

Jossy alzó los brazos.

—Mala suerte porque yo no lo quiero a él. Me aburre.

—Bueno, entonces quédate con el argentino, pues. Sería lo mejor.

—No sé. Yo sé que tienes razón. Pero quiero a Gustavo. Lo amo.

—Puta madre, Jossy, cómo vas a decir eso. Tú misma me acabas de decir que tienes dudas. Desahuévate, pues.

—No me hables así, oye.

—No lo quieres al señor Rey, no seas cojuda. Estás impresionada con él que es otra cosa. Pero no lo amas. Estás así porque te acostaste con él, porque le has visto su tarjeta de crédito y su auto, y porque tu padrecito murió y por todo eso. Pero se te va a pasar. Y déjalo a ese señor antes que él te deje a ti.

Jossy volteó hacia ella. Tenía los ojos cristalizados.

—¿De verdad crees eso?

—Pero claro.

—No sé.

—Yo sí sé. Mira, amiga, yo te conozco desde que eras chiquita y te digo ahora que tienes que tratar de no patinar de nuevo. Entonces, dile a ese chico Claudio que vas a salir con él hoy. No seas sonsa. Mira qué suerte tienes de haberlo encontrado. O que él te encontrara. Y no es que no lo merezcas. Mereces eso y mucho más, flaquita.

Jossy la miraba como si se hubiera comprimido. Tenía las manos dobladas sobre el regazo.

—Bueno. No sé. Siento que estoy traicionando a Gustavo.

—¿Ese chico argentino Claudio te ha dado un teléfono?

—Sí. Me ha estado llamando, pero no le he contestado. Como te decía, quiere ir al cine hoy. Pero no le he dicho nada.

—Dónde está.

Jossy sacó su celular.

—Aquí lo tengo.

Betty tomó el aparato. Marcó el número.

—Deja.

Su amiga le extendió el aparato.

—Toma —le dijo—. Ya está sonando.

Claudio estaba sentado frente a un cappuccino, hojeando los periódicos, cuando sintió el timbre.

—¿Sí? —dijo, con una sonrisa.

Los ojos le bailaban. Se había instalado en una mesa de cuatro sillas, en la vereda del café Haití, solo a esperar esa llamada. Y ahora, por fin estaba la voz. Era lo previsto: temblorosa, dulce, con un tono de ansiedad.

—Soy yo.

Un hombre canoso, alguien que se parecía a su difunto padre, vino a sentarse en la mesa de al lado. Claudio bajó la cabeza. El hombre sacó un periódico y pidió al mozo un café americano. De vez en cuando lo miraba.

Claudio se concentró en la voz en el teléfono. Pudo adivinar la sonrisa medida de Jossy. Pero sentía que el señor al lado estaba oyéndolo todo.

—Jossy querida —le dijo—. Estaba esperando tu llamada.

—Bueno —hubo una pausa—. ¿Qué estás haciendo?

—Nada. Esperando que me llames. No hago otra cosa.

—No te creo.

—Ya arreglé todos mis negocios aquí por hoy, así que ahora lo único que hago es esperarte a vos.

Hubo un silencio al otro lado.

—Bueno, aquí estoy. ¿Qué tal te va?

—¿Por qué no vienes? Estoy aquí en el Haití, donde estuvimos ayer. Un gran lugar. Pocos cafés en el mundo como este —le dijo—. Ni el Tortoni, oye.

—¿El Tortoni?

—Es un café en Buenos Aires. Ya te llevaré allí, si me dejas.

Hubo un silencio al otro lado.

—No, no. Más bien, llamaba para decirte que no podemos vernos, Claudio. Y, además, mejor... no me sigas llamando.

Claudio acercó el teléfono. Quizá todo sería más fácil de lo que había pensado. El hombre a su lado volteaba hacia él de vez en cuando, con el ceño fruncido.

—Eso me parte el corazón, Jossy. No lo puedo creer.

—Es que no puedo.

Claudio se acercó al teléfono. Bajó el tono de voz.

—Pero ¿por qué, Jossy?

—No puedo.

—Bueno, si eso es lo que querés, yo lo respeto. No puedo obligarte a que nos veamos. Pero, bueno, me siento tan triste. Quisiera conocerte un poco mejor, de verdad. No tienes que tomarlo como una cita. Es solo un encuentro de amigos. Para vernos, para pasear, para estar juntos un ratito. Es eso nomás. Solo conversar. Me siento un poco solo aquí, te diré. Un poco solo. He terminado mi trabajo, pero no del todo. Ahora tengo que hacer un estudio de investigación sobre compras de locales y es mucho trabajo. Trabajo todo el día y no tengo nada en mis horas libres, así estoy. Anoche me la pasé en el hotel, viendo televisión. De pronto me asomaron las lágrimas, de verdad. Me sentía muy solo, te digo. Es una mala época, para mí, te digo la verdad. Es que yo no quería hacer este viaje. No estaba de ánimos porque mi padre murió hace poco. Pero ahora entiendo que a lo mejor él te ha mandado a mi vida para encontrarnos aquí, en Lima. Sos una persona tan linda y tan interesante, Jossy. La verdad...mi padre desde el cielo lo está dirigiendo todo.

Hubo un silencio al otro lado. Claudio miró a su alrededor. Luego se acercó al aparato otra vez.

—¿De verdad tu papá murió hace poco? —dijo un hilo de voz.

Él cerró los ojos.

—Sí, sí, por desgracia. Mi mejor amigo, el viejo. Un buen tipo, de verdad. Ya te contaré más sobre él. Un gran tipo. Lo único que quiso fue siempre ayudarme. Lo único. Y pienso en él todo el tiempo ahora. Me culpo de no haber pasado más tiempo con mi viejo, te lo digo. Jugaba ajedrez con él, eso fue lo último que hicimos juntos. Pero mientras jugábamos, también hablábamos de otras cosas. Era un gran tipo. Así que quería charlar un poco sobre él y otras cosas, nada más, contarte cosas. Mirá. No hay nada de malo en conversar. Me parece que sos una chica tan especial. No sé, no he conocido a nadie como vos. Y yo estoy tan solo aquí, en Lima. He pasado por muchos otros problemas. Bueno, no quiero agobiarte, Jossy. Lo último que quiero es agobiarte.

Hubo un silencio breve.

—¿Qué problemas?

—Bueno, es algo complicado. Mi mujer. Bueno, te lo voy a contar. Estuve casado, no te lo oculto, pero mi mujer se fue el año pasado. Me dejó por un tipo. Uno que estaba con ella en el trabajo. Se fueron juntos a París, y se llevaron algo de mi guita, por supuesto. No teníamos hijos, felizmente, pero ahora al volver tengo que ver todo lo del divorcio. Estuve con una depresión de burro. Es algo muy doloroso, y lo voy a afrontar. Fue mi culpa por no darme cuenta a tiempo, es decir, no darme cuenta de quién era ella. Pero ya está, no puedo hacer nada. Y si querés que te diga, este viaje es como un refugio después de todo lo que ha pasado. Y no sé por qué, cuando te vi ayer, sentí algo especial. Como una luz, no sé. Como que venir hasta aquí había valido la pena, de verdad. Por esa luz. Una luz que venía de arriba y que me decía que podemos compartir tantas cosas, me entendés.

Claudio midió la pausa al otro lado. Le pareció ver un roce de manos, unos labios apretados, los dedos que aflojaban el teléfono. La voz llegó por fin, algo más débil que antes.

—Siento mucho por todo lo que estás pasando, Claudio. Tantas cosas difíciles. Todo al mismo tiempo.

Claudio se puso de pie junto a la mesa. El mozo se acercó para llevarse la taza. Caminó lentamente hacia los ventanales que daban a la avenida Diagonal. Vio los carros pasar. Un ómnibus azul, como una ballena, se había detenido, resoplando.

—Bueno, pero soy fuerte, no te preocupes. ¿Te podría pedir un favor muy especial, de veras, Jossy?

—No sé.

—¿Podría invitarte a cenar hoy? Me han hablado de un lugar cerca de aquí. Te prometo no molestarte para nada.

—No sé.

—¿Por qué? ¿Dónde pensabas cenar hoy?

Una pausa, un movimiento en el auricular, una tos breve.

—No sé. En mi casa, con mi mamá.

La voz de él se acercó al aparato. Tenía los dedos aferrados al plástico y hablaba moviendo la mano. Sabía modular la voz, un tono distinto a todos los que había usado hasta entonces con ella.

—Quisiera invitarlas a las dos, si me lo permitís, por supuesto. Es un favor que me harías. Yo las puedo recoger en un taxi. Podemos ir a La Rosa Náutica si fueras buena conmigo, Jossy. Me dicen que comeríamos junto a las olas. Es algo que quisiera compartir. Nunca he estado allí y me hace mucha ilusión ir juntos. Contigo y con tu madre, por supuesto. Me encantaría conocerla, la verdad.

—No sé... Bueno.

—No sé si te parecería mejor ir a otro sitio. Tú me dirás. Pero me han dicho que La Rosa Náutica es muy bueno.

Hubo una pausa al otro lado. Un vendedor de periódicos extranjeros pasó junto a las mesas del Haití. Ofrecía algunos mirando a los parroquianos. La voz llegó débil, pero clara y precisa.

—Con mi madre no sería —dijo—. Puedo ir yo nomás.

Esa noche, al salir a ese corredor de luces y de agua negra que la llevaba al estacionamiento, Claudio le tomó la mano y la atrajo hacia él. La caricia de su piel era la bendición de los antiguos dioses del cielo sobre ella.

Claudio la besó. Ella sintió la firmeza decidida, vulnerable de sus labios. Sintió que las olas acariciaban sus oídos, y que ese hombre acababa de surgir del agua para estar con ella. Sintió que su vida se había terminado y que empezaba gracias a esa oscuridad húmeda. Empezaba en la forma de un cuerpo esbelto y duro, un cuerpo firme como el que no había conocido nunca.

Después de un rato, lo abrazó sin soltarle los labios y sintió que él la rodeaba y que todo en él la estaba buscando. Nunca se había sentido tan feliz. Sus ojos se humedecían y un abismo se estaba abriendo en el interior de su cuerpo. Todo desde entonces sería por él.

VII

MIÉRCOLES, MADRUGADA

A esa hora, un embrujo de inmovilidad ha caído sobre el mundo. Todas las cosas revelan su oscura verdad. Rayos de luz, sombras de edificios, las olas que advierten a la materia del más allá.

Jossy está mirando por la ventana del hotel. Las pocas luces del fondo brillan con una ternura infinita. Debe irse, tiene que salir de allí. Pero todavía no. Lo observa, tan dormido y tan hermoso. Sí, no puede dejar de mirarlo. Se tapa la cara. Tiene que irse.

Sale al pasillo. Espera el ascensor junto a la gran ventana. Está a punto de amanecer. Ve una llovizna cruzada, de puntos helados, en los faros irreales de la calle. Un par de taxis que avanzan, sobreparan, se detienen. La puerta se abre, un hombre le dice "buenas noches", ella no puede contestar. Apenas se reclina.

Le da la dirección al taxista, apoya la cabeza y cierra los ojos. Da el primer tumbo en el asiento. Su cuerpo parece avanzar a una velocidad personal, una distancia que no reconoce en las calles.

El ruido del corazón la está llevando más allá de las ventanas, respirando el aire grueso de la noche, una brizna de humedad le toca la frente. Ella cierra los ojos y sale al fondo, más allá, donde busca estar a salvo. El taxi acelera. Las calles pasan, una celebración de luces furiosas y calladas. Los labios de Claudio en todo su cuerpo, el color olivo de su piel y la temperatura dulce de sus manos. Las siente allí, las manos de Claudio, arañas gozosas que han modificado su sangre. Una corriente nueva avanza por el centro del árbol. Su piel preserva el recuerdo de ese hombre hurgando dentro de ella, como buscando refugio en su interior, explorando las entrañas de ella, tan cuidadoso y apasionado. El recuerdo la deshace con un temblor incierto en los brazos de un fantasma de carne y hueso. Unos labios claros en el ruido de las sábanas. Era como si otro cuerpo más feliz hubiera llegado a reemplazar el que había tenido hasta entonces. Era un cuerpo ligero y remoto, el de un ángel que había entrado en ella. Era el suyo, que recién conocía.

La lenta, minuciosa penumbra de esa habitación. El recuerdo delicado y violento de su sexo le provocaban un temblor en los dedos con los que trata de taparse, mientras una brisa pálida caía sobre la ventana del auto. Pero ella no se quería abrigar. Quería sentir el viento que llegaba desde tan lejos para fijarla en ese asiento. Sentía que ese auto no la llevaba a su casa, sino a un destino lleno de recuerdos en su dormitorio. Se acercaba al viento de la noche.

Una pátina de tristeza le nubla los ojos. No podía creer que había traicionado a Gustavo de ese modo, cuando él se había ido de viaje. Estaba viviendo una aventura aprovechando su ausencia. Pero ¿era acaso solo una aventura? ¿No había empezado una vida nueva con Claudio? En ese momento, la luz que ese hombre de cincuenta años había despertado en ella parecía haberse alejado del todo. Ya había tenido tantas dudas en los últimos meses. Pero ahora… pensó que había descubierto zonas nuevas de su corazón. Eran los lugares que Claudio había explorado por ella.

Claudio era el hombre a quien nunca había pensado encontrar, el que había llegado desde ninguna parte para estar allí. Pero sabía que no iba a quedarse. Era un visitante, un huésped, una estrella que dejaba su fulgor. Todo había ocurrido tan rápido. Su rostro estaba asentado con firmeza en el mundo y al mismo tiempo flotaba a gran distancia. Ella había conocido a Claudio y su luz le había azotado la piel. El cuerpo de Claudio entraba en el de ella como si se estuviera cumpliendo un designio, la zona de felicidad para la que ella había sido destinada desde que había nacido, cuando una mariposa revoloteó alrededor de su cuna.

Por eso le habían dicho de niña que era la mujer mariposa. Su madre se lo había dicho muchas veces al contarle la leyenda. Un hombre aparece en el camino y le dice que la ama. Es un hombre que nadie conoce y que viene solo a decirle que no puede vivir sin ella. Pero luego encuentra muerta a su amada y llora por ella.

Sin embargo, cuando ese hombre alza la vista, ve algo. Es una mariposa Morpho. Aparece una Morpho en el aire y va a su encuentro. Él sabe que es ella, la mujer que ha muerto, la que él ama todavía. Desde entonces camina con una mariposa a su lado. Así le había contado su mamá. Aunque mueran, los amantes siguen juntos para toda la vida, así le había contado.

Siempre se había identificado con las mariposas de Tarapoto. Las mariposas Morpho, con sus colores graves y azulados y sus alas elegantes, que volaban en las alturas. Recordaba lo que le había contado su profesora en el colegio sobre la sexualidad en las mariposas. El olor es la principal fuente de atracción. Una hembra envía un olor penetrante al macho que ha elegido y envía olores de rechazo a los otros. Pero hay muchos rituales de cortejo. Y luego, cuando hacen el amor, el macho se posa sobre el final del abdomen de la hembra con sus clásperes. Luego la hembra pone sus huevos en las hojas y los fija con un jugo adhesivo. Y sigue volando en la eternidad de los pocos meses que tiene de vida. Tan jóvenes y llenas de amor.

Solo que ella no terminaría como la mariposa. No iba a dejarlo partir solo. No, no. Se iba a ir con él. Iban a irse juntos a Buenos Aires. Claudio, Claudio. La siguiente vez que se vieran tendría que contarle las historias de las mariposas de su tierra.

Jossy se besó las manos y recorrió los pechos por los que la boca de él había pasado. Estaba tocando los restos de ese ángel que la había llevado al silencio.

De pronto, el taxi estaba frente a su puerta. Apenas tuvo el resto de energía para sacar su billetera.

Esa noche se abrazó a la almohada con el eco de sus suspiros. Sus alas se extendían sobre Claudio. Los dos saldrían de allí para volar muy lejos. En la penumbra vio el sexo acercándose, dentro de ella.

MIÉRCOLES POR LA MAÑANA

La mañana siguiente se despertó, estiró la mano y cogió el teléfono. La voz de Betty sonaba con un ruido de tráfico al fondo. El auricular estaba húmedo y se le resbalaba, como si fuera un animal.

—Estuve con él. Estuve en su hotel, amiga. No lo puedes creer. Ahora creo que es verdad.

—¿Qué? Ay, qué maravilla.

—No sabes.

—Ay, flaquita. Estoy tan contenta por ti.

Jossy hizo una pausa.

—Lo tengo que hacer —le dijo—. Tengo que separarme de Gustavo. Lo tengo que hacer. Pero no puedo creer que esté hablando así. Se lo voy a decir cuando vuelva de Miami, se lo voy a decir.

Hubo un ruido de fierros al otro lado.

—Espérate que voy a cerrar la ventana.

Jossy esperó. Apenas oyó la voz otra vez, dijo:

—Tengo que separarme de Gustavo. No puede ser.

—Pero claro que no puede ser —contestó Betty—. No podías hacer otra cosa. ¿Cómo vas a seguir con ese viejo? Y casado todavía. Es el colmo que haya hombres así.

—No sé. Pensé que lo quería, pero desde que he conocido a Claudio…

—Cuéntame más de anoche.

—Anoche fuimos a La Rosa Náutica. Fuimos en su auto, uno que había alquilado. Gustavo nunca me había llevado allí. Creo que tenía miedo que nos reconocieran. Y hoy vamos a ir a otro sitio. Al Rafael.

—Cuéntame más de cómo fue en el hotel.

Jossy se mordió los labios.

—Sí —dijo—. No sé qué decirte. Algo increíble, maravilloso. Nunca pensé que sentiría algo así, con nadie, la verdad.

Betty empezó a dar palmadas.

—Bravo. Bravísimo.

—Estuve con él hasta no sé qué hora —dijo Jossy—. Me salí del hotel en la madrugada. Hasta ahora no puedo creer lo que hice. Llamé a mi mamá a decir que me iba a quedar a dormir en tu casa, acuérdate de eso. Pero, ay, fue maravilloso.

—Ay, qué lindo lo que me cuentas, amiga.

Un largo silencio al otro lado. Betty podía adivinar los ojos ávidos.

—Pero me siento triste también. Igual, creo que ya no amo a Gustavo. Solo pienso en Claudio. ¿Sabes lo que me ha dicho? Dice que quiere llevarme a vivir con él a Buenos Aires. Y cuanto antes. Dice que está loco por mí, que desde que me conoce… bueno, quiere irse ahorita conmigo.

—Ah, no sé. Eso me parece muy rápido. Mejor ir poco a poco.

—Sí, no sé. No puedo hacer eso.

—¿Cuándo le vas a decir a Gustavo que ya no vas a seguir con él?

—Llega el viernes. Está en Miami. Ya le voy a decir cuando venga.

—Seguro que él también está con varias mujeres por allí. Dicen que allá es bien fácil.

—Ay, Betty. No seas sonsa. Está trabajando.

—Pero vas a separarte de Gustavo, prométeme.

—Sí, ahora me doy cuenta… no sé… pero creo que sí.

—Pero segura…

—Sí.

—Bueno, y ahora dime. ¿Claudio qué te dijo? ¿Te dijo que te quiere?

Betty adivinó el relajo de los músculos, el inicio de la sonrisa. Jossy estaría volteando a ver si su madre la oía.

—Sí, me dice que nunca se sintió así con ninguna mujer. Me ha dicho que me ama. Varias veces me decía así. Yo más bien no le dije mucho. Me contó de toda su vida en Buenos Aires. De sus padres que se separaron. Su papá murió hace poco. Me dijo que había estudiado Economía, pero que en realidad siempre le gustó el arte. Ha venido aquí por unos negocios, para la compra de locales para su empresa. Pero el viaje le cayó muy bien, dice. Su mujer acaba de dejarlo. Qué taradas pueden ser algunas, oye. Dice que ella nunca lo comprendió, realmente. Me dio mucha pena lo que me contó.

—Qué raro. ¿Su mujer acaba de dejarlo? Eso me parece un poco cuento.

—Ay, Betty.

—Bueno, dime. ¿Y qué más han hecho?

—Hemos paseado por Miraflores. Es increíble. Nunca había visto el mar tan bello, pero tan bello como ayer. Y hoy vamos a almorzar a La Punta. A un restaurante del Club Regatas Unión, él lo ha averiguado. Dicen que es lindo. Y después a la noche al Rafael.

—Cuando estaban en el restaurante, ¿te besó delante de todo el mundo?

—No, no. Fue al salir. Pero lo acabo de conocer. Creo que todo está pasando muy rápido, oye.

—Cuéntame.

Jossy sintió a su madre lavando los platos.

—Otro día te cuento más.

—Entonces, ¿se queda aquí o se va?

—Me ha dicho que quiere que me vaya con él a Buenos Aires el domingo. Hoy va a comprar los pasajes. Me ha pedido mi número de pasaporte, Betty. Ay, amiga, todo ha pasado muy rápido. A ratos siento que todavía no lo conozco bien. Pero no sé, me vuelve loca. ¿Está prohibido hacer una locura una vez en la vida? Cuando me mira, con sus ojos tan lindos, no sé qué hacer. Ay, no sé. No sé qué hacer, amiga. Quiere llevarme el domingo.

—No le habrás contado que sales con el viejo, ¿no?

—No le digas así.

—Pero es lo que es. ¿Le has contado?

—No. No le he contado. Pero Gustavo me llamó anoche de Miami también. Le contesté en el baño y después le inventé algo a Claudio. Y casi no he pensado en él estos días. Pero hablamos. Me preguntaba si me pasaba algo.

—Mira, amiga, tú tienes que aprovechar para acabar con el viejo. Hoy mismo. Llámalo y dile que tú también quieres verlo para algo importante cuando regrese.

—No me atrevo —dijo ella—. Bueno, ya te tengo que colgar.

—Hazme caso, Jossy.

Jossy miró a su alrededor. Vio el cuadro en la pared. La imagen de lagos azulados y oscuros contra un fondo de estrellas... todo parecía brillar en ese momento.

—Voy a verlo el viernes que llega. O el sábado. Y se lo voy a decir.

—Buena, amiga.

Betty colgó.

Vio los botones del teléfono.

Tuvo ganas de llamarla de nuevo. Una cuerda tensa le recorría la garganta. ¿De veras su amiga iba a irse con ese Claudio? Le había faltado prevenir a Jossy. Betty se sentó en la sala, se abrazó a un cojín. La historia de Jossy era algo extraña. Ese tipo, Claudio. ¿Conocerla y proponerle irse con ella? ¿Quién era ese argentino que había aparecido así como así?

Escribió en la computadora. "Claudio Rossi". Había varios nombres así, pero ninguno correspondía a un argentino que trabajaba en una empresa inmobiliaria. ¿Quién sería ese tipo entonces? Había otros Claudio Rossi, pero eran hombres mayores o niños en la Argentina. Algunos eran de otros países. Había un futbolista italiano llamado así también. Luego un intendente, según decían algo corrupto, de una provincia llamada Rojas. Pero en la foto era un hombre de mediana edad, no el muchacho que describía Jossy. Luego dos argentinos con ese nombre, pero vivían en Europa. Bueno, el Claudio Rossi que le tocó no aparece en el mapa de internet, pero no por eso es un tipo malo, pensó. No todos salen en internet. Es más. Mejor es no estar allí. Mientras la saque de esa relación con el viejo, no importa, murmuró.

Después de un rato, apagó la pantalla.

MIÉRCOLES A SÁBADO

Jossy pasó los siguientes días al lado de Claudio. Se veían todo el tiempo que podían.

Claudio llegaba a la academia al mediodía, con sus camisas azules, sus peinados altos, sus ojos risueños y tiernos. Desde allí se iban a La Tiendecita Blanca, al Haití, al Rafael. Tomaban pisco sours y chilcanos. Almorzaban lomo saltado, corvina a la meunière, ensalada de quinua. El postre preferido de Claudio era el suspiro a la limeña. Qué nombre, nena, le insistía. Quién fue el poeta que le puso ese nombre a ese manjar.

Caminaban hacia el malecón y se sentaban en una de las bancas para contemplar el resplandor acerado de la bahía. Una tarde dieron vueltas por el Parque del Amor, junto a las inscripciones de los versos. El mar parecía arrullarlos. Cada ola era un mensaje de amor que les llegaba, dijo Jossy. Mensajes del más allá.

Después del paseo, llegaban a la cama del cuarto de Claudio en el hotel. "Me voy el domingo", le dijo Claudio. "Pero no puedo irme sin ti. Por favor, ven conmigo. Vas a ser mi reina, siempre". Jossy lo escuchaba. No era posible. Pero sí.

El tiempo iba cerrándose sobre ella. Cuando llegó el viernes, no pudo soportar la idea de que Claudio se fuera.

Y de pronto Gustavo, Gustavo, el hombre que llegaba ese mismo día de Miami, era un extraño, un hombre que había abusado de ella. No quería verlo. Todo había ocurrido tan pronto, demasiado para que ella pudiera reaccionar.

Pero el sábado en la mañana Gustavo ya estaba en Lima. La había llamado. La estaba esperando esa tarde en el hotel de San Isidro, donde tenían su habitación separada. Ven cuanto antes, por favor.

SÁBADO

Muy bien. Se verían en el hotel, se verían esa tarde. Jossy entró a la cocina y se preparó el café. Debía decirle a Gustavo que se iría a Buenos aires con Claudio. Iba a irse con Claudio al día siguiente. Pero quién era Claudio. Un hombre que había conocido. Desde cuándo. ¿Se lo iba a decir a Gustavo? Tengo que decirle.

Salió al mercado, compró huevos, pollo y apio. También lechuga, palta y tomate. Le preparó el almuerzo a su madre, pero en la mesa apenas habló.

Jossy entró en el baño, se maquilló, miró el reloj. Eran las tres.

Una hora después llegó al hotel. Sintió la brisa inmóvil del aire acondicionado en el lobby. Saludó al muchacho como siempre. Con algo de vergüenza, pasó a su lado, la frase de rutina, el señor Rey me espera. Alguien en la recepción asintió, y ella subió al cuarto.

Ese cuarto había sido su hogar hasta entonces. Ella incluso había llevado flores allí, unas margaritas para que todo se viera más lindo. Era el mismo cuarto en el mismo hotel, el que Gustavo había alquilado desde hace un tiempo para que se vieran. El mismo cuarto de un dormitorio, una salita, unas paredes tapizadas de naranja con líneas blancas, una ventana grande que daba a la calle.

Algunos árboles dramáticos del Bosque del Olivar asomaban desde el balcón. Era el lugar al que ella iba casi todos los días, a la hora que él le indicaba. Para hacer el amor y ver películas y conversar y soñar en su futuro. También para sentir que la conciencia la despertaba en voz baja: "Apártate de todo esto, y de él, vete, vete, vete".

Ya había sentido esa voz tantas veces. Era por eso que en ese momento debía decirle la verdad. Luego iría a secarse las lágrimas, y a prepararse para el viaje.

Entró al cuarto. Todo parecía tan antiguo. Los cojines anaranjados de la cama estaban deshilachados.

Habían llegado a tener una rutina. Sí, la hora, los días, el mismo cuarto siempre. Pero ella estaba cansada de las costumbres clandestinas que los unían. Estaban allí juntos cuatro o cinco horas. Hacían el amor, él le hacía promesas, ella escuchaba, se acariciaban, él le hacía más promesas. Ella le sonreía. Él le contaba de la oficina, ella le contaba de su día en las clases. Comían algo y de vez en cuando veían una película. Habían parecido tan felices allí encerrados.

Gustavo se estaba demorando. No la había llamado. Jossy abrió la puerta. Pensó en irse. Lo dejaría así, sin explicaciones. Huiría de él.

El corredor no parecía el mismo. El color de las paredes tan desteñido y sucio. Quizá estaba a punto de llegar. Tenía que verlo. Cerró la puerta y volvió al cuarto.

Gustavo estaba siempre allí con ella en la cama. Pero ella nunca había conocido a ninguno de sus amigos. Nunca la había llevado a una reunión. Apenas habían salido al cine, siempre a salas lejos de Miraflores y San Isidro. El cine de la avenida Arenales era lo más cerca que habían estado.

De pronto sintió una determinación llena de miedos. Se dijo que estaba decidida desde mucho antes de lo de Claudio. Estaba decidida a dejarlo.

Estaba claro.

Gustavo, ese hombre casado que no había tenido la osadía de amarla frente a los demás. Quizá se avergonzaba de que los vieran. Quizá la había engañado y aún la estaba engañando. No le constaba, en realidad, que se lo había dicho a su esposa. ¿Realmente iba a dejar a su mujer por una chica joven venida de Tarapoto?

—Te lo juro, amor —le había dicho él.

Esperarlo en el cuarto. Esperar después de su viaje a Miami. Sintió la humillación de tener que sentarse en un sofá, prender la televisión. Empezó a reunir fuerzas.

VIII

La fuerza vendría de los recuerdos, de todo lo que había querido en ese comienzo tan lejano. Jossy recordó esa primera mañana de trabajo cuando ella hacía prácticas por horas y sin goce de haber. Había ocupado una mesa pequeña junto a la gran oficina alfombrada de Gustavo. Se había dado cuenta de cómo él la miraba desde la primera vez, cuando ella se presentó con sus documentos. Ella había llevado un vestido blanco, con la falda hasta las rodillas y zapatos de taco negros. Los ojos de él recorrían su cuerpo. Era una mañana clara. Algunas ramas asomaban en el vidrio.

Buenos días, señorita. La señora Norma me pasó su hoja. Así que le interesa practicar aquí. Sí, señor. Tengo que hacer una práctica de tres meses. Me interesa mucho el tema de los seguros. Me gustaría mucho estar un tiempo corto en esta empresa. La verdad, he oído hablar mucho de esta empresa, señor. Aquí le alcanzo mi CV. Pero estoy dispuesta a trabajar sin sueldo por ahora. Sí, ya lo vi, no se preocupe. Todavía estudio, pero estoy dispuesta a esforzarme todo lo que me pidan aquí. Con todo gusto, señor.

Sentado en su gran sillón de cuero, moviendo las manos de un lado a otro como el mago de una tierra encantada, Gustavo enviaba una luz que la iluminaba. Esa primera vez fue cuando más lo amó. Era como una revelación. Apenas lo conocía y, sin embargo, era un hombre cuyas manos irradiaban un hechizo solvente, al mando del universo. Tenía una cara marcada por sus ojos de lince, la gravedad de un brujo capaz de traspasar la materia. En ese momento era un punto donde toda la realidad se apoyaba.

La había impresionado la serenidad dulce de su saco, la corbata en el centro de equilibrio del pecho, sus ojos firmes y hambrientos que la buscaban. Si pudiera seguir el trazo de su voz, su voz de una rectitud y una precisión y una bondad... un océano ancho, en el que las palabras avanzaban... Aquí la empresa ve temas de seguros, pero en los seguros hay muchos asuntos que tratar. Pero usted, Jossy, lo va a hacer muy bien. Le aseguro, señor. Estoy dispuesta a esforzarme.

La secretaria principal, la señora Norma, le había hecho una prueba de inglés, algunos ejercicios de computación. El señor Gustavo la había recibido de nuevo. El puesto es suyo, señorita Sangama. Bienvenida a nuestro barco. A veces hay turbulencias por el movimiento económico y el barco se mueve, pero sabremos navegar juntos. Porque vendemos seguros. Seguros de todo tipo. Al final todos quieren estar asegurados. Nadie quiere estar a la intemperie, y por eso el barco sigue.

Una sonrisa, era una sonrisa. Por primera vez. Gracias, señor. Mil gracias. Tengo que estudiar todavía mi último año en el instituto, pero lo compensaré trabajando por las tardes. Puedo venir al mediodía. Muchas gracias por esta oportunidad. Ella le dio la mano, pero él la acercó y le dio un beso en la mejilla.

Como asistente suya, trabajando en la oficina a su lado, ella se había ido esmerando en cumplir sus encargos, hacer sus llamadas, escribir los informes, tenerle listo y en orden su escritorio y su oficina. Llegaba al edificio antes que la señora Norma (que tenía que dejar a su desagradable hija en el colegio, había visto la foto) y ordenaba el escritorio de Gustavo, sabiendo que le gustaba siempre tener unas hojas en blanco y cinco lápices de punta afilada, que nunca usaba, pero le gustaba ver, en el centro. Había comprado un girasol de hojas largas para ponerlo junto a la ventana. Es para que haya sol, aunque sea invierno, le dijo una vez a Gustavo. Él había sonreído.

Todos los días ella también sonreía, con la sonrisa vulnerable que mostraba el inicio de una emoción dulce y oscura por él. De vez en cuando escuchaba la voz de su esposa, Lali, en el teléfono. Era una voz áspera, de frases cortas. Páseme con Gustavo, señorita, no me haga perder el tiempo. En una ocasión había llamado mientras él hablaba por teléfono en la línea privada.

—Con Gustavo, por favor.

—Está hablando por la otra línea, señora Lali. ¿Desea que lo interrumpa?

—Por supuesto. No sé por qué pregunta eso, señorita. Mejor páseme con alguien que sepa hablar porque con usted no puedo.

Jossy entraba a decirle que su esposa estaba en el teléfono, pero Gustavo le alzaba la mano. No podía hablar en ese momento.

Ella regresaba al teléfono.

—Disculpe, señora. No puede hablar en este momento. Me dice que la llamará.

—Es usted una inepta, señorita —le dijo la señora Lali—. Páseme con la señora Norma.

—Sí, señora. Disculpe. Es que… la señora Norma ha salido a almorzar —contestó, antes de cerrar los ojos con el sonido del corte.

A veces también veía sobre la mesa unos sobres de la señora Lali para su marido, con esa letra larga de insecto.

Una noche, poco después de haber llegado a trabajar allí, Gustavo le había pedido que se quedara con él a revisar unos informes. La Corporación de Construcciones Dámaso iba a contratar un seguro para todos sus empleados y obreros, y era un proyecto muy grande, que le daría "buen empujón" a las finanzas de la empresa. Debían llamar a algunos centros de salud para ofrecer los mejores precios, integrarlos a la cadena, y acordar una propuesta atractiva. Era muy importante ganar esa prueba, en competencia con otras compañías de seguros.

Jossy ya se había contactado con las encargadas de varias clínicas, que le fueron enviando por correo electrónico sus propuestas. Incluso había descubierto que su amiga Allison, a quien no veía desde el colegio en Tarapoto, trabajaba en una de ellas. Mira, le dijo Allison, como somos una empresa de construcción, aquí nos vamos a fijar de todos modos en la cobertura por accidentes.

Ese día, por un azar, se había puesto un traje azul y una cadenita plateada en el cuello. Su pelo negro acariciando los hombros y su cintura ceñida, con sus piernas largas de bailarina, la habían hecho siempre destacar en la fila del colegio y luego en la academia de secretariado. Se daba cuenta, con alegría y vergüenza, de que los hombres volteaban a mirarla cuando ella caminaba por el pasillo de la oficina y muchas veces en la avenida Arequipa, camino al paradero donde tomaba el bus.

Esa noche eran casi las nueve cuando entró a la oficina de Gustavo.

—Es inútil —dijo él—. No conseguimos rebajar el precio.

—Hablé con el dueño de la clínica Saldaña —le dijo ella—. Mira lo que nos han mandado.

Gustavo lo leyó. Alzó un brazo y dio un pequeño grito.

—Es una maravilla —dijo—. Muy bien, ármalo todo y me lo pasas. Esto es lo que vamos a proponer. Estamos justo a tiempo.

Una semana después, cuando recibieron los papeles del contrato con el seguro de cobertura para todos los empleados de la Constructora Dámaso, el señor Patipo Perales, director de la cadena de bancos, lo llamó.

—Oye, Gustavo. Impresionante, huevón. Lo hicimos. Gracias a ti.

Gustavo estaba al teléfono, volteando hacia Jossy mientras hablaba. Colgó con el señor Perales y la miró de frente. Ella le sonreía con los ojos iluminados.

—Ya la hicimos.

—Qué emoción.

—¿Te puedo pedir un favor?

—Dime.

—Quiero celebrar contigo, Jossy.

Esa misma noche él la había invitado a cenar a un lugar en Miraflores. Es el Francesco, le dijo, un sitio bien bacán de pescados y mariscos frente al malecón. Ella había aceptado. Manteles rojos, mozos vestidos de blanco que la llamaban "señorita", le consultaban cuántos panecillos le ponían en un platito de metal, y le ofrecían corvinas, meros y lenguados, al vapor, a la meunière, a la chorrillana, con arroz, con puré de papa amarilla, con verduras salteadas si desea, por supuesto, señorita. Era un ritual insólito e inmerecido. Nunca había imaginado que alguien iba a tratarla así.

Jossy pensó que alguno de los mozos también había venido de alguna provincia, como ella. Pero en ese momento estaba sentada en la mesa con el señor. Esa misma mañana, la esposa de Gustavo, la señora Lali, había vuelto a llamar.

—Por favor, páseme con Gustavo. No sé por qué tengo que hablar con usted —le había dicho.

Durante la cena, Gustavo le habló de su infancia, de sus padres, de su hermana muerta en un accidente. Le dijo que durante toda su vida no había hecho más que trabajar. Se había casado con Lali porque ella lo había chantajeado con un embarazo que, después se supo, era falso, por lo menos es lo que le habían dicho. Luego habían tenido dos hijos que al terminar el colegio se fueron a estudiar en Estados Unidos. Ellos no soportaban ver las peleas de sus padres. Él no soportaba a Lali, no podía verla, de verdad. Su esposa había hecho las gestiones necesarias para vivir en una casa con una sala grande, un jardín y una piscina, y lo había escogido a él como una aduana para ese paraíso de juguete. Por eso se había casado con él, para mostrarle a su familia lo que había logrado. Ese era el resumen de su relación.

Pero él ya no podía vivir con Lali, su esposa. Ya no podía, de verdad. No sabía cómo decirlo de otro modo. Era el hombre más exitoso y el más infeliz del mundo. Ganaba mucho dinero, tenía una casa maravillosa, los hijos estudiando en buenas universidades en Estados Unidos, y no soportaba a su mujer.

Pero algo extraño y prodigioso había ocurrido poco antes con él. La había conocido a ella, a Jossy. Siento que eres mi compañera. Es la verdad.

Esa noche él la dejó en su casa y a lo largo de la semana salió a almorzar con ella todos los días. La besaba en su oficina, cuando sabía que nadie iba a entrar. Un día le había propuesto ir a un hotel en el Bosque del Olivar. Ella había dudado mucho. Se había negado varias veces.

Pero poco después, una tarde, él había llegado a su casa con un ramo de flores, se había presentado con su madre, había hablado con ella. Era tan raro ver a Gustavo en la sala de su casa. Creía que su madre no había sospechado lo que estaba ocurriendo. Era un jefe dejando a la asistente algunos papeles de trabajo, y unas flores como agradecimiento, nada más.

Y desde entonces se habían visto siempre en el hotel de El Olivar, aunque algunos días habían salido por el barrio a caminar. Habían viajado juntos a México y a Chile. Él iba a un curso y ella iba a estar con él. Pero en las sesiones del curso ella a veces lo acompañaba y tomaba apuntes sobre los temas. Un vendedor de seguros. Fortalezas y oportunidades. Debilidades y amenazas. Algunos días, cuando él estaba trabajando con sus socios, ella había salido de compras. Por las noches, en vez de salir a cenar con los otros asistentes al curso, él había preferido estar con ella en el hotel. O al menos era lo que le había dicho.

Ella se lo había agradecido. Se había emocionado. Era Gustavo, el Rey. Había dejado de trabajar con él, para terminar sus estudios, y verlo lejos de las habladurías de los corredores.

Habían pasado varios meses y la llamarada que la impulsaba hacia él había continuado, a pesar de la rutina, de las citas clandestinas, de los reproches de su amiga Betty, de sus propios golpes de culpa y de las brumas de sus dudas.

Pero luego, una tarde, mientras lo esperaba en el hotel, algo había ocurrido. Lo vio abrir la puerta, encorvado, con un peinado triste. Había algo extraño y triste en él. Antes de salir de su casa, se había lavado los dientes. Tenía una mancha blanca junto a la boca, al lado derecho. Era como una medalla de su descuido.

Pobre hombre, había pensado.

Ese día habían hecho el amor como un trámite que cumplir antes de despedirse. Desde entonces, para su sorpresa, había empezado a aburrirse con él.

Pero había aparecido Claudio. Un muchacho recién llegado de algún lugar. Un hechicero misterioso y solitario. Y ahora este Claudio, con su cuerpo delgado y su porte y sus ojos claros y su voz plateada de magia... No era que lo prefiriera. Lo adoraba. Estaba desquiciada por él. Se sentía secuestrada por su presencia. Había puesto toda su lucidez al servicio de ese relámpago de sus emociones. Lo había visto tan pocos días. Y, sin embargo, sabía que tenía que irse. En realidad, era imposible que prosperara en Lima una relación con ese hombre llamado Gustavo. Había demasiadas diferencias de edad y de posición social entre los dos. ¿A qué reuniones de amigos iba a llevarla Gustavo? ¿Y su familia de hermanos y cuñadas? ¿Ella iba a ir allí? Además, Betty tenía razón. Estaba segura de que Gustavo la había engañado durante su viaje.

En todo esto pensaba Jossy esa tarde de sábado cuando sintió el ruido del ascensor y los pasos en la alfombra. Eran los pasos firmes, apresurados de Gustavo, de vuelta de Miami. Había pasado poco menos de una semana y, sin embargo, la eternidad de una vida había cortado ese tiempo y lo había dejado para siempre atrás. De pronto lo vio. Despeinado, pálido, con el saco lleno de arrugas.

—Perdona, amor. No sabía que estabas esperando —le dijo Gustavo—. Fue un viaje larguísimo de regreso.

—Te llamé y no contestaste.

—Estaba manejando.

Ver a Gustavo allí con su pelo recortado y sus ojos ansiosos y una bolsa de la que sacaba una botella de vino y dos copas mientras se instalaba en el sillón. ¿Por qué estaba tan seguro de celebrar con ella y hacía todo eso por anticipado?

Jossy sintió que ese cuarto de hotel era el lugar más triste del mundo. Gustavo le sirvió una de las copas y se sirvió la suya.

—Salud —dijo alzando la copa.

Ella dudó, y dio un sorbo.

—Mira lo que te traje —le propuso Gustavo.

Sacó una caja negra. Dentro había un collar de plata.

—Gustavo, por favor.

Ella había alzado los brazos.

—¿Qué pasa?

Jossy se puso de pie. Sintió que las piernas le temblaban, pero no iba a sentarse de nuevo.

—No podemos seguir —le dijo ella—. No podemos, Gustavo. Lo siento, lo siento mucho.

—¿Cómo que no podemos?

—Es que no podemos. Es imposible.

—¿Imposible? Pero si yo…

—Tú sigues casado.

—Mira, ya te he dicho que me separé de mi mujer. Y voy a iniciar los trámites de divorcio, Jossy. ¿No te das cuenta? Te he traído este regalo de Miami. Mira.

Jossy se puso las manos en las mejillas. Miraba hacia abajo.

—Es que ya no puedo, Gustavo. No podemos seguir.

Él se quedó en silencio. Cada una de las sílabas de ella parecía golpearlo en la cara. Su piel había resistido, pero en ese momento estaba como recomponiéndose.

—Pero… ¿qué pasa?

—Pasa que ahora me doy cuenta de que no has hecho sino aprovecharte de mí, en realidad. Y yo no sé lo que siento.

—Por favor… Pero yo creía que…

Jossy vio los ojos sorprendidos, brillantes de dolor. De pronto sintió pena y al mismo tiempo una extraña alegría.

—He conocido a otro —dijo—. A un chico por el que siento algo.

Vio de pronto el rostro contraído, la mejilla contra la sombra, las manos alzadas como buscando atrapar algo en el aire. Jossy se dio cuenta de que él nunca había esperado oír algo así.

—Pero... ¿has conocido a alguien?

—Nunca imaginaste que nadie podía interesarse en mí, ¿no es cierto? Nadie que te desplazara. Nunca imaginaste eso.

Gustavo se quedó en silencio.

—No. Es que...

—Pero es así. Contigo no puedo seguir. La verdad es que no puedo y no quiero. He conocido a alguien, Gustavo.

—¿No será el antiguo enamorado ese del que me hablabas?

—No. No es John.

—No te creo. No has conocido a nadie. No te creo. Quieres dejarme entonces, eso es. Esperaste a que yo le dijera a mi mujer que estaba enamorado de ti. Esperaste eso para dejarme. ¿Has estado hablando con tu amiga Betty? Ella nunca me quiso. Dime, ¿has estado hablando con ella?

—No me importa que no me creas. Quise venir a decírtelo. Eso es todo.

—Pero ¿quién es?

—Es un chico que he conocido. Estoy saliendo con él. Por eso no te contesté las llamadas.

Gustavo sonrió.

—No te creo. Pero si hace una semana nos hemos despedido. ¿Cuándo lo has conocido? —alzó las manos—. No puedes hacerme esto después de que me separé de mi mujer. Le hablé de ti. Además...

—Lo siento, Gustavo. Pero es así. Me voy.

Gustavo se interpuso entre ella y la puerta. La había cogido del brazo.

—Jossy.

—Suéltame.

—Esto no va a acabar así.

De pronto, ella estaba diciendo tú nunca me quisiste llevar a donde tus amigos, tú eres así, solo quieres estar conmigo para pasar el rato, eres así, ahora me doy cuenta. Hasta que él le dijo cállate, cállate, y se acercó a ella con una mano en alto. Ella alzó los brazos, pero él los apartó y la cogió de los hombros. Había empezado a llorar mientras Gustavo la insultaba.

De pronto Gustavo alzó las llaves, dijo como quieras, me voy entonces, y la puerta se cerró.

Al verlo partir, Jossy espero un momento, alzó su cartera y salió corriendo por el pasadizo. Debía huir de lo que había pasado. Claudio la estaba esperando en algún lugar.

Me está esperando. Cuando se dijo estas palabras, apenas pudo creer que habían salido de su cuerpo.

SÁBADO, NOCHE

Lali estaba sentada en la sala, viendo "Don Juan De Marco" con Johnny Depp. Un muchacho tan extraño y mágico, pensó. Se imaginó cómo sería estar con él.

De pronto, el ruido del teléfono. Era Gustavo. Había vuelto un día antes de Miami, pero no te llamé, Lali, porque estaba muy confundido con todo lo del trabajo. Pero tengo una emergencia. ¿Qué ha pasado, amor? Nada. La voz se arrastraba como un gusano lento y apenado. He tenido un accidente, mi vida. Había chocado el auto, no sé qué me pasó, iba por la avenida Arequipa y no vi un microbús que iba a toda velocidad, estoy en la comisaría de Miraflores, en Petit Thouars, por favor. Estoy bien, no te preocupes.

Voy para allá.

Apagó la televisión y dio un salto hacia el armario. Sacó la ropa.

Muy bien, pensó. Quizá mejor de lo esperado.

Salió en la camioneta, manejó lentamente hasta la comisaría, y subió las escaleras del edificio verde. A su izquierda, había la estatua de un policía y un perro. Parecían seres muy nobles.

Al entrar dobló a la izquierda, por instinto. Entró a un cuarto de pintura verduzca, y encontró a Gustavo sobre una banca de madera, con las manos en la cabeza, junto a un comisario de bigotes ralos que lo inspeccionaba de pie.

Nunca había imaginado verlo así, y sintió una mezcla de alegría y de compasión, incluso algo de afecto por él. Tenía una herida en la frente, pero alguien le había contenido la hemorragia y le había puesto una venda sucia. Le habían hecho el dosaje etílico en un centro de salud en Barranco. Todo bien, todo bien. No tenía alcohol en la sangre. Al dosaje lo habían llevado unos policías que veían televisión en el auto, imagínate. Ya habían regresado de allí. Tenía el brevete confiscado. Pero se lo iban a devolver. Sí, estaba bien.

—Bueno —le dijo ella al comisario—. Eso del decomiso del brevete ya lo veremos luego. Deme su nombre, jefe, si fuera tan amable.

El oficial se mordió los labios. Le dio su nombre. "Solo cumplo con la ley", le explicó.

—Ya no te preocupes —le dijo Lali, volteando hacia Gustavo—. Mejor vámonos a la casa.

Él asintió. En el camino de regreso, Gustavo dijo algunas frases. Iba por la avenida, de repente no me di cuenta que estaba manejando, no me di cuenta de nada. Me parecía que estaba volando, no sé por qué. De pronto se atravesó una combi y doblé y choqué contra un poste. Y me quedé allí. Ya no te preocupes, le dijo ella. El seguro se va a encargar de todo eso, no te preocupes. Ya llamé a Cucho. Pero tengo un dolor que me muero, Lali. Dolor en la cabeza y en el pecho que me muero.

Lali dio media vuelta en la avenida Arequipa. Mejor vamos a la Clínica Ricardo Palma. Sí, mejor.

Al llegar a la zona de emergencias de la clínica, Lali vio salir a un hombre vestido de blanco y abrió la puerta. Alguien estaba trayendo una silla de ruedas.

Gustavo entró a la zona de emergencias.

Lo primero era una radiografía. Allí estaba el médico, un muchacho encantador llamado Christian, que después de un rato le dijo que no creía que hubiera nada grave. Debía hospitalizarse, sin embargo. Mejor sería hacer una tomografía. Quizá quedarse por precaución hasta el lunes.

—Por Dios, no quiero causar todo este problema.

—Ya basta, Gustavo. Qué te pasa. Has tenido un accidente y tienen que verte.

—No sé cómo pudo pasar esto —dijo alzando los brazos.

—Vamos, amor. No te agites. No ha sido nada —dijo ella, levantando una mano hacia su rostro. Lo tocó brevemente, justo lo necesario para no molestarlo—. Vamos a internarte. No tienes nada, pero mejor es precaver.

Lali se acercó al módulo y le recitó a la recepcionista los datos del seguro del paciente. Sintió un silencio hecho de ruidos de motores.

Una vez en el cuarto, vino un médico llamado Francisco Carranza. El doctor Carranza era un tipo atractivo, con su porte esbelto y sus ojos de tigre, no había duda. El doctor examinó a Gustavo y dijo que no creía que tuviera nada roto. Esperarían a los exámenes. Le daría un calmante para el dolor.

De pronto Gustavo estaba dormido. Desde la salita de espera, Lali vio el trozo iluminado de una estrella.

Se quedó dormida al poco rato. Le parecía que podía reconstruir lo que había pasado. El choque y la confusión de su marido eran consecuencia directa del buen trabajo de Claudio. Todo parecía encajar. El chico argentino sabía hacer bien las cosas. Lo había sabido desde que lo había visto desvestirse en el hotel la primera noche. Claudio no había podido manejar su propia vida, pero sabía introducirse como un cuchillo en la de los otros. Y, felizmente, en la de ellos.

De pronto su marido estaba en el umbral. Tenía el pelo caído y los ojos desviados hacia abajo. Nunca lo había visto así.

—Creo que mejor pides otro calmante —dijo—. No me para el dolor en todo el cuerpo.

El médico volvió a entrar y dio algunas indicaciones a la enfermera. Lali corrió la cortina. Gustavo tenía un rictus que no era del dolor en la cabeza. Una lástima. Estaba desolado por el amor.

De pronto su cuerpo se detuvo. Por un instante, Lali pensó que acababa de verlo morir. Estaba inmóvil. La piel se le había estirado y tenía la boca descolgada. Lali pensó en llamar a la enfermera. Pero cuando le tocó la cabeza, la sintió tibia. Luego, un nuevo alivio. Gustavo estaba roncando. Era el mismo saludable ronquido de siempre.

Dejó su cabeza suavemente en la almohada y dio media vuelta.

—Lali —oyó la voz detrás.

Estaba sentado, con los ojos abiertos.

—Gustavo. Mi amor.

—¿Qué dice el doctor?

Ella le sonrió.

—No ha sido nada. Estás muy bien. Van a tener que observarte nomás.

Gustavo miró hacia ambos lados.

—Estoy…

—Estás bien. Y estoy contigo, mi amor.

Gustavo miraba hacia abajo, como buscando algo en el piso.

—Lali, por favor. Yo no sé qué hacer. Te amo, de verdad.

—Yo sé, Gustavo. Yo sé. Mira, lo mejor es que te quedes hasta el lunes. Para que te chequeen bien. Van a hacerte una resonancia. Mañana domingo no pueden, pero el lunes sí.

Gustavo movía la cabeza de un lugar a otro, como buscando reconocer algo familiar.

—Muy bien.

—Voy a hacer unos trámites afuera, y te espero. Si quieres, podemos hacer que te pasen a un cuarto más grande. Qué te parece.

—Bueno, si puedes. Sí, mejor. Gracias, mi amor. Gracias. Te amo.

Lali salió a las oficinas de recepción. Estuvo llenando unos papeles.

Le dieron el número de cuarto. Uno de los médicos le dijo que ellos se encargarían de llevarlo.

Lali llegó a la sala de espera grande. La revista traía la página social de costumbre. Allí estaban Dina, Doris y Lorena, Papo, Peter y Pochi. Sonrientes, con corbata, con trajes, todos tan felices. Pero le pareció de pronto que todos estaban también más viejos, como si hubieran cruzado el umbral de un palacio, en el que por encanto se llenaban de cremas y pinturas, para convertirse en unas estatuas de exhibición en el salón principal. Allí estaba la Mona Gasco, su amiga, con los claros síntomas de la operación que se había hecho en la nariz en Miami y también, cerca, las hermanas Maricruz y Meche de la Colina, que, haciendo honor a su apellido, llevaban las tetas alzadas y una protuberancia en las mejillas. El trabajo que habían hecho con Milagros era algo mejor, digno de su nombre también, pero Lali sabía que ella había contratado a un médico más caro, en Nueva York. Era plata bien gastada. Ella iría a ver a ese médico de nuevo en un par de años, quizá antes.

Pasó las páginas, leyó un artículo sobre la familia real en Holanda y, de pronto, vio a un nuevo médico entrar.

—Su esposo ya está en la habitación, señora —le dijo—. Quiere verla.

—Gracias, doctor.

Lali llegó a la puerta. Sintió la materia sólida, maciza de la puerta, y avanzó. Gustavo estaba echado en la cama. Había mejorado en su aspecto. A su lado había una mesita de fierro. Parecía estar hundido entre los tubos y las manivelas.

—Te ves muy bien —sonrió ella—. Parece que fue un susto, nada más.

—Quiero explicarte algo.

—No me digas nada. Nada de nada —dijo Lali alzando una mano—. Ahora tienes que dormir, amor. Se hace muy tarde ya. Ya saben las pastillas que tienen que darte. Y hay un Arcoxia de 120 para desinflamar y para el dolor, también. Tú diles a las enfermeras nomás. Yo vengo mañana a verte.

—Sí, sí. Bien. Carajo. Lo siento. No sé qué pudo pasar.

De pronto él se quedó callado.

—Ibas a mucha velocidad, parece.

—Creo que sí. ¿Cómo está el carro?

—Destrozado. Pero no te preocupes, ya sabes que tenemos un buen seguro. Acabo de hablar con Cucho. Es pérdida total. Una pena por nuestro carrito, pero no importa. El seguro nos va a dar un auto nuevo. Cucho va a encargarse, no te preocupes. Felizmente, no estabas con tragos.

—Gracias, reina.

—¿Qué pasó? ¿Por qué estabas corriendo así?

—No sé. Cosas que pasan. O que me pasan a mí.

—Bueno, ya me contarás de tu viaje a Miami.

Gustavo sonreía. Lali pasó la mano por el pelo suave y corto de su marido.

—Te veo bastante decaído. ¿Corrías mucho porque estabas muy preocupado por algo?

—Sí, creo que sí. Y además…

Gustavo pareció tragar saliva.

—Sí, dime.

—Yo siempre te he amado mucho, Lali. Y te sigo amando. Lo que pasa es que…

—Yo sé, Gustavo. No te preocupes.

—Pero a veces….

—A veces tienes tus aventuras. Tus descuidos. Se te va la mente en sueños. ¿Eso es lo que querías decirme?

—No. Es que…

—Y a lo mejor como me dijiste, esta vez te enamoraste de alguien —ella extendía las manos, como formando una laguna y luego las cerraba para hacerla desaparecer—. Alguien que parecía de veras muy especial. ¿Es eso?

—No, Lali. No sé.

—Pero nadie es muy especial, tú ya sabes eso. Ni siquiera tú y menos yo. En realidad, no vale la pena que cambien las cosas. Hay que dejarlas como están. Es más seguro para seguir viviendo tranquilos, no te parece.

Gustavo miraba hacia el techo. Luego volteó la cabeza.

—Lo que me parece es que no aprendo.

—Hasta que te diste cuenta de que yo soy la mujer de tu vida, ¿no? Lo mejor es que por ahora me mientas. Ya cuando te recuperes, me dices la verdad.

Ella le sonreía. Se sentó en la cama, a su lado. Tenía la cabeza de él entre las manos. Luego lo dejó.

—No es mentira. De verdad, eres la mujer…

En ese momento una enfermera entró con una bandeja. Tenía una pastilla y un vaso de agua. "Es un analgésico", dijo. "El doctor le ha recetado".

Gustavo la tomó, como un niño obediente. La enfermera salió diciendo que no tardarían en traer una sopa y una gelatina.

—Mejor vámonos a comer una pizza a la calle —dijo Gustavo.

Lali sonrió. Pasó la mano por su frente. Le dio un beso.

—Lo mejor es que ahora descanses. Ya iremos a la pizzería un día de estos.

—Nadie es como tú —dijo él—. Nadie.

—Tú eres también el hombre de mi vida. ¿Te duele mucho todavía?

Ella le pasaba la mano por el pelo.

—Tengo un dolor de cabeza muy fuerte —dijo Gustavo—. El golpe fue terrible pero felizmente tenía el cinturón. No sé. Creo que me he doblado el cuello.

Lali le tocó la nuca. Gustavo le sonreía con la triste, arrepentida sonrisa que ella había imaginado en él, pero que nunca antes había visto. La imagen más bella que había previsto se realizaba. Lali tenía su cabeza entre los brazos, como un tesoro. Un remanso de alivio le corría por el cuerpo.

—Bueno, pues. Mañana vengo a verte, Gustavo. Mañana vengo.

Una enfermera entró con una nueva ración de pastillas y un vaso de plástico. La enfermera tenía el pelo corto y sonreía. Era como si estuviera en un coctel de celebración. Él las tomó y volteó hacia ella.

—Soy un buen enfermo —le dijo.

Alzó el vaso de plástico, como haciendo un brindis.

Al salir al corredor, Lali se encontró con Pochi y Denise.

—Escuchamos tu mensaje. ¿Qué le ha pasado?

—Nada. Un choque. Iba por la avenida Arequipa y chocó contra un poste. Perdió el control, creo que estaba muy cansado el pobre. Han sido días de mucha chamba, pues. Había tenido un viaje de trabajo muy pesado. Ahora tiene que descansar unos días, hasta el lunes por lo menos. Pobre.

—Ya. Pero ¿va a recuperarse bien...?

—Está bien, no se preocupen —dijo Lali, tomando el brazo de Denise—. Gracias por venir.

Su amiga le sonreía.

—Seguro que estará muy cansado. Mucho trabajo seguro. Felizmente que te tiene a ti, Lali.

—Sí. Pero ahora se va a recuperar. Es un hombre fuerte mi Rey.

—Lali es mi ángel salvador —dijo la voz de Gustavo tras la puerta.

Los tres sonrieron.

—¿Podemos verlo?

—Claro. Pasen. Pero no mucho porque está medio atontado.

"Como siempre", se dijo mientras bajaba las escaleras.

Esa noche Lali abrió la puerta y se sentó en la sala.

En esa oscuridad, los objetos parecían animales dormidos, a su servicio, esperando que ella los pusiera en movimiento. El reloj era el único ser vivo. Los latidos de su corazón igualaban los sonidos de la gran caja de madera, como haciendo una advertencia a la habitación. El sofá, la lámpara, el gran sillón. Todo estaba en su lugar. Eran las once. Gustavo, dormido en la clínica. Claudio, en su hotel. Su madre, perdida en su dimensión extraña. El reloj insistía en todo eso.

Podría quedarse allí, gozando del silencio. Pero en ese instante las voces aparecieron, como en una emboscada, con su insolencia natural.

Eran las voces de su infancia que le habían dicho que nunca saldría de la casa de sus padres. Pero ahora, una vez más, tenía ocasión de contestarles en voz alta. Estaba en esa casa. Sentada en esa sala. Esos muebles. Esas ventanas luminosas. Esa alfombra. El silencio le daba la ocasión de mirarlo todo. Regodearse en el presente, recibir el tributo de las cosas, llenarse de sí misma. Los pisos de madera, los ventanales altos, los arbustos iluminados de flores rojas, la delicada superficie de la piscina. Allí Lali estaba en otro tiempo, el de esos latidos lujosos de la realidad. Todo eso era de ella, no de la casa donde había crecido. Ese espacio ignoraba el ruido de la calle de su infancia, la hostilidad de las bocinas y sirenas, las voces grotescas de sus hermanos, el cemento que había al otro lado de la pared.

Ella conocía tan bien los ruidos del otro lado.

Los conocía porque había crecido con ellos. Ruidos extremos, como gritos de la materia. Los salvajes sonidos de la pobreza y la necesidad. Pero ahora no. En ese momento estaba de este lado. Este lado, donde la protegían los objetos: sillones, alfombras, estatuas en el jardín. Estaba allí, estaba a salvo. Progresar en la vida significaba ganarse el derecho al silencio, el derecho al tiempo y al espacio, cuidar su imagen frente a los demás, ser envidiada, admirada, ser vista por los otros.

Le había costado un tiempo afincarse en este lado.

Frente a ella, el largo reloj de madera de su madre y el sillón de telas grises en el que su padre se había sentado los domingos a recibir a sus invitados. Eran los únicos objetos que había traído desde su casa. Lo demás lo había logrado casándose con Gustavo. Pero el reloj y el sillón eran los mensajeros de su pasado, no podía olvidarlos. Habían llegado hasta allí con ella. Todo era suyo y lo seguiría siendo. Había prevalecido. Sí. Pero también había cumplido cierta edad. Tenía algunas arrugas en las mejillas que por el momento había logrado ocultar. Sus ojos no tenían el brillo que alguna vez había impresionado a hombres como Gustavo. Solo el gimnasio y las cirugías podían ayudarla por el momento a negar las evidencias. No sabía hasta cuándo.

De pronto dio un salto. Había un mensaje.

Hizo la llamada.

—Muy bien —dijo—. Has hecho muy bien tu trabajo.

—¿No tengo una recompensa, querida? Mira que me voy mañana.

Lali empezó una sonrisa.

—Sí, claro que sí. Espérame en tu hotel que llego en un rato.

SÁBADO, TARDE

En la calle, Jossy recordaba sus propias palabras como si fueran las de alguien muy lejano. Pero la voz estaba allí.

Contigo no puedo seguir. La verdad es que no puedo y no quiero. He conocido a alguien, Gustavo. Y luego él había preguntado, insistió tanto que ella había vuelto a decirle, no podemos seguir juntos, tú me dices que has dejado a tu mujer, pero siempre vas a estar con ella, tú perteneces a ese mundo, los hombres como tú tienen muchas mujeres, pero nunca tendrían más de una esposa. Es lo que está bien visto, yo sé, Gustavo. No te culpo. Eres así. Pero yo no. Yo no puedo. Además, no sé cómo voy a acompañarte con todos tus amigos y sus esposas a esas reuniones en las que te veo en los periódicos. Todo en mí me dice que no tenemos un futuro, no sé. Así es, pues. A lo mejor te amo, no lo sé, pero no puedo. Así que tengo que dejarte. No puedo, lo siento. No puedo. Voy a dejarte. Además, estoy enamorada de otro hombre, de verdad. Lo conocí hace poco. No sé qué me pasa con él. No sé. Pero tenemos que acabar lo nuestro, Gustavo.

Se detuvo. Los labios le temblaban. Esas no eran las palabras de antes sino las de ahora. Insistía aún después. Pero igual se lo había dicho todo. Le parecía algo irreal.

Gustavo la había escuchado sin parpadear, había alzado una mano, no lo puedo creer, por qué me dices esto, no te entiendo, yo sí, es que no te entiendo, pero tú eres lo mejor, bueno, no me interesa, no quiero saber nada, eres una…, no sé cómo llamarte, no sé, por qué me dices esto, Jossy. Yo ya había hablado con Lali, ya le había dicho. Iba a casarme contigo. Mentira, no seas mentiroso. Tú eres la mentirosa, oye. No te creo que has conocido a alguien, no creo nada de eso. No será ese antiguo enamorado tuyo o esa amiga tuya, Betty, que te dice estas cosas. Por favor, pero no te voy a rogar, tampoco quiero rogarte, carajo, qué ha pasado, Jossy.

La conversación había durado menos de lo que ella había pensado. Se había interrumpido, porque él había dicho de pronto tampoco quiero rogarte, carajo, qué tal desgraciada que eres, después de todo lo que yo he hecho por ti, y había cogido sus llaves del auto, con un trino breve, como un hacha que corta el aire, y había partido. Eran las seis de la tarde de ese sábado y había partido para siempre del hotel y de su vida.

Poco después, al llegar a su casa, Jossy encontró la sala vacía y a su madre dormida en el sofá.

Una lámpara la alumbraba. El cuerpo de su madre doblado, con las piernas cruzadas, a punto de caer, su pelo blanco y trágico, cerca de la luz. Habían pasado muchas cosas en su vida, pero su madre nunca había cambiado. Era una torre. Y en medio de su altura y fortaleza, siempre había querido alumbrarla, pensó Jossy mientras la veía.

Muy bien. Debía decirle a ella. Acababa de decirle a Gustavo que iba a dejarlo, pero con su madre era algo distinto. ¿Cómo iba a darle la noticia? Mamá, he conocido a un chico argentino muy bueno. Me voy con él a Buenos Aires. Mañana.

—Mamá, mamá.

Su madre abrió los ojos.

—Mi niña. Qué pasa.

—Vamos al dormitorio —le dijo.

La ayudó a incorporarse y la acompañó hasta el borde de la cama, sosteniendo su cabeza. Luego la vio caer sobre la almohada. Se lo diría al día siguiente o esa noche, si ella se despertaba. La vio dormir un momento, regresó a la sala. Con las manos temblando, cogió el teléfono.

—Aló —dijo Betty.

—Ay, amiga, me siento un poco triste.

Hubo un crujido de satisfacción al otro lado.

—No te creo. ¿Lo hiciste?

Jossy se mordió los labios. Podía revivirlo todo, de principio a fin.

El encuentro en el cuarto, la sonrisa de Gustavo, las palabras que iban saliendo seguras y claras, dirigidas a él. Había tenido sus dudas hasta ese momento, pero ahora sabía que Gustavo, en realidad, había sentido algo por ella, aunque no fuera más que una atracción prolongada, no te preocupes que eso no quiere decir que vuelva con él. Sí, había estado casi enamorado de ella aunque no sabía si enamorado era la palabra. Ella sí había estado enamorada de él, pero había perdido ese amor en las sombras de la lucidez. En ese momento no sabía si su dinero, su pinta, su posición la habían llevado a un viaje por las fantasías del amor. Pero ya no. El hechizo se había disuelto, amiga. Aún admiraba su prestancia de hombre de mundo. Pero ya no amaba a Gustavo. ¿No amaba a Gustavo? Se sentía hecha pedazos. No podía sacarse de encima a ese hombre que la miraba.

Pero Claudio había entrado en su vida como un viento que arrasaba esas convenciones de la bondad. Las piedras que ese viento había traído golpeaban en el cuerpo de Gustavo. A pesar de su relación clandestina, todo parecía tan predecible. Verse a cierta hora en el hotel, salir a cenar a escondidas, planear su futuro tan incierto como siempre. Todo eso había sido tan agotador.

Con Claudio, en cambio, se sentía libre. Quería que todas sus amigas la viesen con él. Había sentido que podía pisar el mundo a su lado, que podían crear a un ser nuevo entre los dos. Con Gustavo nunca se había olvidado de ella misma. Con Claudio en cambio, con el sólido, divino, joven Claudio, había llegado a preguntarse quién era. No saber quién era. Olvidarse de ella. ¿Era eso el amor?

No sé. Creo que sí. Un impulso prolongado, radical, que la llevaba a seguirlo solo a él. Sí. El futuro con Claudio era un riesgo. Irse con un pata a quien había conocido unos cuantos días. Pero eso la atraía. Iba a arrepentirse si no se iba. La directora de la academia, la señora Vanessa, le había dicho que podía mandarle el certificado de los cursos que había terminado si ella daba los exámenes por Skype. Le faltaba muy poco. Tenía que irse con Claudio cuanto antes. Nunca iba a poder ser aceptada por los amigos de Gustavo, ella, una chica de la selva de San Martín, que estaba entrando a formar parte de su territorio. En cambio, ir a Buenos Aires y quedarse allí con él, eso sí le abría las puertas a un futuro de oportunidades. Iba a darle empleo a su entusiasmo. Allí sí podría ser aceptada, aunque solo fuera por el hecho de que era tan distinta. Podía conseguir algún trabajo en una empresa de seguros allí, seguramente. Y seguir con él. Claro, Jossy. Seguir con él.

—¿Pero de verdad? —insistió Betty—. ¿Le dijiste que lo ibas a dejar? No lo puedo creer, amiga.

—Ay, ya te digo que sí —gritó Jossy—. Parece que hablo por gusto porque no me entiendes nada.

—Ay, amiga. No me digas eso. Escúchame. Lo siento si te hice sentir mal. Ay, pero no te molestes tampoco.

Jossy dudó un instante.

—Sí. Bueno, como te digo. Me hice la dura y le dije todo. Pero ahora no sé. No sé si hice bien. Creo que sí, era lo que tenía que hacer.

—Es lo mejor que has podido hacer, ya sabes. ¿Y qué vas a hacer con el chico argentino?

Jossy miró el retrato del Jesucristo que sangraba. Parecía estar desaprobando todo. Cerró los ojos.

—Me dice que prepare mis cosas. Mañana domingo viajamos juntos. Vamos a conocer a su familia, me dice. Y, además, vamos a ver los lugares lindos de Buenos Aires. Tengo mucha ilusión de eso, la verdad. Mucha ilusión. Lo quiero mucho. Ay, Dios mío.

Escuchó sus propios sollozos. La voz de Betty la interrumpió.

—Pero no llores. Hay que celebrar. Ay, qué bueno. Y qué envidia, amiga. ¿De verdad te vas mañana domingo?

Jossy detuvo los sollozos.

—Es una locura.

—Pero la vida tiene que estar hecha de locuras, pues, Jossy. Si no, para qué estamos acá.

—No hables huevadas, Betty.

Jossy se mordió los labios. Miró hacia la puerta de su madre.

—Ya tranquila, amiguita.

—Ay, no sé —dijo, sollozando—. Escúchame. Me ha dicho que hay un lugar llamado Puerto Madero. Dicen que es lindo.

Queda justo al lado del río. Tiene los mejores restaurantes de carnes. Dice que hay un vino que se llama Trumpeter que me va a encantar. Así me ha dicho Claudio. Vamos a comer unos buenos lomos cuadriles allí, dice. Y Puerto Madero es un lugar lindo para pasear en las mañanas también. Dice que vamos a pasear por allí todos los días, si yo quiero. Todo eso me ha dicho. ¿Qué te parece?

Su voz había ido subiendo de tono mientras hablaba, pero al final pareció desvanecerse.

—Ay, Jossy. Mira qué lindo todo lo que me cuentas.

—Pero ahora viene la parte más difícil, amiga. Ahora tengo que decirle a mi madre que me voy.

Jossy había bajado la voz, se había acercado el teléfono. Se hizo un silencio. No había escuchado un ruido en el cuarto, pero supo que alguien había entrado. Volteó.

Su madre estaba de pie, bajo el umbral, con su túnica blanca. Su cuerpo sostenía la tela como un hilo en el aire. Sus ojos estaban dirigidos hacia ella. Tenía un brillo opaco y blanco.

—Hija. Jossy.

—Mamá.

Se quedó en silencio. El cuerpo delgado de su madre se había inmovilizado en el umbral.

—No lo puedo creer —le dijo con un susurro triste—. No lo puedo creer.

Jossy colgó el teléfono. Se acercó a ella.

—Mamá, Claudio es un muchacho muy bueno, de verdad, no quería que supieras así. Iba a decirte.

Su madre se acercó a la silla. Jossy quiso ayudarla pero ella alzó la mano. La vio sentarse.

—¿Te vas?

—Sí, mamá.

—Ay, Dios mío.

—Estoy muy enamorada, mamá. Me tengo que ir con él. Me lo ha pedido. Iba a decirte ahorita, pero te encontré dormida.

Su madre puso los brazos sobre las rodillas. Tenía la cabeza inclinada.

—Creo que el problema es que siempre has querido estar así. Te has hecho una adicta a enamorarte. Tienes que enamorarte siempre. Es una obsesión contigo. Ay, tienes un sentido tan realista, pero después, no sé, te dejas llevar. Lo que viene después…

—Mamá.

La tela blanca se movía como asintiendo a la situación. De pronto, la bomba de agua se encendió en el techo. Era como el corazón de la casa, redoblando sus sonidos, empujando algo.

—¿Quién es ese muchacho?

Jossy la miraba.

—Es el hombre que más he amado en mi vida. Nos vamos a Buenos Aires. Él es de allá, es un hombre muy bueno. Quería conocerte, te digo, ahora no hay tiempo, pero después, sí. Me ha dicho que te va a invitar para que vayas allá. Así me ha dicho.

Su madre miró hacia el suelo.

—Bueno, por lo que veo has tomado tu decisión, hija mía. Creo que no puedo hacer nada. Pero si es lo que quieres, no voy a oponerme, hijita. No puedo.

Jossy se acercó a su madre, se agachó y la abrazó. En algún momento miró hacia arriba. Encima de ellas, las heridas del Cristo empezaban a brillar. Abrazó a su madre con más fuerza.

SÁBADO EN LA NOCHE

El sonido de la salsa subrayaba todos sus movimientos, como elevándolos. Claudio acababa de terminar el baile. Estaban encima de la cama, sentados y acariciándose.

—Bailas bien —le dijo Lali a Claudio, entrelazando los brazos alrededor de su cuello—. Y sin ropa bailas mejor todavía. ¿Quién te ha enseñado?

—La vida —le dijo él—. El baile llama al sexo y sexo llama a la vida. Mirá, te soy totalmente sincero, nena. No me hago muchos problemas y no pienso en otra cosa. La vida, el sexo, el dinero. El baile expresa todo eso, lo demás son boludeces. No sé quién dijo eso. Pensábamos que la vida era una fiesta. Nos equivocamos. No es una fiesta, pero ya que estamos aquí, bailemos. Por eso bailo. ¿Qué te parece, nena?

—Qué tonterías hablas, Claudito —dijo Lali—. A ver pon otra música y baila otra cosa —dijo ella—. Ahora me voy a sentar a mirarte.

Se bajó de la cama. Estaba sentada en ropa interior, en el sofá, mirándolo. Vio a Claudio poner el mambo número cinco.

—Pero esta vez más cerca —contestó él—. Quiero estar más cerca de ti, Lali.

Claudio terminó de bailar y con un salto hacia adelante, la abrazó. Estaba jadeando. Tenía perlas de sudor y los ojos claros encendidos. Parecía un caballito de lujo.

—Esta es la grupa de la yegua —dijo él, tocándole el trasero—. Y yo tengo ganas de galopar.

—Todavía no —dijo ella.

Él se quedó de pie.

—¿Qué querés, nena?

—Quiero que me bailes una pieza más —Lali sacó un frasquito y se roció con perfume—. Acabo de venir de la clínica donde está mi marido y quiero quitarme el olor a medicinas y a médicos que llevo. Pero mira, voy a ponerte más gasolina.

Lali le llenó la copa de champán y le puso en la boca una de las ostras que aún quedaban en la bandeja. Luego ella misma dio un sorbo. El sabor frío y amargo la estimuló.

Puso un CD.

—Vamos a ver. Más rápido esta vez.

Jossy y su madre se movían más lentamente en la penumbra. El único rayo de luz de la lámpara caía en el rostro de su madre. Jossy vio en el fondo de sus ojos un reflejo de los suyos. Ella iba a entender.

—Quiero entender bien, Jossy.

—Bueno. Esto es algo muy importante para mí.

La piel de su madre se ablandó. Sus ojos buscaban encontrar a la niña a la que había criado.

—Ya me lo creo que es muy importante. En estos días te he visto muy cambiada, Jossy. Muy distinta. Estabas muy contenta por algo. Y ahora me doy cuenta.

—Sí, mamá. Es que…

—Dime.

—Todo ha cambiado. No sé decirte otra cosa, mamita.

—Por Claudio. Por ese chico Claudio.

—Sí, mamá.

—Y te vas a ir con él —su madre miró a ambos lados—. Bueno, pero todo esto es muy repentino, hija. Si quieres que te diga la verdad, yo estaba muy preocupada por el hombre con el que estabas —alzó la mano—, no te molestes en negarlo. Ya le vi la cara cuando vino esa vez. Era muy mayor para ti, y creo que era tu jefe y tenías algo con él, no me contestes. Pero ahora creo que es otra relación. Yo te he visto muy contenta estos días. Pero esto es muy repentino, no me gusta que te vayas así. No lo conoces.

—Lo quiero mucho, mamá. Es empresario y viaja mucho, y además tiene un trabajo muy bueno en Buenos Aires.

Los ojos de su madre se alejaron de ella, como intuyendo el peligro.

—No sé. A mí me asusta, hijita. De verdad, te digo.

Jossy se quedó en silencio. Observaba la cabeza de su madre flotando en ese aire familiar, la sala de la casa que, de pronto, parecía un planeta remoto, una dimensión extraña, tan distante del dibujo de la laguna oscura en la pared, allí estaba la sonrisa de su madre, como si de pronto se hubiera desprendido de su cuerpo y vagara por la habitación, flotando en el tiempo. Era su única hija, y Jossy sabía en lo que estaba pensando.

—Nos vamos a ir juntos, mamá. Nos vamos mañana.

—¿Mañana? ¿De verdad?

—Sí, mamá.

—Pero…

—Unos días. Luego vendré a verte. Pero después tal vez me mude con él. A vivir allá.

—Pero cómo así.

—Él tiene que regresar, mamá. Tiene que regresar. Y yo me voy con él. Me lo ha pedido. Él tiene un buen trabajo. Me dice que con el entrenamiento que tengo aquí voy a conseguir un trabajo muy bueno allí en el tema de seguros corporativos. Yo estoy segura de que voy a adaptarme allá también.

Era como si su madre hubiera quedado inmóvil. Voy a conseguir un trabajo muy bueno allí. Sus oídos habían registrado la noticia, pero el resto de ella no la aceptaba.

—No lo puedo creer. Pero bueno… la verdad… no sé, Jossy. Nunca pensé…

—Mamá, quiero contarte algo. Tienes que saberlo.

—No te preocupes, hija.

Jossy se sentó cerca de ella. La tomó de las manos.

—Mamá, tienes razón. Ese hombre que vino esa vez, tienes razón, yo he tenido una relación con él. Es Gustavo, mi jefe. Estuve con él. Es algo que no debí hacer, mamá. No debí hacerlo. Pero lo hice porque me dejé llevar. No sé qué me pasó, no sé. Me dejé llevar. Pero ya nos separamos con él. Ya le dije que todo se acabó. Porque Claudio me ha abierto un nuevo camino en mi vida, mamá. Es un hombre joven. Es distinto a Gustavo. Gustavo estaba casado, yo no podía estar con él. Pero este es un hombre joven, y soltero y muy bueno y un hombre con un trabajo, tiene éxito en lo que hace, piensa que debemos crear unas empresas nuevas en el mundo de hoy, o sea como él mismo dice, mamá, empresas que piensen más bien en el bienestar de la gente y no solo en hacer negocios, me ha hablado mucho de eso…

El rostro de su madre se había endurecido mientras ella hablaba.

—Sí, recuerdo cuando vino ese señor Gustavo. Pero no quise preguntarte.

—Era el presidente de la empresa donde estuve practicando.

—¿Era casado entonces?

Jossy dudó.

—Sí, era mi jefe, ya te digo. El señor Gustavo Rey. Tengo que contártelo. Me parecía un hombre muy bueno. Me impresionó mucho. Pero fue un error mío, que no me perdono. Está casado con una mujer horrible. Pero yo no debí estar con él nunca. Aunque pensé que estaba enamorada, pero no, me equivoqué. Nunca debí estar con él.

—¿Estuviste con un hombre casado, Jocelyne?

—Pero ya no, mamá. Felizmente, ya no.

—¿Ese viaje que me dijiste que te ibas a Trujillo con tus amigas fue con él?

—Sí, mamá.

—¿Y todas las noches que llegabas tan tarde, fue porque habías salido con él?

—Sí, mamá.

—Dios mío. Virgen santa, ayúdame. No puedo creer lo que oigo. Mi hija metida así, en una cosa tan sucia.

Jossy se acercó a abrazarla. La había rodeado. Sintió los golpes de los sollozos contra sus hombros.

—Pero eso ya pasó, mamá —dijo, la voz cortada—. Ya no estoy con él. Claudio vino a sacarme de todo eso. No te preocupes, mamá. Por favor. No quiero ser una vergüenza para ti… Por favor, mamá.

La voz de Jossy llegaba con una firmeza que le hacía daño. Ambas se abrazaron, pero su madre se apartó pronto.

—¿Y este muchacho que has conocido ahora? ¿Claudio?

—Sí, mamá. Fue el chico que nos invitó a almorzar el otro día. ¿No te acuerdas que te dije?

—Me acuerdo muy bien. Tú fuiste sola, pero nos invitó a las dos. ¿Estás segura de sus intenciones contigo?

—Sí. Claro que sí.

—Pero…

—Vamos a llevarte más tarde con nosotros, mamá, me lo ha prometido. Vas a ir a Buenos Aires a visitarnos. Y a lo mejor puedes vivir allí, con nosotros, si quieres.

—Pero entonces tendrán que casarse, aquí o allá.

—Claro. Él me ha prometido que nos casaremos a fin de año. Voy a mandar por ti, mamá. Él me ha dicho que va a mandarte los pasajes para que vayas a Buenos Aires con nosotros. Es una ciudad linda. He visto las fotos en internet, mamá. No sabes lo bella que es.

—No sé, hijita. Pero ¿hace cuánto que conoces a este chico?

—Hace no mucho, mamá. Pero siento que lo hubiera conocido de toda la vida. De verdad. No sé, hay algo en él que te inspira confianza. Es tan lindo. Hubiera querido que lo vieras más, pero resulta que él siempre estaba tan ocupado. Pero te va a encantar cuando lo conozcas. Es tan lindo, mamá. De verdad te digo.

Su madre había inclinado la cabeza. La luz blanca de la lámpara le iluminaba una mejilla. El pelo resbalaba por el cuello. Jossy pensaba agregar que era su vida después de todo y tenía derecho a decidir, pero se contuvo.

—Ay, hijita. Yo ya te he dicho muchas veces. Nunca debiste dejar a John. Él sí te quería de verdad.

Jossy alzó el tono para responder.

—Pero John me quería tener a su lado como una esclava. No me dejaba hacer nada. Y, además, me aburría que a veces fuera tan tonto.

—Bueno, en estas cosas una nunca puede dar reglas. Pero el corazón a veces no sabe lo que hace.

Jossy se alejó de ella. Su madre había recuperado la calma. Vio en sus ojos el reflejo de los suyos otra vez.

—Confía en mí, mamá.

—No he hecho otra cosa desde hace mucho tiempo, hijita. Confiar y confiar y encomendarme a tu padre, y nada más.

Jossy le sonreía.

—Todo va a ir muy bien —le dijo en voz baja.

La señora Rosa dudó un instante y abrazó a su hija.

El cielo oscuro, atormentado de nubes, se apoderaba de la ventana. Y, sin embargo, ella parecía estar tan lejos.

Lali se estaba vistiendo. Miró a la cama en la que Claudio dormía, con la boca abierta, en estado de estupor. Tenía una mano descolgada en el aire. Pobrecito. Sacó un sobre de su cartera.

El aire acondicionado del hotel le estaba produciendo escalofríos. Claudio se movió, abrió los ojos, le estaba sonriendo.

—Nena. Qué bella te ves. ¿Por qué te has vestido?

—Toma —le dijo ella, arrojando el sobre—. Es lo que quedamos. Con un extra adicional por los servicios prestados.

Claudio lo recogió. Su nombre estaba escrito en una tinta roja. Contó los billetes. La miró. Alzó el dedo, con una sonrisa. Luego señaló el sobre.

—Esto es algo que te agradezco, reina.

—No soy tu reina —dijo Lali—, aunque tú sí eres mi esclavo. Ahora me voy.

—Todavía no te vayas —le dijo él—. Por favor.

Él la cogió de la mano. Ella se sentó mirándolo de costado, lentamente.

—Vos sos una reina. En cambio, yo no sé quién soy. Yo no sé si soy un esclavo o si soy un vasallo. O a lo mejor soy el rey. Pero ven aquí otra vez. Te lo ordena tu siervo más fiel.

Lali sonreía. Le hacía gracia la cortesía lasciva de Claudio. La divertía, la halagaba, le inspiraba una extraña felicidad. Era un chico guapo, simpático, incluso ingenioso. Mientras tanto, el pobre Gustavo estaba durmiendo el sueño de los justos en la clínica. Le habrían dado alguna pastilla para el dolor.

Empezó a desvestirse otra vez.

Jossy se quedó en silencio, abrazada a su madre. De pronto se vio junto a ella, a punto de ir al colegio, su uniforme de tirantes y falda, en Tarapoto. De pronto, el día que se graduó y le dijo que se venía a Lima y que su madre vendría con ella. De pronto, la mañana que llegaron a esa misma casa y empezaron a sacar su ropa de la maleta. Y los primeros muebles, y la cocina, y el primer día de ella en la academia, y en la compañía de seguros, y luego Gustavo, y ahora. Todo tan rápido, pero por un momento el tiempo estaba en su lugar, ella abrazada a su madre y ambas en silencio.

Lali se puso de pie. Claudio estaba dormido, con los brazos cruzados de un hombre vencido y un gesto petrificado de calma en todo el rostro. Las cortinas dejaban ver algunas luces de automóviles que se movían como luciérnagas en el gran acuario de la madrugada. Todas flotaban lentamente, como insistiendo en ir hacia algún lugar, hasta desaparecer. Sintió una corriente en las piernas.

Debía salir de allí. Tendría que despertarse temprano para visitar a Gustavo. Se acercó al escritorio, se sentó y vio unas hojas de papel con un lapicero. Miró el cuerpo inmóvil de Claudio, un dios joven perdido sobre la cama, quizá soñando en ese instante con quien debía haber sido. Escribió algo. "Gracias por tu visita. Me hubiera gustado amarte". Firmó "Lali de Rey". Dudó por un momento en si debía dejar el papel. A lo mejor debía llevárselo y dejarlo tirado en algún lugar. Pero decidió hacerlo. Lo iba a desconcertar. Iba a dejarle esas frases. A él le gustaría esa nota, claro que sí. No iban a volverse a ver. Pero él no la iba a olvidar. Iba a llevarse su nombre.

Se acercó a la ventana. Una penumbra húmeda, hecha del aire frío del mar.

Lali se puso el abrigo, caminó de puntillas y abrió la puerta. Lo miró por última vez.

Luego, la noche de puntos de agua. Luego, el camino húmedo a la casa. Las avenidas vacías, los semáforos oscilantes, unos taxis sombríos por la avenida.

Por fin regresar a esa fachada indemne, los árboles de San Isidro, las paredes lujosas del hotel Los Delfines, la muralla verde de la avenida El Golf, vio el letrero "Av. Aurelio Miró Quesada", dos flechas, una a cada lado, ella podía ir por cualquier parte, podía ir a la izquierda y llegar a su casa, podía ir a la derecha y seguir dando vueltas sin rumbo, siempre iba a llegar.

Su garaje, que se abría con el control, eran las puertas del mundo, las escaleras silenciosas, dejarse caer en la cama donde poco después llegaría su esposo, estirar las piernas, llorar un momento. Sí, levantarse, un vaso de agua, cerrar los ojos, la luz negra en la ventana.

DOMINGO, 9 A.M.

Claudio se despertó, caminó por el cuarto, vio la nota de Lali y sonrió. De pronto sonó el teléfono. Era Jossy.

—Hola, ¿te he despertado?

—No. Yo aquí desvelado, pensando en ti, mi princesa peruana.

—Bueno. Ya está —le dijo ella—. Ya lo hice.

—Qué hiciste.

—Tonto. Ya le dije a mi madre que nos vamos esta tarde.

—Muy bien, queridísima —dijo él, mientras se iba poniendo el pantalón—. No te preocupes que la invitaremos a la boda. Pídele su documento de identidad de una vez para sacarle los pasajes.

—Bueno.

Claudio adivinó una sonrisa en la voz.

—Me has hecho el hombre más feliz del mundo, Jossy querida.

—Ay, Claudio. Y yo soy la mujer más afortunada. Por haberte conocido, Claudio. De verdad. Como una luz divina que ha caído sobre mí, eso es lo que siento.

—Nunca pensé que iba a encontrar el amor de mi vida aquí, en Lima —le dijo—. Y tan rápido.

—¿De verdad?

—Claro. Desde que te vi, sentí algo que nunca había sentido.

Hubo una pausa al otro lado de la línea. Por un momento pensó que había cortado.

—No sé, oye. Ay, yo tenía mi vida, muy complicada, pero tenía mi vida. Y ahora llegaste tú y todo se ha revuelto… no sé qué ha pasado, en verdad.

—Pero ¿me amas?

—Ay, por Dios, Claudio. Pero qué dices.

—Bueno, ¿me amas, reina?

—Demasiado, creo.

—Eso me hace tan feliz, Jossy. Mirá, quería decirte algo más. El avión sale hoy a las seis. Yo tengo tu billete. Tienes que venir aquí al hotel a las tres, con tus maletas. Si no hay retraso, hoy en la noche estamos cenando en Puerto Madero, felizmente allí los restaurantes abren hasta tarde, tendremos una cena de bienvenida, querida Jossy. Y mañana empezamos a ver dónde puedes encontrar empleo, reina.

—Qué emoción. No puedo creer tanta felicidad.

Claudio siguió.

—Ahora tengo una última reunión de negocios para cerrar el trato que vine a hacer, sobre los locales. Pero esta noche cenamos en Puerto Madero. ¿Qué te gustaría? Yo voy a comerme un cuadril y una ensalada de tomate y lechuga. Conozco un restaurante donde la lechuga tiene un sabor tan sensual que parece un manjar de los dioses. La probás y salís volando con dos lechuguitas como alas.

Ella se aferró al teléfono.

—Qué cosas dices, mi amor.

—Nada, yo siempre queriendo ser gracioso. Pero lo que no es gracioso es el amor que me inspiras, nena. Ahora cuando esté brindando con mis socios peruanos, también estaré brindando por vos. Hoy empieza una nueva vida para nosotros. Voy a llamar a tu bella madre a despedirme, por supuesto. Cuando vengas, desde aquí la llamamos.

Ella sonrió.

—Eso le va a encantar.

IX

Esa mañana de domingo, en la pequeña sala de su casa, Sonia abrió el periódico. La semana había sido bastante aburrida. Un robo en una empresa, un nuevo caso de infidelidad, una sospecha de desfalco. Lo había resuelto todo con rapidez.

Un café negro dejaba un hilo de humo a su lado. Su hijo estaba jugando en el cuarto de al lado. Las páginas policiales de los diarios hablaban de pandillas y de asaltos en las calles. Pero había una nota pequeña. Accidente en la avenida Arequipa. Auto lujoso de empresario Gustavo Rey se estrella contra un poste. Conocido hombre de negocios es conducido a una clínica local. Fuentes del nosocomio indican que no se reportaron heridas de gravedad. El conductor iba solo.

¿El conductor iba solo? Bueno, bueno. Empresario Gustavo Rey seguramente había estado tomando sus traguitos debido a sus problemas conyugales. Qué habrá pasado con esa señora y con la chica llamada Jossy. Quién sabe.

Su hijo estaba frente a ella. ¿Qué vamos a hacer hoy, mamá?

Jossy llegó con la billetera en la mano a las tiendas de la avenida Arenales. Había muchas blusas y algunas chompas. Ya sabía que en Buenos Aires hacía más frío que en Lima. Debía ir preparada. Debía llevar chompas y abrigos, pero también lucir bien si Claudio le presentaba a su familia. ¿Cómo serían?

En una tienda del centro comercial Risso se compró tres faldas, una chaqueta, tres chompas, un abrigo negro, dos pares de zapatos.

Ya estaba bien. Estaba gastando buena parte de sus ahorros. Había que guardar. Debía llevar sus utensilios de maquillaje. También debía imprimir una hoja de vida al volver a su casa. Estaba segura de poder encontrar trabajo allá, en una compañía de seguros.

Al mediodía regresó a su casa. Su madre había ido a misa. Puso la ropa en la maleta, la cerró y encontró una etiqueta. Escribió su nombre y dirección.

Llamó a Betty. Nadie contestaba. Sentía un vértigo en todo el cuerpo, como si estuviera avanzando al borde de un abismo y no pudiera apartarse. Tenía que compartirlo con su amiga. De pronto sonó su voz.

—Voy a pasar por tu casa.

—¿Qué pasa?

—Allí te digo.

El taxi iba a toda velocidad, como si lo supiera todo. Tocó el timbre de la casa de Betty. Las manos le temblaban.

—Te he estado llamando toda la mañana y nadie contestaba.

—Hola. ¿Qué pasa?

Jossy se tapó la cara. Betty le sirvió un vaso de agua y ella lo terminó de un trago.

—Ya está. Ya se lo dije a mi mamá. Está todo listo.

—¿Qué?

—Me voy ahora a la tarde con Claudio a la Argentina. ¿Puedes creerlo?

—Cuando me dijiste, no te creí. Pero ahora… ¿tan pronto tiene que ser?

—Es que tiene que ser así. Él tiene que irse por cuestiones de trabajo. Ahorita está en una última reunión con sus socios peruanos, y luego acaba todo. Se va ahora. Y me voy con él. Justo va a terminar el ciclo en la academia. Y me han dicho que puedo dar los exámenes desde allá, por Skype. La señora directora se ha portado de lo más bien.

—Pero ¿estás segura de lo que vas a hacer con Claudio?

—Claro.

—¿Lo conoces de verdad?

—Claro, amiga. No me digas ahora que no está bien, porque tú misma me animaste.

—Bueno, sí. Tienes razón. Lo que pasa es que tenías que acabar con Gustavo.

—Sí, eso se acabó. Ya sabes.

—¿Y dónde vas a vivir en Buenos Aires?

—Claudio heredó un apartamento en el mismo centro, me ha dicho, cerca del Obelisco. Yo ya vi en fotos el Obelisco. Allí va a dar la calle más ancha del mundo, ¿sabes? Tiene no sé cuántos carriles la calle. Como dieciséis, creo.

—¿Allí vas a vivir?

—Esta noche misma voy a conocer su casa. Y después vamos a ir a cenar a un sitio que se llama Puerto Madero. Está junto al río, es lindo, ya lo vi. Ahora, más tardecito, paso por su hotel y nos vamos al aeropuerto. Estoy tan emocionada.

La voz rápida había cruzado el aire entre ellas. Betty parecía sentirse avasallada por su amiga.

—Bueno, por lo menos terminaste con ese huevón de Gustavo.

—No hables así tampoco. Ya pues, Betty.

Betty sacó dos cervezas del frigidaire, las destapó y le sirvió a su amiga. Las burbujas hacían una fiesta breve, como celebrando el hecho, y se decantaban en el vaso.

—Salud.

—Salud —dijo Jossy.

Ambas bebieron.

—No te preocupes. Mejor olvidarse de él. Y, además, si no sale bien lo de Claudio, por lo menos habrás conocido Buenos Aires. ¿Has pensado en eso?

—¿Cómo puedes hablar así? No, no. Yo creo que va a salir bien. Claudio tiene la bondad pintada en los ojos.

—Bueno, en todo caso tiene ojos lindos, así me has dicho.

—Sí, quisiera hundirme a veces en esos ojos, Betty…

Betty la tomó de la mano.

—Bueno. Qué suerte, amiga. Qué emoción.

—Pero tengo miedo, eso sí. Tengo un poco de miedo. Pero tengo que hacerlo. No me perdonaría si no me fuera. Él me ha insistido tanto.

Betty alzó los brazos.

—Eres una loca de irte tan rápido. Pero está bien hacer una locura de vez en cuando. Y a lo mejor sale bien, pues. Todo lo mejor para ti, flaquita.

Jossy miró hacia abajo.

—¿Qué tal la fiesta anoche?

—Muy buena.

Ambas se quedaron en silencio. Jossy pensó que a lo mejor sería la última vez que iba a ver a su amiga en un buen tiempo.

—¿Y quiénes fueron?

—Lo vi a John —le dijo—. Y me preguntó por ti. Creo que te ama todavía, el pobre. Pero estaba muy raro.

—Sí, no sé. Yo no quiero verlo más.

—Cuando se entere de que te has ido, se va a poner furioso.

—Sí lo sabe. Se puso como loco cuando fue a verme. Pero no pienso despedirme de él ahora. Lo mejor sería no volverlo a ver. Pobre John. Siempre creyendo que puede controlarme.

Se hizo un largo silencio. Betty pensó que era mejor gozar del buen momento y no seguir hablando de John ni de Gustavo.

—Bueno —dijo Betty, mientras se levantaba para ir al baño—. ¿Así que me vas a invitar a Buenos Aires?

—¿Irás a verme allá?

—Por supuesto, amiga.

El teléfono sonó.

Jossy miró la pequeña pantalla.

—¿Quién te llama?

Ella dudó.

—Es Gustavo.

—No contestes.

—No.

Jossy apagó y tiró el teléfono sobre el sofá.

—Además, tengo que irme. Felizmente, ya hice mi maleta. Y mi pasaporte está vigente. Pensé que iba a usarlo viajando con Gustavo, imagínate. Pero me había olvidado de la visa. Felizmente, no necesito para la Argentina.

De pronto algo se movió en el cuarto. Era el ruido de una ambulancia que tocaba las cortinas.

—Bueno, ahora sí me voy. Ya me llegó la hora.

Lali llegó al café Starbucks, junto al Hotel Los Delfines. Vio a un hombre sentado en la zona más oscura del local. Estaba solo, con el cuerpo inclinado frente a un crucigrama. Ella lo había visto allí antes, el lapicero en la mano, escribiendo de vez en cuando, buscando algo más que las palabras. Estaba segura de que el hombre llenaba los casilleros con las respuestas, luego las borraba y las llenaba con otras palabras que borraba otra vez. No había una sola solución. Hacer crucigramas era la pasión de su soledad, pensó. De vez en cuando el hombre la miraba. Lali pensó que lo había conocido.

Se sentó con un café moca lejos de él. Estaba dando el primer sorbo cuando vio a Leticia Larrea. La vio sentarse frente a ella. Ambas se sonreían.

—Todo ha ido bastante bien hasta ahora —le dijo.

—Qué bueno, amiguita. ¿Te pareció bien Claudio?

—Me pareció regio.

—¿Y le fue bien con la chica?

—Creo que sí. Ella fue donde Gustavo para terminar con él, seguramente discutieron y Gustavo salió muy alterado del hotel. Estaba tan mal que chocó el auto. Felizmente, no fue nada grave, aunque estaba lleno de contusiones, el pobre. Gustavo ha vuelto a mí, arrepentido, desconsolado y lleno de heridas —dijo Lali riendo—. Así que son heridas físicas y psicológicas, y se las lame todas como un cachorro.

—¿Pero ahora qué vas a hacer con Gustavo?

—Como se sentía mal, tuvo que quedarse en la clínica. Y yo aproveché anoche para ir a despedirme de Claudio. Lindo muchacho, de verdad.

Leticia dio una carcajada breve que sonó como un disparo sobre la mesa.

—Eso merece un brindis, aunque sea con café.

Se paró y volvió con una taza humeante.

—Así que tengo mucho que agradecerte, amiga.

Ella movía su taza con la cañita de plástico.

—¿Y Gustavo sigue en la clínica?

Lali frunció el ceño y miró hacia la calle.

—Sí. Mañana sale. Le van a hacer una resonancia. Pero está bien. Se va a recuperar. Todo va a estar bien, va a ser como siempre. Me alegro de seguir con Gustavo. Es el hombre de mi vida. No me salió muy caro después de todo. Te lo debo a ti, amiga.

—Te hice una tarifa especial —le dijo ella—. Y por la cara que te veo tú también tuviste tus buenos ratos con él. ¿Sí o no?

Lali vio al hombre en una esquina, con el crucigrama. El tipo había volteado hacia ella. La estaba mirando con un gesto de odio. Leticia alzó la taza, como si estuviera brindando otra vez.

Lali vio partir a Leticia, se quedó sola con un nuevo café humeante y se dedicó a seguir el hilo de humo en el aire. De pronto algo la estremeció y se puso de pie. Se subió el auto. Se dirigía a toda velocidad a la clínica. Durante el camino solo pensó en imágenes vagas de su padre.

En la clínica, las enfermeras de la recepción la saludaron al unísono. Buenos días, señora. Siga adelante, señora.

Gustavo la estaba esperando con una sonrisa ancha. Acababa de tomar un buen desayuno: dos butifarras y un café que su chofer, José, contraviniendo todas las órdenes, le había logrado subir.

A las tres el doctor Carranza volvió a visitarlo, hizo algunas bromas sobre los primeros síntomas de la vejez y los accidentes de tráfico y se despidió de Lali. Los domingos no había altas en la clínica, así que se iría a su casa al día siguiente. Podría hacerse la resonancia y luego, con los resultados, ya podría irse a su casa, si no había problema, que seguramente no iba a haber, no creo. Sí, doctor. Mil gracias, doctor.

En el ascensor Lali se encontró con una mujer en silla de ruedas. Había perdido las facciones. Su rostro era una red de arrugas, sin una señal de vida. Una chica de ojos grandes sostenía la silla.

Lali sintió una enorme tranquilidad. Estaba allí, de pie, mirando los números encenderse. En la cafetería leyó los periódicos, la situación macroeconómica del Perú había mejorado, algunos disturbios en Cajamarca por las mineras, y los anuncios de viajes. Quizá podría ir en un crucero con Gustavo. Subió otra vez. En algún momento pensó en Claudio.

Su marido la esperó en la puerta de la habitación.

—Podría irme hoy.

—Pero te vas mañana. Así que hoy te relajas y descansas nomás.

—Bueno, seguramente puedo ir a trabajar el martes.

—¿Qué quieres hacer ahora? —le dijo ella.

—Lali, quiero decirte que ya no tengo nada con esa chica. Todo fue un error. Por favor, quiero que entiendas…

Ella alzó la mano, como conteniendo su siguiente frase.

—No me hables de eso. Ya eso pasó, no quiero saber más. ¿Qué quieres hacer ahora?

Él bajó la cabeza. Estaba moviendo la boca, como si masticara el aire.

—Vamos a hablar con nuestros hijos —dijo—. Vamos a llamarlos.

Gustavo alzó el teléfono. Era una voz tan cercana.

—Hola, papá. Supe que tuviste un percance. ¿Cómo te sientes ahora?

—Mucho mejor, hijo. Gracias.

Lali estaba al lado.

—Felizmente, hoy domingo, el Alianza y la U juegan el clásico y lo pasan por la televisión —le dijo—. Así que tu papá lo va a ver en la computadora con su chelita bien fría que la voy a meter en el cuarto, no sé cómo.

Un poco después, Lali oyó a Gustavo hablar con su hija. Los ecos de su voz podían oírse en la sala.

—Papito lindo —escuchó que le decía.

—Ya voy a contratar un chofer de ahora en adelante —le sonreía Gustavo—. Estoy muy viejo para manejar.

—No digas eso, papito. Un accidente lo tiene cualquiera.

Poco después, Lali acompañó a Gustavo a la sala del corredor. Lo vio sentarse en el sillón amarillo, junto a la mesita con revistas y bajo la lámpara. El teléfono sonó. Lali lo recogió, dio unas palabras de saludo y se acercó a Gustavo.

—Es Tato. Dice que si puede venir a verte.

—Ya, que venga. Así gritamos los goles. El partido es a las cuatro.

—Ya está. Voy un ratito a la tienda aquí al lado, y compro algunas cosas.

—Gracias, amor.

Lali le sonrió. Se acercó al teléfono y le dijo:

—Tato, Gustavo dice que encantado de que vengas. Vente a ver el partido con Gustavo en el cuarto, pues. ¿Por qué no vienes ahorita? Te esperamos.

Lali oyó las palabras confusas y cariñosas de Tato. Lo interrumpió para contestarle. Luego miró a Gustavo.

—Viene Tato.

—Buenísimo.

—Ya. Entonces yo les traigo algo para que tomen y me voy a la casa, y a ver a mi mamá un ratito. Y de repente a la noche regreso.

—Claro —dijo Gustavo—. O ven mañana. Descansa, mujer, que ya bastante me has ayudado.

Esa noche Lali fue de regreso a su casa. Todo el cuerpo le dolía. Entró al baño y se lavó la cara.

Caminó por la sala, iluminada por los postes de la calle. La gran lámpara, la alfombra persa, los muebles erguidos con los cojines de colores. La foto de su padre. Era un retrato como para que el tiempo se detuviera en ese momento.

La seguridad de un marido, una casa y un futuro de gimnasios, viajes y reuniones con amigas. Una vez más, cada objeto fijo en su lugar. Ninguna fulana iba a entrar allí.

X

DOMINGO, 10 AM

Después de hablar con Jossy, Claudio se quedó mirando el teléfono en su cuarto de hotel, como si la voz de ella siguiera allí. Dio algunas vueltas por el cuarto.

Casi le daba pena esa chiquilla, Jossy. Pero no pena tampoco. Ni hablar. Había disfrutado tomar café y pisco sours con ella, caminar por el malecón, cruzar el puente Villena junto a los autos, recorrer los versos y mosaicos del Parque del Amor, y sentir sus labios dulces bajo la penumbra de ese mismo cuarto. Había llegado a tocar el latido de su corazón mientras ella se acercaba desnuda y tibia y le había fascinado verla dormir, con las piernas dobladas, el pelo disperso como una planta del deseo que había crecido sobre las sábanas. Estaba harto en cambio de Lali, una tipeja mandona, grosera y entrada en años. Esa Lali había sido su jefa unos cuantos días, pero nada más. Al menos le había pagado bien.

Estar con Lali había resultado algo entretenido y también vergonzoso y estúpido, como todo en la exhibición de emociones ridículas que su trabajo necesitaba. Pensó que no podía seguir siempre así, atendiendo a las mujeres que se topaban con él por razones profesionales, si podía llamarse una profesión a lo que él hacía. Por supuesto que debía cumplir con su parte del acuerdo y desaparecer cuanto antes. No debía volver a ver a Jossy, felizmente tampoco a Lali. Pero eran las diez de la mañana y Jossy no llegaría hasta la tarde. Tendría tiempo de tomar desayuno y acaso luego de pasear por la avenida Larco y ver algunas de esas vitrinas. Compraría alguna artesanía. Tenía todo el dinero que le había dejado la señora Lali, tan mandona como insaciable y tan elegante como hija de puta, todas esas cualidades en dosis tóxicas.

Bajó, ordenó el desayuno, revisó los periódicos y miró hacia la puerta. Era una mañana clara, inesperada, con atisbos de sol. Un lujo en esa ciudad. De pronto sintió un temblor de tristeza que le bajaba por el rostro y se dispersaba en los hombros. Tantos viajes y mujeres y el recuerdo de las manos de su madre, tantos rostros y tantas canciones de cuna que se habían esfumado. Cinco años ya en este oficio, y estaba cansado de todos los cuerpos desechados y olvidados en las sábanas de hoteles. Eran los cuartos que alguien limpiaba eternamente para que algún otro pasajero tan cabrón como él volviera allí a vivir un intermedio de su vida. Para él siempre habían sido intermedios, su vida estaba hecha de muchos paréntesis seguidos.

Bebió a toda prisa el café y terminó los huevos con tocino. Se sirvió otra porción. Abrió su IPad y buscó las páginas deportivas. El San Lorenzo acababa de ganar, y la celebración continuaba. Ya se sabía que el Papa Francisco era un hincha, lo mismo que Viggo Mortenssen, lo mismo que él. Por hinchas de calidad, el equipo no se quedaba. Iba a encontrar a sus amigos de buen humor a su regreso.

De pronto una señal empezó a vibrar en su celular. Alzó el aparato. Claudio cerró el teléfono de un golpe. "No puede ser", dijo. "Me tengo que ir ahora mismo." Subió a su habitación, amontonó toda la ropa, apretó los cierres, dio una última mirada, dejó la llave en el mostrador, pagó en efectivo una propina, para todos ustedes por haber sido tan gentiles, y salió a la intemperie de la avenida Benavides. El hombre de la puerta le consiguió un taxi de inmediato. Al sentarse en el asiento mullido, pensó que estaba a salvo. Se preguntó si ese día estaba haciendo mucho frío en Buenos Aires. Se había comprado un buen suéter de alpaca, felizmente, un material siempre tan fino.

El camino al aeropuerto resultó largo y ruidoso. Miró las ventanas de los autos, y le pareció que en todos ellos estaba el rostro de esa chica que lo había acompañado todos esos días en la ilusión de un romance. Debía domesticar ese rostro, incorporarlo a la amnesia de su archivo personal. El hecho de saber que no iba a verla otra vez era conveniente para ir fabricando su olvido.

Por fin divisó la torre del aeropuerto a su izquierda, como resistiendo en la neblina. ¿Tendría tiempo?

DOMINGO, 2 P.M.

Mientras hacía sus maletas, Jossy encontró la sortija que Gustavo le había regalado unas semanas antes. Se la puso en el dedo, y pensó que era un anillo de compromiso. Gustavo se la había dado, pero ella la usaría pensando en Claudio, claro que sí. Había que ser práctica, sonrió mientras metía su blusa blanca en la maleta.

Revisó toda la ropa que tenía. Allá podría comprarse algo más. Estaba llevando algunos dólares, pero tendría que encontrar un trabajo pronto. Había visto el cambio entre el dólar y el peso argentino. No iba a depender económicamente de Claudio, de ninguna manera. Quizá solo al comienzo.

Por fin, cerró la maleta. Toda la ropa estaba ordenada. Tenía su pasaporte y su DNI. También una carta de recomendación de la directora de la academia. Volvió a contar los billetes. Sí. Estaba llevando todo el dinero que había podido. La casa de cambio en el barrio le había hecho una buena tarifa. Guardó la billetera, se sentó.

Si la cosa iba mal con Claudio, podría regresar. Pero no iba a ir mal, no iba a ir mal. Claro que no.

Porque Claudio había llegado a su vida, porque se había sentado con ella a conversar, le había hablado de todo, y por algún motivo un sopor dulce había bañado su cuerpo. Había sentido ganas de verlo otra vez, desde que él la abordó en el patio de la academia. Verlo todas las veces, acostarse y amanecer con él. Siempre Claudio. ¿Por qué? Había dejado a Gustavo. ¿No lo había amado? ¿No lo amaba todavía? No. No lo amaba. Porque de pronto sabía quién era Gustavo. Una mujer deja de amar cuando conoce al hombre con el que está, pensó. Conocerlo es dejar de amarlo. Solo se puede amar a un desconocido, a alguien a quien una no entiende. Y ella sabía quién era Gustavo. Lo había descubierto. Gustavo era un limeño de San Isidro, blanco y adinerado que gustaba de acostarse con sus asistentes. Un tipo envanecido con sus autos nuevos y sus trajes brillantes y ese tipo de cosas, vivía para eso. Un tipo bueno pero simple. En cambio, Claudio era un joven misterioso y sensual que había llegado desde el otro lado del mundo. Era un acto de magia de la realidad. Un extraño, sí. Ella se sentía tan cerca de él.

La noche anterior no había dormido, pensando en lo que sería su vida al llegar a la gran ciudad. Era un sueño que había tenido de niña. Ahora que iba a lograrlo, un ligero escalofrío le anticipaba las imágenes. El Obelisco, la Avenida de Mayo, el Café Tortoni. Y Puerto Madero. Y San Telmo. Y los teatros de Corrientes. Todo eso lo había visto tantas veces en internet. Y Claudio, el hombre más puro y adorable que había conocido, el que de verdad la había hecho sentir como una reina. Era como un olor que la alimentaba. Sí, tenía que entrar con un paso firme a su nueva vida.

Salió a la calle. El sol parecía bendecir su rostro, señalándola. Era la elegida.

El taxista que la llevó al hotel donde iba a esperarla Claudio estaba de muy buen humor.

Era un tipo llamado Jonathan, bajo, de nariz chata, con una voz atiplada. Estaba muy contento con los cambios de clima de cada día. Luego Jonathan le explicó que iba a recitarle unos salmos en los que se alababa la bondad de Jesús, que siempre quería que todos fueran felices viviendo con sus familias. El taxi tenía una calcomanía con el nombre de la Virgen de la Puerta. Era de Otuzco y no había nadie como la Virgen para resolver problemas. Gracias a ella, él seguía vivo, después de treinta años de hacer taxi en Lima, señorita. Le habló de sus dos hijos, que estudiaban ingeniería, y de su mujer, que era maestra en un jardín de la infancia. Trabajo todo el día, pero cuando voy a la casa, ella me sirve mi buena sopa de carne de res, le explicó, y con su buena papa al costado, además.

Al llegar al hotel en la esquina de Benavides, Jossy entró con un paso decidido como si estuviera registrando una propiedad que había heredado. Ya había estado tantas veces en ese vestíbulo de gradas largas y blancas. ¿Había estado tantas veces? El salón y el bar a la izquierda, el ascensor de frente, la recepción a la derecha. Luego las escaleras largas que llevaban al fondo. En la conserjería había una mujer joven de pelo teñido de rubio. Quizá la había visto antes. Se acercó y le preguntó:

—Por favor, ¿el señor Claudio Rossi?

La señorita tenía un uniforme azul y aretes de anillos blancos. Llevaba un botón en la solapa que decía "Alicia".

Jossy dio un paso atrás, vio a Alicia buscar en la computadora. Mientras las teclas sonaban, Jossy sintió un ruido. El portero de uniforme largo y azul abría la gran puerta de vidrio. Algunos grupos de turistas de camisas de colores rojos y naranjas y pantalones cortos entraban al hotel en ese momento.

De pronto oyó la voz.

—Señorita, el señor Rossi ya no está con nosotros —le dijo la mujer llamada Alicia.

Jossy sintió una súbita dureza, como un hueso que se le clavaba en la garganta.

—¿No está?

La mujer asintió.

—Pero ¿dijo a qué hora vuelve?

Alicia señaló la pantalla.

—Se fue del hotel. Se fue con su maleta y todas sus cosas. Ha chequeado todo.

Un escalofrío le atravesó el cuerpo.

—¿Se ha ido? Pero no puede ser.

Era como si Jossy se hubiera quedado ciega un momento. Todo se había apagado a su alrededor.

Un montón de sombras caminaban lentamente por el aire, como fantasmas negros. Se daba cuenta de que eran los clientes del hotel que iban a su lado llevando maletas, pero le pareció que todos eran prisioneros atados con cadenas, inclinados bajo el peso de unas rocas, en otra vida.

De pronto volvió en sí. Una voz de mujer perifoneaba al señor Henry Glass. Se solicita al señor Henry Glass en recepción. Un hombre alto, de aspecto nórdico, caminó hacia la entrada mientras sonreía.

La señorita llamada Alicia movió la cabeza y empezó a atender a una rubia flaca, de piel viscosa. Jossy sintió un insuperable rencor hacia ella. No era posible. La recepcionista se había equivocado.

Jossy le dijo "por favor, por favor". Alicia la observaba.

—Llámelo, por favor.

—¿A quién?

—Al señor Rossi.

—Como le digo, señorita. El señor Rossi ha partido. Se ha ido. Ahora recuerdo que yo misma lo vi con sus maletas tomar un taxi. Ha pagado todas sus cuentas y se ha ido.

—¿Cuándo?

—Hará dos o tres horas.

—Pero no puede ser. Él debe estar en su cuarto. Usted se ha equivocado.

—No creo, señorita. Yo lo vi salir al señor. Un argentino, ¿no?

Jossy no se movió.

—Su cuarto lo deben estar arreglando ahora mismo —siguió diciendo Alicia—. Estamos recibiendo a un grupo de turistas de Canadá y tenemos todas las habitaciones tomadas. Discúlpeme.

Jossy dio media vuelta. Estaba tratando de evitar la breve cólera de la mujer.

Entonces miró el ascensor, luego vio las enormes gradas que conducían al fondo. Había otro ascensor más allá. Alicia se había distraído con el grupo de turistas canadienses. Les estaba diciendo algo sobre las líneas de Nasca.

Decidió ir por las escaleras. Cuando dio el primer paso, sintió un gran impulso en las piernas. Subía a toda prisa. De pronto sonó el celular. Era John. ¿Por qué la llamaba en ese momento? Oyó su voz al otro lado. Le estaba diciendo que debían verse cuanto antes.

Apagó el teléfono. Debía ir al cuarto de Claudio.

Él estaba allí, estaba segura.

Sintió la música ambiental del hotel. Era un piano largo, acompañado de violines tristes y elegantes. Subió las escaleras. Llegó al piso y se acercó a la puerta donde había pasado tantas horas con Claudio.

Se acercó a la habitación. La puerta estaba entreabierta. Una mujer estaba haciendo la limpieza en los cuartos de ese piso, pero en ese momento estaba alzando las sábanas de la pieza de al lado. Jossy tuvo la certeza de que él la esperaba detrás de la puerta de su cuarto. Tocó la manija por un instante y entró.

LUNES, 9 A.M.

Después de un fin de semana de vamos al cine y a ver a tu abuelita, ven toma tu desayuno que se hace tarde, esa mañana Sonia dejó a su hijo Omar en el colegio y se subió a su Toyota blanco. Era un auto de veinte años de antigüedad cuyos cambios de aceite y afinamiento ella trataba de mantener lo mejor posible. En el camino prendió la radio. "Lo importante no es por qué te pasan las cosas, sino para qué te pasan", dijo una voz. "En eso tienes que pensar".

Por qué cada locutor tenía que ser tan huevón, pensó. Algo lo está obligando a ese tipo a ser huevón, esa es la huevada, dijo en voz alta. Eso es lo que pasa. A lo mejor había sido un chico inteligente, que tomaba sus vitaminas, leía libros y tenía aspiraciones, pero luego había entrado a la realidad, bueno, vamos a decir que esta es la realidad, y todo a su alrededor le había dicho: "Si quieres sobrevivir, tienes que ser un idiota", y él había entendido, así como también todos nosotros lo habíamos entendido. Puta madre. La obligación de parecer estúpidos hasta volvernos estúpidos es un problema universal, la enfermedad de nuestro tiempo si una se pone a pensar, pobrecito mi hijo, que va a crecer en un mundo de huevones fabricados sin esfuerzo todos los días. Pero ya veremos.

Vio a un grupo de escolares atravesando la calle. Mejor pongo algo de música, a ver. Había unos CD alineados en la guantera. Escuchó la voz de Susana Baca.

Cuadró el auto en la cochera de cemento sucio, atravesó un archipiélago de huecos en la vereda, y llegó al edificio. Sería una jornada más, pensó.

La ventana mostraba un día blanco. Felizmente, las flores alegraban el cuarto. En la pared, había algunos cuadros de la campiña de Cajamarca.

El Mocho entró en la oficina.

—¿Has visto esto? —le dijo.

En el periódico ampliaban la nota del día anterior sobre un accidente en la avenida Arequipa. Choque deja empresario herido, decía el titular. A altas horas de la madrugada, empezaba diciendo el texto, un auto conducido por el empresario Gustavo Rey se estrella contra poste y queda en mal estado. El auto se había salido de la pista. Había llegado una ambulancia de los bomberos y la policía. Lo habían trasladado a la comisaría de Miraflores. Se recuperaba en una clínica local. Había una foto del auto destrozado.

—Sí, lo vi ayer en otro periódico. ¿Sabes algo más?

—Es el marido de la señora que nos contrató el otro día —le dijo el Mocho—. ¿No te acuerdas? De esa que se llamaba Lali de Rey. Este es Gustavo Rey.

—Sí, claro. Una brujita la señora. Ese es su marido, sí me acordé.

—El tipo con el que se había metido la chica esa, Jossy. Yo les tomé las fotos. Mira el auto. Gente de mucho dinero, por lo visto. Les hubiéramos cobrado más.

El auto del señor Rey estaba inutilizado sin duda. Sonia se imaginó a la señora Lali junto a él en una cama de la clínica. Quizá para terminar con su trabajo debía saber qué había ocurrido.

—¿No crees que la esposa lo quiso matar por razones obvias? Además, yo tengo la teoría de que todas las esposas quieren matar a sus maridos, solo que no se atreven.

—A lo mejor.

—Bueno, qué piensas de ese bróder.

—Algo tiene que haber.

—Puedo llamar al Torito Ganoza, que trabaja en El Trome. Él debe saber algo más.

—Ya. Busca en internet, a ver si hay algo primero. Pero ya no es caso nuestro, acuérdate. Ya hicimos lo que nos pidieron.

El Mocho prendió la computadora, encontró la misma noticia del periódico. Luego buscó algo más sobre el señor Gustavo Rey.

Gerente de una compañía de seguros, cincuenta años, entrevistas con titulares, uno de ellos decía "El empresario es amigo del progreso". Otro, "Todos queremos un Estado más eficaz". Qué buena, pensó el Mocho. El Perú necesita empresarios jóvenes y arriesgados. Sí, por supuesto, Gustavo. Tú que te arriesgas con todas las jóvenes.

Sonia se distrajo, miró al vacío. De pronto sacó una foto de su cajón. Era la de un hombre de terno azul, corbata roja, en su escritorio. Se la quedó mirando. Luego la guardó.

—Aquí seguimos —le dijo—. Aquí vamos. No te preocupes.

El teléfono sonó. Era su madre.

—Acá veo algo —dijo el Mocho—. Dice que ese bróder tiene una relación muy feliz con su mujer, el muy puta. Míralo, pues.

XI

LUNES POR LA TARDE

Después del almuerzo, Sonia llegó a la oficina y apenas pudo meter la llave en el cerrojo.

—Tengo que cambiar esta chapa cuanto antes —se dijo mientras se doblaba los dedos.

Estaba moviendo la llave en la cerradura. Forcejeó y se puso la mano en la frente. Se había prometido llamar al cerrajero varias veces. Era la historia de siempre. Prometerse hacer algo que luego olvidaba. Mientras insistía dando vueltas y oyendo los crujidos del metal, pensó una vez más en todas las cosas que debía haber hecho desde que había llegado a vivir a Lima. Mejor no seguir.

Cuando por fin entró a la oficina, llamó al Mocho. No tuvo respuesta. Si hay algo que sabía hacer bien era mover cerraduras. Había abierto algunas.

Otras veces el Mocho había llegado antes que ella y había salido a tomar un café y a leer los diarios deportivos. Siempre se quejaba de que en los diarios llamados serios había muy pocas noticias policiales.

De pronto sonó el teléfono.

Era él.

—Sonia. Ha pasado algo.

—Qué.

—¿Te acuerdas de Jossy Sangama, esa chica que nos mandaron cubrir?

—Sí, me acuerdo. La de la señora Lali de Rey. Sí, Jossy se llamaba, creo.

El Mocho hizo una pausa.

—La han encontrado muerta, oye. En una playa en Magdalena.

—¿Qué? ¿Dónde está?

—Ahora en la morgue. Me pasaron la voz de la policía, porque alguien les dijo que yo había estado preguntando por ella. Muerta por ahogo, pero con un golpe en la cabeza. Apareció en la orilla hoy en la mañanita y unos ciclistas la vieron y la sacaron. Ya llegaron los periodistas también.

Sonia se puso de pie, caminó por la oficina. Se detuvo frente a la ventana. Una línea de autos avanzaba en medio del humo.

—¿Dónde la encontraron, me dices?

—En Magdalena. Casi en la orilla, flotando. Estaba en ropa interior. Pobre chiquilla. La reconocieron recién hoy porque su madre denunció que había desaparecido y una amiga vino a ver el cuerpo. Después han encontrado una ropa escondida por allí, cerca, que debe ser de ella. Dice su madre que iba a salir de viaje a la Argentina.

—¿Dónde estás tú, Mocho?

—Estoy en la comisaría, con el mayor Carrillo. No soy sospechoso, según ellos, pero quieren saber todo lo que yo sé sobre la chica. En la academia alguien les contó que yo había estado preguntando.

—Bueno, ya sabes que no puedes hablar de nuestros clientes.

—Ya sé, ya sé.

—¿Cuánto tiempo llevaba muerta?

—Dicen que llevaba varias horas. Seguramente, murió ayer por la tarde, tirando para la noche, dicen. Estaba toda golpeada. Por lo visto se tiró o la tiraron, porque se golpeó contra las rocas de un muelle. Vi el cuerpo. Se habrá suicidado o qué habrá pasado.

—Nadie se suicida tirándose al mar de un muelle y golpeándose en la cabeza, Mocho. Averigua lo que puedas y vienes.

—A lo mejor se resbaló, o algo.

Sonia cortó el teléfono, se sentó. Unas palomas sucias revoloteaban en la ventana. Los vidrios se estaban moviendo.

Una tensión de dolor y sorpresa atravesaba su cuerpo y se acumulaba en su garganta. Se sirvió un vaso de agua y lo terminó de un trago.

Así que la chica estaba muerta.

Se mordió los labios. Era difícil no pensar que ella no tenía algo que ver. Le había dado toda la información a la señora Lali de Rey, y alguien había usado esa información para matarla. Pero no había rastros de balas o de cortes, por lo que le había dicho el Mocho. Había muerto ahogada, después de un golpe en la cabeza.

Habría que ver el informe de la autopsia. ¿Y el accidente del señor Gustavo Rey no era parte de ese asunto? ¿Su esposa le había dado las pruebas, él había querido romper con la chica y ella lo había amenazado? ¿Eso había lo había llevado a deshacerse de ella?

Podía dejarlo pasar, podía olvidarlo. Pero ella había hecho esa investigación. Ella le había dado los datos a esa mujer. Y ahora había una chica muerta. Ella solo había hecho su trabajo. No tenía por qué sentirse mal. Nadie la iba a acusar de nada. Pero el rostro de esa chica, a la que nunca había conocido, seguía flotando alrededor del cuarto.

Su trabajo no había terminado.

Sonia puso la cafetera. Vio el humo alzándose contra la palidez del cielo.

De pronto alguien tocaba la puerta. Sonia se acercó. Era el mayor Carrillo, sonriente, oscuro, con sus cejas grandes.

Se sentó frente a ella.

—Lo siento, Sonia. No hubiera querido venir —le dijo.

—¿Qué pasa, Alfredo?

—Tienes que decirnos todo lo que sabes sobre Jossy Sangama. Mejor vente conmigo a la comisaría.

—No sé por qué tanto apuro. ¿Quieres un café?

—No. Tenemos que irnos.

—¿Por qué tanto interés?

—En el camino te explico, chiquilla.

Sonia subió al auto junto al mayor Carrillo. Era un carro negro con circulina. Tenía asientos mullidos. La calle estaba oscurecida por las lunas.

Ella se sentó haciendo un espacio entre ambos.

El auto avanzaba a toda velocidad. Las fachadas, los edificios grises, un policía con las manos en alto.

Estaban sentados en el asiento de atrás y él había empezado a contarle lo mismo que el Mocho sobre el hallazgo del cuerpo. Apareció en la orilla, un golpe de la cabeza contra una roca, una chica que estudiaba secretariado en una academia. Iba a salir en los periódicos al día siguiente.

El mayor Alfredo Carrillo era un amigo de sus tiempos como policía. Él le había hecho algunas propuestas, sin éxito. Pero no había problema entre ellos. En ese momento era solo el mayor.

—La chica estaba flotando en el agua, como si nada. Puta, pobrecita. Tenía una lesión en la parte de atrás de la cabeza. O sea que alguien la ha empujado. Eso es lo más probable, en verdad.

—¿A qué hora más o menos calculan que fue?

—Dicen los tipos en la morgue que todo habrá sido por la tarde, cuando ya estaba oscureciendo seguro, algo así como las cinco o seis.

La voz del mayor Carrillo contaba la historia en voz baja. Se detuvo en el semáforo. Una mujer se acercó con aire suplicante. Tenía unos caramelos en los dedos y cargaba un bebe en harapos. Carrillo movió la cabeza suavemente. Gracias. No, gracias. La luz cambió.

—¿Qué pasaba con esa chica? ¿A quién veía? —dijo, pisando el acelerador—. Eso es lo que quiero que me digas.

Sabemos que el Mocho y tú estuvieron preguntando por ella en su academia. Para un cliente, seguro.

—No te puedo decir mucho, Alfredo. Pero lo que me cuentas me parece tan horrible que me gustaría ayudarte a que encuentres a quien lo hizo. Solo que no puedo porque no sé nada.

El mayor Carrillo alzó la mano.

—Me dio pena porque era una chica tan joven y tan bonita. Tengo mi corazoncito, ya sabes.

—Yo sé.

—Además, hay un detalle.

—¿Qué?

—Alguien le puso una sortija en el culo. Estaba incrustado allí.

Sonia alzó las cejas.

—Así que quisieron hacer una bromita con ella.

—Así es. Bueno, mucho pervertido hay por allí. ¿Y tú como has estado, Sonia?

Ella encogió los hombros.

Mientras el rugido de afuera iba en aumento, el auto se abría paso a toda velocidad. Por fin, llegaron a la avenida España. Estaban frente al local de la Dirincri.

Subieron al ascensor y avanzaron hasta la oficina del mayor. Algunos guardias saludaron a Alfredo con un golpe en la sien. Un cartel decía "División de Homicidios". A ella siempre le gustaba volver allí.

El mayor Carrillo se había servido un café negro, que tenía la consistencia y el aspecto de un pequeño pozo de brea. Estaban sentados. Él en su escritorio, ella en una silla. Una gruesa hilera de humo salía de su taza. En su ventana tenía un cactus con pequeñas incrustaciones de flores amarillas.

—¿Qué te parece?

Sonia vio las fotos. En una de ellas, Jossy Sangama estaba echada de costado, desnuda, con los brazos alzados, como buscando aferrarse a algo, una pierna sobre la otra. El pelo le caía a ambos costados, como un par de alas muertas. Casi se veía hermosa.

—¿Como a qué hora la encontraron?

—A las seis de la mañana del lunes. Estaba en la orilla, con un golpe en la cabeza. Dicen que quedó inconsciente y murió luego por ahogo. Es probable que cayera del muelle de piedra. Hay varias huellas de llantas por allí, pero entre tantas no sabemos nada. Era un terral y un muelle de piedras en Magdalena. No había nadie en la playa a la hora que murió, por lo menos no sabemos de ningún testigo.

—¿Con qué ropa estaba?

—En ropa interior, me han dicho. Después encontramos una ropa de mujer por allí, en una bolsa de basura. Parece que se había vestido como para una fiesta o algo. Allí estaban sus documentos, DNI y pasaporte, con la ropa. Pero ni una huella, por supuesto. Había un detalle. Tengo por allí la sortija que alguien tuvo la gentileza de ponerle en el trasero. No sé mucho de eso, pero creo que era una sortija de compromiso la que encontramos. Sí. Era una sortija de compromiso, así me dicen. Tienes que ayudarme, Sonia. Siento decirte.

—¿Por qué? Es una muerta más para ti.

—No. No es una muerta más. Aunque no me sirva de nada, quiero preguntarte por qué andabas preguntando por ella.

—No te lo puedo decir, lo siento.

—Muy bien, entonces será más difícil encontrar a quién lo hizo.

—Ya veremos eso —dijo Sonia.

—En todo caso, avísame —dijo el mayor Carrillo—. Tienes que ayudarme. El general está detrás de esto.

—¿Qué pasa?

El mayor dobló los brazos y se apoyó en el escritorio. Le hablaba en voz baja.

—Hay un señor Gustavo Rey, que vino a verme. Ha hablado con el general Solís. Y quiere ofrecernos mucho dinero por saber quién mató a Jossy Sangama. Eso para mí lo hace sospechoso, por supuesto. Ahora pienso que a lo mejor fue él. Pero tampoco quiero desaprovechar esta ocasión. Él puede hacer que me asciendan después, te lo digo. Una recomendación suya con el general, y sería muy bueno para mí. Y puede caerme algo de plata encima. Quiero que tú me ayudes, Sonia. Te daré tu parte, por supuesto.

—Yo te ayudo, pero no quiero la plata, Alfredo.

El mayor Carrillo asintió, como si ella le hubiera hecho una pregunta.

—Tampoco quiero que pienses que me mueve solo el interés.

—Ya lo sé. Te interesa resolver el caso, pero la plata es una ayudita.

—Siempre con tus opiniones, Sonita. Veo que te va muy bien como detective privada.

—Me va regular. Pero no quiero la plata de esa familia. Aunque no sé por qué te digo eso, la verdad.

—¿Por qué? Ah, ya entiendo. Dicen que ese señor Rey estaba con ella. Parece que hasta había dejado a su mujer por esta chica. Pero hay algo que no sabemos acá, no sé. Dice su mamá que la tal Jossy se iba a la Argentina, con un chico llamado Claudio, pero resulta que ese no era su nombre. Estamos tratando de averiguar en Migraciones con los argentinos que salieron ese día. No hay ningún Claudio.

—Yo voy a tratar de investigar algo y te aviso —contestó Sonia.

En ese momento, el Mocho entró a la oficina del mayor Carrillo. Tenía una maleta pequeña en la mano.

—¿Qué haces aquí? —dijo el mayor.

—No les conté que llamaron del hotel Adonis, de Benavides. Encontraron una maleta llena de ropa en un cuarto. Alguien los había dejado olvidados allí. Aquí está. Adivinen de quién era.

MARTES, 8 P.M.

Lali sintió el golpe de la puerta. Bajó las escaleras. Gustavo se estaba sirviendo un whisky en la sala.

—¿Qué tal en el trabajo, mi amor?

—Bien, mucho trabajo. Debí haber ido ayer.

Gustavo apuró el vaso.

—Pero tenías que descansar.

Gustavo miró hacia la ventana.

—Voy al dormitorio.

—¿No quieres comer algo? Te han preparado una tortilla y un vinito, ven.

—No, no. Disculpa. Voy a tomarme una pastilla y a dormirme. Hasta mañana.

Lali lo vio subir. Un golpe de brisa entró en la sala. Las godesias y las lilas en el jardín parecían acercarse al vidrio, interesadas en seguir a su amo. Ella dio un paso atrás.

MIÉRCOLES, 9 A.M.

Después de dejar a Omar en el colegio, Sonia se detuvo en una esquina. Los autos avanzaban con una lentitud penosa, como si estuvieran cargando todo su pasado con ellos. Seres tristes y descoloridos arrastrándose en la pista. Ella iba a buscar su propia velocidad. No iba a seguir esa procesión de amargura que es la vida diaria para los demás.

Cuando entró a la oficina, encontró al Mocho.

—De repente la mató el mismo señor Rey. El que ofrece la recompensa puede ser el culpable.

Sonia dejó su cartera en la mesa. Mientras hablaba, se sirvió un café.

—Quién sabe. Cualquiera puede haber sido. Nadie sabe lo de nadie.

—Pero al final todo se sabe. También está su novio, John. Acuérdate que te contaron de él también. Al final, todo se sabe, oye.

Las tazas de café despedían dos hilos que se tocaban y se confundían en el cielo blanco de la ventana. El ruido se infiltraba a través del vidrio.

—Yo creo que pudo ser el mismo Rey porque su mujer descubrió lo que pasaba —dijo el Mocho—. A lo mejor la mujer con las fotos que le dimos, lo amenazó, seguro que lo amenazó. Entonces él quiso borrar toda huella de la vaina. Me parece muy raro que él quiera ahora buscar al que lo hizo. Seguro que para taparse, seguro.

—No creo —dijo Lali—. Se acostaba con ella, pero no iba a matarla tampoco. Y, además, estaba accidentado, acuérdate de eso.

—Pero si él quiso acabar con la relación y la Jossy amenazó con hacer la cosa pública, puede ser. A lo mejor mandó a alguien.

—No sé. Ahorita no sabemos nada.

—Sí sabemos una cosa. Tengo su dirección de la Jossy. Aquí está. Calle Canevaro, en Lince, cerca de Salaverry. Allí vivía.

—¿Quién está allí ahora?

—Hija única. Vivía con su madre. Pobre señora.

—Entonces vamos a hacer algo, Mocho. Vamos a buscar al que mató a esa chica. No sé. Llegarán otros trabajos, pero esto es lo que quiero hacer.

—Bueno, si quieres. Yo me apunto también.

—Me da mucha rabia que pasen estas cosas, Mocho. Vamos a dejar las otras vainas y vamos a su casa a hablar con la señora. Que sepa que hay alguien a quien le importa por lo menos.

—¿De dónde viene ese interés, Sonia?

Ella alzó una mano, como espantando algo.

—No sé. Ya después te cuento.

XII

MIÉRCOLES, 11 A.M.

Una pared rugosa, una ventana de barrotes y una puerta de madera astillada con una rejilla en el medio. Sonia tocó el timbre y se alejó.

El ruido de la calle dejaba un viento de polvo. Una capa seca de mugre había cubierto los bordes de la pared. Sin embargo, algunas manchas de limpieza dejaban ver que durante un tiempo alguien había querido luchar contra ese polvo y que aún no se había rendido.

—¿Quién? —dijo una voz joven.

—¿Está la señora Sangama?

La rejilla se abrió. La mujer joven que la observaba tenía los ojos caídos. Unos aretes negros le colgaban como señal de luto. Sonia podía ver algo de su rostro encogido y un trozo de la blusa.

—Ella está descansando. ¿De parte de quién?

—Sonia Gómez. Detective privada. Estoy tratando de ver el caso de Jossy.

La rejilla se cerró, hubo un ruido de voces al otro lado y de pronto la puerta se estaba abriendo.

Sonia entró a una sala de muebles chicos, una mesita de madera y cuadros de paisajes con ríos y pájaros. Una mujer flotaba en uno de ellos, rodeada de una laguna azul. A su lado, el Mocho dudó un momento, pero luego entró tras ella.

—Soy Betty Ramírez, amiga de Jossy —dijo la chica—. La señora Sangama está descansando. Le han dado unas pastillas para dormir. No puede ver a nadie ahora.

Después de una pausa, agregó:

—Ha sido horrible.

—Claro, ya sabemos —dijo Sonia mirándole—. Pero ¿no podría atendernos un ratito?

La mujer la observaba. Parecía estar acusándola.

—La policía ya vino y les dije todo lo que sabía. Ella iba a viajar con un muchacho argentino. Lo último que supe es que fue al hotel a buscarlo porque se iban al aeropuerto juntos. Iban a vivir allá, así me decía. Se llamaba Claudio, ya le dije todo a la policía.

—Muy bien —dijo Sonia, mientras sacaba una libreta—. Yo te voy a decir algo, Betty. La policía te puede ayudar. Pero yo también quiero encontrar al que hizo esto. Me interesa un montón.

Betty asintió. Tenía los ojos humedecidos.

—Cuéntame todo de nuevo por favor.

Betty miró hacia un costado.

—Yo no la conozco a usted —dijo mirando a Sonia. Luego se dirigió al Mocho y volteó otra vez hacia ella—. Pero le voy a confesar algo. Yo lo que creo, lo que creo —los ojos se iluminaron—, lo que me da más rabia y más pena, la verdad, es que yo también ayudé a que esto pasara. No sé si ese argentino… ay, no sé… quién era.

Hubo un silencio marcado por el rumor de los autos y algunas bocinas. Un cobrador de un microbús gritaba los nombres de las calles cerca de la ventana.

Betty puso la cabeza entre las manos. Se quedó un rato así, con los ojos cerrados. Sonia miró al Mocho. De pronto Betty alzó la cabeza. Miró hacia el cuarto donde dormía la señora Sangama.

—¿No tienes idea del apellido?

—Sí, Claudio Rossi se llamaba, ahora me acuerdo. Nunca lo vi. Solo sé que estaba loca por él. Pero el último día, antes de irse, recibió una llamada de John también. Eso me dijo. ¿No saben dónde pueda estar Claudio Rossi? Él puede haber sido.

—Claudio Rossi no era su nombre. Por ahora no sabemos cómo se llama —dijo Sonia.

En ese momento apareció una figura en el umbral. Era una mujer mayor, con la piel devastada por las arrugas. Estaba erguida, mirándolos, apoyada en un bastón.

—¿Es la policía otra vez?

—No, señora Rosa. Pero ellos quieren ayudar —dijo Betty—. Vamos a hablarles.

La señora endurece las facciones. De pronto un impulso la anima. Se dirige al sillón arrastrando las zapatillas blancas, el camisón parece una túnica de religiosa, la cabeza flota como si estuviera separada del cuerpo, mientras se va sentando.

—¿Ustedes pueden encontrar a quien le hizo esto a mi hija?

—Señora Rosa, descanse por favor. No se agite —dijo Betty.

—Déjame, hijita. Yo tengo algo que decirles. Siempre he estado callada de todo. Pero mi hija no se callaba nada, y yo quiero aprender de ella. Ahora quiero hablar.

Cuando Sonia salió a la calle, el tráfico había amainado. Un grupo de colegialas uniformadas caminaba a toda velocidad.

—Bastantes cosas había en esta vaina —dijo el Mocho a su lado.

—Sí, mira tú. Averigua todo lo que puedas sobre ese argentino Claudio Rossi o como se llame. A lo mejor estará en Buenos Aires ya ahora.

—¿Y tú qué vas a hacer?

—¿Qué te imaginas?

El Mocho se alejó.

Sonia buscó una dirección en el celular. Tomó un taxi hasta la avenida El Golf. Era una casa tal como la había imaginado. Ancha, alta, dos pisos, puerta grande, muchas flores.

No tuvo necesidad de tocar el timbre. Encontró a Lali mientras salía de su casa, la mano envolviendo el manojo de llaves.

—Buenos días —le dijo Sonia.

Lali la miró como a un objeto extraño.

—Usted es la detective. ¿Qué hace aquí?

—El otro día usted dijo que sería la última vez que nos veríamos. Pero ya ve, aquí estoy.

Lali sonrió.

Tenía una blusa blanca y falda por encima de las rodillas, con botas marrones. Una cadena dorada le atravesaba el cuello. Su pelo corto y disciplinado dejaba ver algunos mechones que apuntaban con un rapto de locura súbita hacia los costados.

Sonia pensó que tenía su mérito. Era una de las pocas veces en las que el esfuerzo de una mujer de cuarenta y pico de años por parecer más joven no resultaba patético. Tenía una cara agradable, protegida por el cuidado de sus tintes y el dibujo de sus facciones. Su frialdad la preservaba.

—¿Se ha perdido en este barrio? A lo mejor puedo ayudarla a encontrar una dirección o algo.

—En realidad, venía a buscarla a usted, Lali. Ya se imaginará.

Lali se sonrió.

—¿Imaginarme qué?

—Ya, pues, señora.

Sonia sostuvo la mirada serena, inmutable de Lali. Una fila de autos se había formado frente a la avenida. Algunos corredores con gorras rojas avanzaban por la vereda de tierra junto a la pared vegetal.

—Lo siento, no tengo tiempo de hablar.

Lali inclinó la cabeza a modo de despedida y caminó hacia la esquina. Allí la esperaba un auto plateado. Sonia se acercó y caminó junto a ella.

—Solo quiero conversar un ratito. Sobre Jossy Sangama. Sería muy bueno que hablemos, Lali.

Lali alzó la mano.

—Estoy saliendo ahora. Voy al gimnasio. Tengo una clase de spinning y no puedo llegar tarde.

Se detuvo junto al auto. El chofer la esperaba con el motor encendido.

—Solo quería preguntarte una cosita, Lali. Es de rutina. No te preocupes —dijo, alzando la mano—. Una mujer como tú no tiene nada de qué preocuparse.

—No sé qué quiere decir con eso. Pero la preocupación por esa chica es el último de mis problemas —le sonrió Lali.

—La encontraron muerta en el Circuito de Playas, y eso tiene que interesarte.

Vio los ojos alzarse, mirar hacia la calle, voltear hacia ella. Parecía sorprendida.

—¿Qué pasó?

—Ocurrió el domingo por la tarde o noche. Una cosa muy fea. La encontraron flotando allí por el mar en Magdalena.

Lali miró hacia la hilera de autos, muy cerca de ella.

—¿Pero está segura de que era ella?

Sonia asintió con una sonrisa. Lali le contestó mientras revolvía su cartera buscando algo.

—Bueno, qué lástima. Las chicas jóvenes tienen una vida muy loca. Deberían reprimirse un poco, divertirse menos y estudiar más. Hay una falta de guía espiritual en el mundo hoy. ¿No le parece?

—Totalmente de acuerdo —sonrió Sonia.

—Usted ya sabe que ella se había acostado con mi marido —sonrió, mientras sostenía algunas pastillas de menta y se las llevaba a la boca—, pero eso no me hace sospechosa, supongo. Discúlpeme ahora.

—¿Y cómo terminó ese asunto? ¿Tu marido le dijo algo sobre ella?

—No. Nada. Pero ahora no pienso preguntarle tampoco. Y con lo que me dice usted, señorita Gómez, el divorcio tampoco será necesario. Lo siento. Nadie merece morir. Pero tampoco la conocía, así que no puedo decirle nada más.

Una ambulancia pasó cerca, con un ruido furioso, apartando todos los autos. Por un momento dejaron de hablar. Lali hizo una seña al chofer para que esperara.

—Tú tenías toda la información sobre ella, yo te la di.

—Sí, claro. Ella estaba viendo a mi marido. Pero le diré que no tuve tiempo de confrontarlo. Resulta que el otro día Gustavo me contó que había estado con una asistenta a secretaria, una cualquiera, pero que todo había terminado. Yo hice lo que hace cualquier esposa en mi posición. Fingí no entender y estuve de acuerdo. Eso fue hace unos días, y ya todo pasó. Ahora somos felices con Gustavo. Igual, le agradezco su esfuerzo. Y ya se lo pagué muy bien, además.

—Pero tu esposo tuvo un accidente el sábado. En la avenida Arequipa, salió en los periódicos. ¿Cómo está ahora?

—Bien. Muy bien. Gracias por su interés. Heridas leves nomás. Un accidente lo tiene cualquiera. Justo ayer salió de la clínica. Ahora ya está trabajando, como siempre.

—Ya veo —dijo Sonia—. Quisiera hablar con él.

—Ya le he dicho que está todo bien. Está trabajando. Además, usted no es policía, señorita. No tiene que meterse en estos temas. Yo la contraté, usted cumplió su trabajo y se acabó. Ahora, si me disculpa, tengo que ir a mi clase en el gimnasio. A mi edad, una no puede descuidarse, ¿sabe? Usted es más joven, pero entenderá. Adiós.

La señora Lali le dio la mano, luego la suprimió con la mirada.

Sonia la vio dar un paso hacia la pista. Un hombre alto y oscuro salió del auto.

—Déjemelo, José. Yo voy a manejar.

El hombre asintió y bajó a la vereda.

Antes de subir al auto, Lali volteó hacia ella.

—¿La puedo dejar en algún lado? —dijo de pronto—. Estoy llevando mi auto a un servicio en Miguel Dasso. Y luego voy al gimnasio. ¿Quiere que la lleve? No sé si va por allí.

Sonia miró hacia la casa.

—Gracias —le dijo—. Déjeme por allí.

Subió al auto con ella. Un mueble ambulante, con luces, botones y pantallas. Hasta un perfume interior. Un hogar de lujo. Invitarla allí, querer mostrarle todo eso.

—Caramba, qué bonito tu auto.

—Va por su oficina, supongo —dijo Lali mientras se abrochaba el cinturón.

—No. Tengo otras cosas que hacer justo por Miguel Dasso. Déjame allí.

El auto avanzaba como si estuviera flotando. Sonia se sentía lejos del mundo en ese espacio ancho, con espejos enormes, una consola reluciente, una radio de líneas rojas, y unas ranuras en los costados de las puertas. Una mansión ambulante.

—Muchas gracias por llevarme —dijo Sonia mientras se abrochaba el cinturón.

—Yo voy al grifo a que me laven el carro mientras estoy en el gimnasio.

El carro entró a la avenida El Golf, la pared verde a la derecha, los árboles y campos al otro lado. La señora Lali manejaba sin hablar.

Sonia empezó a recitar los hechos con una voz monótona, como memorizando una lección.

—A Jossy la encontraron en la playa, sin ropa, flotando en el mar. Ha salido en los noticieros de la mañana. Pero la identificaron con su ropa y sus documentos en una bolsa que se había quedado por allí. El tema es que la policía está interesada en este caso —la miró, alzando la voz—. Va a haber publicidad. Vas a verte involucrada si se descubre que tu marido estaba con ella. No lo vas a poder evitar. Y vas a ser sospechosa del crimen, por supuesto. Así que es mejor que pienses en lo que se viene. Te lo digo por si acaso. Sigues siendo mi cliente, ya sabes.

Lali manejaba con cuidado, los brazos aferrados al timón.

Pasaron un rato sin hablar. Sonia la miraba. Lali seguía con la cara vuelta hacia adelante.

El auto se detuvo en un semáforo. Unos vendedores ambulantes se acercaron. La señora Lali cerró la ventana con cuidado.

A Sonia le pareció que en ese momento había hecho un movimiento negativo con la cabeza. Parecía extraordinariamente serena mirando hacia adelante, sin ninguna distracción. La había invitado a subir al auto para mostrarle que no le estaba huyendo ni le tenía miedo. Eso estaba claro.

—Ya veremos si la policía viene, quién sabe —la oyó decir.

—La policía encontró una sortija en el cuerpo de la víctima —le dijo Sonia—. Alguien se la había puesto en el trasero. Por la marca, vi que lo venden en una joyería que está a la vuelta de la oficina de seguros donde trabaja el señor Gustavo.

La luz verde se prendió. Estaban avanzando por Camino Real.

—Hay tantos lugares donde venden baratijas —dijo Lali.

No había caído en la trampa. Pero sí había movido las cejas cuando Sonia le había mencionado la sortija.

Era extraño. La avenida estaba libre frente a ellas. De pronto, era como si todos los autos hubieran desaparecido.

La señora Lali aceleró. Tenía prisa por dejarla en algún lugar, eso también e`staba claro.

—Esa era una sortija de compromiso que le había dado Gustavo a Jossy.

Lali golpeó el timón con un dedo.

—Eso no lo puede demostrar, señorita Sonia.

–Yo creo que sí. Y que tú me ocultas algo, Lali.

–Todo lo que sé sobre la tal Jossy es lo que usted me dijo. Como le repito, al final no fue necesario plantear un divorcio ni nada parecido, ya le digo. Mi marido está en la casa. Ya regresó. En un par de semanas saldremos de viaje juntos. Yo ya destruí las fotos que usted me dio. No tuve que hablarle del tema. Usted sabe que hay veces en que es mejor no decir las cosas. Y espero toda su discreción profesional en este asunto, por supuesto. Yo ya sé que usted es muy discreta, señorita Gómez, así que en realidad no me preocupo. Y le agradezco.

Su voz tenía un tono sostenido, como el de una grabación que daba instrucciones de algo. Sin embargo, la hostilidad se infiltraba al final de las palabras.

Sonia no le contestó. Estaban a punto de llegar. Había un último semáforo. Se hizo un silencio, marcado por el ruido del tráfico.

—Puedes dejarme aquí.

El auto se detuvo en la bifurcación.

—Y espero que todo este tema haya terminado —dijo Lali.

—Eso es lo que esperas —le dijo Sonia mientras se bajaba. Cerró la puerta y le dijo a través de la ventana—: Pero te cuento algo. Tu esposo Gustavo ha ofrecido un rescate a la policía para la persona que encuentre a quien mató a Jossy. Así que no creo que esto haya terminado.

La señora Lali siguió mirando de frente. Sonia vio el carro avanzar lentamente y perderse en la esquina.

Sonia se dio cuenta de que apenas podía caminar, ¿qué le pasaba cuando veía a esa mujer? Era extraño porque por lo general tipas como ella con sus trapos y sus alhajas y sus maquillajes encendidos solo le producían indiferencia, quizá algo de desprecio. Pero Lali siempre alzaba las manos cuando hablaba, parecía comandar un ejército, como si fuera la reina de un silencio que le imponía al mundo, su voz dura y su movimiento de brazos organizando el aire. Sintió que temblaba al escucharla otra vez.

En la oficina encontró al Mocho.

—Hablé con la señora Rey.

—¿Y?

—Le dije que encontramos el anillo en el cuerpo de la víctima.

—¿Y?

—Casi no movió un músculo. También le dije que su marido había ofrecido dinero a la policía para encontrar al culpable. Ni se inmutó.

—Mujeres, pe'. Así son todas —dijo el Mocho.

—Eso es tu chiste preferido —dijo Sonia—. ¿Averiguaste algo sobre ese Claudio Rossi o como se llame?

—Sí —le dijo el Mocho—. Acá está todo. Una joyita era el tal Claudio. Ya me datearon algunos periodistas que conocen a gente de allá. Claudio Rossi, Vittorio Sasi, Domingo Salas. En realidad, se llama Ramón Erausquin. Entró y salió del aeropuerto con ese nombre. Prostituto de alto nivel, de nivel internacional el puta. Va a domicilio, es decir, al país requerido, para seducir mujeres por encargo.

—Bueno, entonces todo coincide. Lali contrató a ese tipo para seducir a Jossy. Y lo logró.

—Pero no sabemos quién la mató.

—A lo mejor él mismo.

—¿Por qué crees eso? Tipos así son más bien maricones.

—La mató el argentino cuando ella le increpó por el engaño. Fue un impulso.

—No creo. Debía estar acostumbrado a lidiar con mujeres, seguro. Seguro que sí.

—Pero de repente ella lo amenazó con una pistola en el hotel. El la dejó inconsciente y luego la tiró al mar.

El Mocho caminó hacia la ventana.

—No te olvides lo que te dijo Betty tampoco. También está John. Nunca hay que olvidar lo que puede hacer un pata joven y cachudo. De repente la encontró que se iba con el argentino y le dio vuelta. Tenía razón y también tenía sus razones. Yo sé algo de eso, te digo.

MIÉRCOLES, 1 P.M.

Después ver bajarse del auto a la señorita Gómez, Lali manejó lentamente hasta el grifo.

Las manos sostenían con cuidado el timón. ¿Gustavo había ofrecido dinero a la policía? No, no. ¿Cuándo había ocurrido eso? ¿En qué momento se había enterado Gustavo de la muerte de Jossy?

Lo habría sabido por alguien de la oficina, por supuesto. Y naturalmente lo había ocultado, no faltaba más. Pero ella no debía decirle nada, por el momento. Mejor no.

Cuadró el auto frente a la zona de lavado y habló con el gordo Víctor, un hombre ancho, en overol, que siempre la atendía a esa hora.

Subió las escaleras del gimnasio, se puso la malla y empezó a trotar en la caminadora.

Los golpes de las piernas retumbaban.

Iba golpeando en la cinta, resonando en el aire del gimnasio. Debía seguir corriendo, dejar atrás todo lo que había pasado tres días antes. Todo había salido bien para ella salvo ese último error de la realidad. Nunca había imaginado que esa joven llamada Jossy Sangama hubiera podido aparecerse en su casa una tarde del domingo, qué lisura. Mejor dicho, qué tal concha de la chiquilla aparecerse allí, que tal hija de puta. Mierda. Si ella hubiera salido un poco antes a dar una vuelta o a ver a su madre como debía haber hecho, entonces la chiquilla no la habría encontrado. Nada de eso habría ocurrido.

Nada de eso habría ocurrido, carajo, puta madre.

Había sido tres días antes. El domingo. Gustavo estaba en la clínica todavía, felizmente.

Esa tarde, el timbre de su casa había sonado. Como a las cuatro.

¿Quién está en su casa un domingo a esa hora? ¿Quién toca el timbre de una casa?

Ella, que estaba de paso, qué idiota, descansando de la noche con Claudio después de ver a Gustavo en la clínica.

En ese momento del domingo, a punto de salir a la casa de su madre, buscando las medicinas que debía llevarle mientras el ruido furioso, ese rugido intermitente del timbre alteraba el aire. Había pensado que iba a molestar a los vecinos, y por eso Lali había salido a la ventana.

Una chica frente a su puerta, apretando la mano en el timbre, el pelo largo, el traje moviéndose con el viento.

Era ella, lo había sabido desde que vio su figura inquieta, con sus piernas estiradas bajo la tela verde, era el traje que estaba llevando para irse a Buenos Aires la muy cojuda, con sus zapatitos negros de taco y su collarcito de perlas adefesieras, irse con Claudio la muy putita, el collar moviéndose de un lado a otro frente a la puerta, tocando el timbre otra vez. Sí, era ella. Era domingo y no tenía a nadie a quien mandar al intercomunicador. El timbre sonaba como la alarma de un incendio. La chiquilla había apretado el dedo en el botón y seguía allí. Decidió que debía quedarse dentro de la casa. No tenía sentido contestar.

—Señora Lali. Señora Lali Reaño —gritó una voz en la calle—. Señora Lali Reaño, baje aquí.

Lali se alejó de la ventana. Los gritos seguían. Había que evitar las molestias de los vecinos que a lo mejor la habían visto. Tampoco convenía que alguien llamara a la municipalidad y que viniera el serenazgo. Se decidió. Ella tenía que salir a la puerta y confrontar a la muchacha. Marcó un número en el teléfono.

Lali bajó las escaleras, abrió la puerta lentamente, vamos a actuar con calma, lo primero es evitar que siga gritando, que los vecinos no se enteren, no hay que provocar un altercado. La vio por primera vez de frente. Por un instante, se quedó frente a ella. La chica estaba inmóvil. Los ojos fijos, la boca jadeando, los aretes moviéndose como campanas.

—Buenas tardes —dijo Lali.

—No sé qué tendrán de buenas, señora Lali. O más bien debía decir "señora Lali, puta de mierda" porque eso es lo que es usted, señora Lali.

—No sé quién es usted, disculpe. Y no sé por qué hace tanto escándalo en mi casa.

—Tú ya me conoces, puta. Hemos hablado por teléfono varias veces. Soy Jossy Sangama, la chica que estuvo con Claudio. La que se iba a ir hoy con él a Buenos Aires. ¿No sabes quién es él tampoco, puta? ¿No te acuerdas que te lo has estado tirando?

—Lo siento mucho, señorita. No le entiendo nada de lo que me dice. Disculpe que voy a cerrar la puerta.

Jossy dio un paso adelante. Estaba sosteniendo la manija.

—¿Crees que vas a cerrar la puerta?

Fue entonces que Jossy sacó un papel. Se lo había mostrado, como izando una bandera frente a ella.

Todo eso había ocurrido el domingo, tres días antes. Mejor era no seguir pensando.

El gimnasio estaba casi vacío a esa hora y tenía todo el espacio para estirar el cuerpo a sus anchas. Nadie la veía hablar consigo misma, alzar las manos, nadie podía oír sus gritos.

Lali terminó de trotar y se acercó a las barras. Sostuvo algunas pesas. Luego desistió. Sacó el celular y apretó un número. José, el chofer, le contestó.

—Ahora mismo la recojo.

—Después vas a buscar el auto en el grifo. Van a demorar, me dijeron, pero debe estar listo a las cinco.

—Muy bien.

Apenas subió al auto, Lali sintió el ruido musical. El nombre de Gustavo aparecía en la pantalla. Contestó:

—Sí, amor.

—Hola. No sé a dónde te fuiste.

—Te dije en la mañana que iba a salir a lavar el auto. Después fui al gimnasio. Ya mando recoger el auto luego —se detuvo, midiendo el silencio al otro lado, un silencio de asombro, de distracción, de dolor, la chiquilla con la que él había estado, que él había creído amar había aparecido ahogada, hubiera querido preguntarle, es verdad que has ofrecido dinero para el que descubra quién la mató, no puedo creer que has hecho algo así, pero mejor no preguntarle, era el momento de esperar que nada ocurriera, el tiempo y el silencio estaban de su lado, si dejaba que ellos actuaran, si la realidad seguía su curso normal, entonces nada, la muerte de esa chica entraría en la procesión de la rutina, del olvido, tantos muertos que hay todos los días, y tantas chicas, mientras tanto—: Ya me recogió José.

—Ya. Bueno…

Una pausa, el ruido de la calle.

—¿Vienes a la casa?

Lali se mordió los labios.

—Voy a pasar por allí.

—Pero quédate a almorzar, pues.

—Ya vemos. De repente paso por allí.

—¿Cómo te sientes?

—Bien. Todo bien en la oficina, felizmente.

—Ya. Yo ya voy a acabar aquí. Tenemos todo para hacerte tu tortilla que te gusta.

—No. Yo ya parto a una reunión.

Lali apagó el teléfono. Estaba sola otra vez, pensando en que debía distraerse, saber que la realidad iba a tomar su curso previsto, la rutina de nuevas sorpresas y pequeños escándalos, era un proceso que le convenía a la gente que estaba encima del mundo como ella. La consigna era hacer la mayor cantidad de estropicios sin que nadie lo supiera, y luego seguir.

Seguir adelante, no detenerse, no mirar. Inventar un viaje, algo. Llevar la realidad a otra parte.

Pensó en lo que podría prepararle a Gustavo esa noche, para cenar.

MIÉRCOLES, 3 P.M.

—Vamos a tratar de ordenarnos —dijo Sonia.

Estaban en la oficina. Abajo se movían pequeños objetos, animalitos en la vereda y la pista. Encima de la mesa, las fotos de Jossy tomada de la mano de Gustavo. Su ropa se había quedado con la policía. En algún momento debían dársela a la familia.

La ventana dejaba un resplandor inmóvil sobre las fotos, la maleta con la ropa, el nombre del hotel, la historia de amor de Jossy y Gustavo.

—Lo que nos dijo su amiga Betty es que el domingo por la tarde Jossy la llamó a decirle que Claudio se había ido sin ella. Pero también le dijo que subió al cuarto del tal Claudio en el hotel, y allí encontró algo. O sea, encontró algo en el cuarto, pero no le dijo qué. Le cortó rápido y no sabemos nada más. Tú ya habías visto sus huellas digitales en el cuarto.

—Sí, pero, como dices, nos falta hablar con ese tal John —dijo el Mocho—. Dicen que la llamó también. Él pudo haber sido.

—Acá tengo la dirección.

—Déjame ir a mí.

—Como quieras. A ver si entre hombres se entienden mejor. Además, como tú dices, todas las mujeres son iguales. Pero hay algunas más iguales que otras. Y yo me siento que soy igual a Jossy.

—Bueno, yo también.

El Mocho puso la pequeña grabadora en la mochila y se acercó a la puerta.

—No sabía que te interesaba también este caso —le dijo Sonia—. No nos pagan nada. Ya sabes eso.

—Yo fui el primero que la vi. Me parecía guapa la chica. Y parecía buena gente. Me siento recontra mal por lo que pasó. Así que también voy a ayudarte en esto. ¿Tú por qué lo haces?

Sonia se encogió de hombros.

—No estoy segura. Pero, pensándolo bien, voy contigo —le dijo—. Yo también quiero conocer a John.

MIÉRCOLES, 3 P.M.

El almuerzo estaba listo en la casa. Seco de carne, ensalada, arroz, una jarra de chicha. De postre, había fresas con crema, una preferencia de Gustavo.

Lali se había vestido de celeste para almorzar con él. Era una novia ansiosa de su prometido. Tenía la falda corta, zapatos de taco, un cinturón blanco. Él no tardaría en llegar.

Estaban comiendo juntos. Las flores del arbusto en la ventana se alzaban, martirizadas por el viento. En la cocina se oía el ruido de la tetera. Ella había hecho algunos comentarios sobre el clima, las novedades políticas y hasta los partidos de la Champions League que se anunciaban. El apenas había contestado. Seguían comiendo en silencio.

—Te noto triste, Gustavo. ¿Qué ha pasado?

—Nada. No te preocupes.

Gustavo terminó de comer. Se frotó con la servilleta. Se había negado a tomar el postre.

—¿No quieres un café? —dijo ella, extendiendo la mano.

—No, gracias.

—Bueno.

—Voy arriba un momento —dijo Gustavo.

Lali se sentó en la sala, cogió una revista, pasó las páginas. Iba a esperar allí para despedirlo en la puerta. Los sonidos de Gustavo en el baño llegaban más fuertes que de costumbre.

De rato en rato, alzaba los ojos de la revista. De pronto lo vio aparecer con su terno.

—Adiós.

Ella lo acompañó a la puerta.

Al quedarse sola, cogió el teléfono. No tenía mucho tiempo.

—Buenos días —contestó la señora Norma.

Siempre la voz dura y seca. La autoridad en el saludo.

—Buenas tardes, Norma —dijo.

—Señora Lali, qué gusto.

—Dígame, por favor. ¿Ha pasado algo? ¿Hay alguna novedad?

Un silencio lleno de pequeños ruidos al otro lado.

—No, señora. Todo bien.

—¿Está segura?

—Bueno, sí, ha pasado algo. Es que aquí en la oficina estamos un poco consternados. Esa chica Jossy, que estuvo aquí como practicante. Ha aparecido muerta, dicen.

—Ah, qué pena.

—A mí nunca me gustó esa chica. Pero, bueno, así pasan las cosas, señora Lali. La gente joven, siempre con una vida tan licenciosa, figúrese. En ropa interior, dicen que estaba. Imagínese, así la encontraron. Ahogada. Flotando en el mar, imagínese. Algo terrible. Pobrecita, y pobre su madre de enterarse quién era su hija.

—Sí, la entiendo. Es una lástima que pasen estas cosas.

La señora Norma bajó la voz.

—Nos llamaron el lunes a informarnos. Así que algunas chicas de aquí están un poco tristes también. Pero ya se les pasará. Tienen que seguir trabajando.

—Tiene razón. ¿Ha pasado algo más?

—No. Todo tranquilo, señora Lali. Sin novedad.

—Gracias, señora Norma. Gustavo está en camino para allá. No le diga que la llamé, por favor.

—Descuide, señora Lali. No le diré nada.

Lali caminó por la sala. Recordó que esa mañana Gustavo se había encerrado en su escritorio a hablar por teléfono.

Había que enfrentar la situación con calma, pensó. Quizá todo siguiera igual. Una chica muerta, un cadáver más, el mundo tendría que seguir, cada fracción de segundo había una persona menos, y nadie voltea a recordar al que cae, todos adelante con sus cosas, los que se quedan siempre para que los muertos no se noten.

Pero en este caso, ella tenía que estar lista en caso se descubriera lo que había ocurrido. No podía haber dejado ninguna evidencia y no había habido testigos. ¿En qué momento Gustavo había ofrecido un rescate a la policía?

Había que dejar que el tiempo pasara cuanto antes, era un modo de decirlo. Alzó el teléfono y marcó el número de José.

XIII

MIÉRCOLES, 4 P.M

—Estoy aquí afuera de la casa, señora Lali —dijo la voz.

—Entra por la puerta de atrás. Después subes.

Lali llamó a Gladys. Déjelo entrar a José, por favor. Se encerró en su dormitorio.

Sintió los pasos. Recordó otra vez que detrás de su piel oscura, ese hombre adusto, sentía algo por ella. Era probable que la imaginara desnuda cuando la veía. Sí, sí. Seguro que sí. Quizá por eso había hecho siempre lo que ella le había pedido, para servirle, señora, con todo gusto, señora. Además, podía percibir el temblor de sus ojos siguiéndola, lo que le provocaba un placer natural.

Él era el único que sabía.

Le había costado varios miles de dólares traer a Claudio, y creía haber conseguido librarse de la chica Jossy, pero solo hasta ese momento.

Quizá se había descubierto todo, debido a un error de la realidad. Las amantes de los maridos no debían llegar a las casas donde viven las esposas. ¿No lo sabía esa chica? Pero por qué.

La imagen del domingo en la tarde volvía. La chica en la puerta de su casa. Un papel en la mano. El anillo que ella conocía demasiado bien, brillándole en el dedo. Lo blandía de arriba abajo como si estuviera agitando una bandera. Era la nota que ella le había escrito a Claudio después de unas sesiones de amor. Era la letra del mensaje que ella le había dejado. Me hubiera gustado amarte, algo así le había escrito. Había firmado "Lali". Su nombre estaba allí. Mierda, mierda. Jossy lo había encontrado en el cuarto de Claudio, había encontrado el papel que ella le había dejado, eso sí que era un inconveniente, por decirlo así.

—Puta que esta es tu letra, Lali —gritaba alzando el papel—. No solo estaba tu nombre, sino que reconocí tu letra. Puta madre. Escribiste esto y lo dejaste en el cuarto después de estar con él. Claudio era enviado tuyo, puta madre. Tú lo mandaste, cómo no lo imaginé. Puta madre, qué tal mierda. Qué tal mierda de mujer que eres, puta de mierda. Yo ya había visto su letra en los mensajes que le dejaba a Gustavo en la oficina, y aquí dice tu nombre, Lali. Así que estuviste como una perra en el cuarto de Claudio en el hotel. Perra, una maldita perra, es lo que eres, Lali. Ahora lo sé, maldita sea, maldita sea, maldita sea. Y pensar que…

Durante los últimos días, la voz de Jossy se había ido apagando poco a poco. Pero ahora había vuelto.

Lali buscaba agazaparse en esa zona íntima donde se refugiaba de los ruidos de afuera, el lugar donde podía sentirse a salvo, un espacio íntimo, construido por años de esfuerzo. Desde allí, en ese silencio de su origen, podía lidiar con la miseria que la amenazaba. La voz parecía haberse congelado de pronto para dejar paso a un vacío largo en el que ella recuperaba el control.

Siguió recordando. Los ojos húmedos de furia, las manos temblando, las piernas firmes en la vereda, allí debajo.

—Yo no sé qué dices, hijita. Yo no tengo ni idea de quién es Claudio.

Jossy alzó el papel.

Lali vio su nombre al final del mensaje. Apenas se inmutó. Era su letra. Pero no lo iba a confesar. Y para que ella pudiera demostrarlo…

—Muy bien, vamos a hablar si quieres.

—Yo no quiero hablar contigo, puta. Yo quiero que me digas por qué me mandaste a ese desgraciado. Puta que tú no mereces ni a Gustavo ni a nadie. Eres una perra maldita, eso es lo que…

Felizmente, Jossy se había echado a llorar. En ese momento Lali se dio cuenta de que podía deshacerse de ella.

—Ven, vamos. Quiero decirte algo, pero no aquí. Voy a llevarte donde Claudio para que lo veas, para que le digas lo que piensas de él. Ven, vamos al aeropuerto para que lo veas —le dijo Lali mientras señalaba el auto estacionado.

Jossy se quedó en silencio, los ojos líquidos, evaluando su propuesta. Lali sacó las llaves de la cartera. Jossy estaba allí, junto a ella.

—Quiero hablar con Gustavo —le dijo.

—Gustavo ha tenido un accidente. Sigue en la clínica.

—¿En cuál?

—Eso no te lo voy a decir. Ven, vamos a ver a Claudio.

—Voy a entrar a la casa. Quiero hablar con Gustavo.

Lali la cogió del brazo.

—Ven, sube al auto —le insistió—. Ven conmigo. Quiero que veas a Claudio, ven conmigo. Claudio tiene algo que decirte y yo te voy a llevar.

Algo se iluminó en la cara de Jossy.

En ese momento Lali estaba pensando en lo que iba a hacer. Debía mantenerse extremadamente lúcida mientras escuchaba los insultos de Jossy. Sabía que lo último que debía hacer era pelear con ella. Solo debía darle indicaciones. La chica estaba perdida y confundida entre sus gritos, debía aprovecharlo.

Lali subió al auto y para su alivio vio a Jossy subir a su lado.

La voz continuaba, Jossy mirándola, sentada junto a ella, una mano aferrada a la consola, eres una perra como todas, nadie se merece estar con alguien como tú, pobre Gustavo, pobres tus hijos por tener de madre a una mierda como tú, si quieres vamos a ver a Claudio para que nos diga lo que ha pasado.

El ruido seguía adelante mientras ella miraba el teléfono.

Allí estaba el mensaje de José. Estaba en camino, pronto iba a ver su auto detrás.

Lali arrancó y apretó el acelerador.

—Ahora vas a saber la verdad —le dijo.

Eso había pasado tres días antes y en ese momento José estaba subiendo las escaleras. Iba a entrar a su cuarto.

MIÉRCOLES POR LA TARDE

El Mocho manejaba el auto por las pistas empedradas.

—Es aquí —dijo.

Se cuadraron. La calle era una capa de cemento con agujeros, una vereda rajada, ventanas de barrotes negros. Encontraron el número. Una puerta de madera con manchas.

La cabeza de un muchacho apareció.

—¿John Casas?

—Soy yo.

—Buenos días. Soy Sonia Gómez y aquí, mi asistente. Quisiéramos conversar un ratito, por favor.

El chico los miraba. Los ojos parecían pesarle.

—De qué.

—Estamos tratando de saber quién mató a Jossy. ¿Nos podrías ayudar?

Sonia se dio cuenta de la cara húmeda, recién lavada. John tenía hombros tristes, caídos por debajo de su nivel.

Un silencio breve. Una mano apretando la manija.

—¿Ustedes me pueden decir quién la mató?

La voz era grave y clara.

—¿Podemos pasar? —dijo el Mocho.

Entraron a una sala pequeña. Muebles morados y un piso de rombos verdes. Había un cuadro grande de una mujer mayor, vestida de negro, y algunos paisajes de lagos de la selva.

—Siéntense donde quieran. No hay mucho sitio —dijo John.

Los tres se sentaron. Sonia vio un grupo de botellas de cerveza vacías, arrumadas en la esquina.

—Tú fuiste el novio de Jossy durante un tiempo allá en Tarapoto —le dijo el Mocho.

—Sí, y luego la seguí aquí, a Lima. Pero ya era demasiado tarde. Ella ya estaba tomada por esta ciudad de mierda.

—¿Por qué dices eso?

—Había estudiado en una de esas academias para secretarias. Donde las mujeres van a pervertirse. Allí fue, por eso pasó lo que le pasó a mi Jossy.

—¿Y hablaste con ella de eso?

—Sí, pero no me hacía caso. Estaba ilusionada, la pobre. Se enamoró de un desgraciado, maldito. Era su jefe. El señor Gustavo Rey. Ustedes ya deben saber eso.

—¿Tú crees que él la mató?

—Yo quería tener un negocio. Quería trabajar mucho, porque iba a estar con ella. Si ella hubiera estado conmigo, yo hubiera querido ser el mejor. El mejor para ella.

—¿Y qué pasó?

—No sé. Se enamoró de ese hombre. Gustavo Rey. Búsquenlo a él. Él tiene que haber sido el que la mató, seguro. Ella le pidió casarse o dejar a su mujer seguro. Seguro que fue así. Ella no se conformaba con ser su amante. Jossy era muy decente. No iba a aceptarlo. Seguro que ella le reclamó, quería casarse. Entonces él tuvo que matarla para seguir con su vida, o sea para que ella no lo siguiera molestando.

—¿Por qué crees eso?

Un ruido de motores que venía de la calle. El piso vibraba. John se cubrió el rostro.

—Por como la veía. Estaba horrible. Transformada.

—¿O sea, cómo? —dijo el Mocho.

—Se vestía con falda, se ponía tacos, se pintaba. No era ella. Era la que habían querido que fuera. Estaba horrible.

—Solo una pregunta para aclarar cualquier cosa —le dijo Sonia—. ¿Qué estabas haciendo el domingo por la tarde, cuando ella murió?

John los observaba. Sus ojos eran puntos luminosos.

—Fui a misa el domingo por la tarde. Estaba rezando por ella, la verdad. Pueden creerme si quieren. No me importa. No sé qué voy a hacer.

—¿En qué iglesia? —dijo el Mocho.

Sonia le hizo un gesto. No valía la pena seguir. John miraba hacia abajo.

—Ese tipo, Gustavo —dijo—. Él la mató. Estoy seguro. Ella le iba a decir algo a la esposa y por eso él la mató. Más fácil esconder el cadáver de una chica como Jossy que divorciarse de la señora de Rey. Para amantes, él podía escoger cualquier otra. Pero para mí, Jossy era única. La única. Esa es la diferencia entre ellos y nosotros. Ellos tienen de todo. Hasta las vidas de los demás las tienen. Nosotros tenemos pocas cosas, pero quieres que te diga algo. Esas pocas cosas las queremos mucho. Quiero mucho a mis amigos y a mis padres. Y le rezo todos los días al Señor, y le agradezco por mandarme a Jossy. Éramos el uno del otro. Ellos, en cambio, ellos tienen tanto que no les importa nada.

John se quedó en silencio. Los ojos inflamados miraban hacia abajo.

—¿Sabías que ella iba a dejar a Gustavo? Hasta llegó a hablar con él. Estaba enamorada de otro tipo. Un argentino al que conoció.

John observó a Sonia como a un ser extraño. Acababa de decir algo que no comprendía.

—Me dijo que había conocido a otro hombre. Pero no sé quién es.

—El domingo iba a irse con él a Buenos Aires.

John se puso de pie, fue hasta la pared, luego volteó hacia ellos. Estaba apoyándose en la espalda, con las manos atrás.

—No es verdad, no es verdad —dijo—. No sé qué hablas, oye.

—Bueno, es así, pero creo que mejor no seguir con esa historia

—No es verdad lo que dices. ¿Se iba a ir a dónde?

—Bueno, gracias —dijo Sonia, levantándose—. A lo mejor nos vemos de nuevo. Te doy mi teléfono. Avísame si sabes cualquier cosa, no te olvides.

El chico se quedó mirando la tarjeta. No se movía.

Sonia y el Mocho salieron a la calle.

—Demasiado tonto y noble para matar a nadie —dijo Sonia.

—No sé qué decirte. A lo mejor estaba metiéndonos su teatro también.

—¿Qué hacemos?

Los carros avanzando delante de ellos. La estela de un ruido furioso. De pronto entraban en otra dimensión y se perdían en una cortina de polvo.

Sonia se detuvo a mirar la calle. Las caras de los choferes fijas, esos ojos inmóviles, hechos de una tristeza de piedra, mirando hacia adelante. Todos iban en una dirección desconocida, gente que iba a trabajar o que estaba huyendo, o que daba vueltas sin sentido, como todos los demás. En realidad, pensó, todos huían de su pasado, a toda velocidad, en todas las pistas del mundo. Pero siempre regresaban al lugar del que habían salido.

¿Qué sentido tenía formar parte de eso? Lo normal hubiera sido que ella dejara esa pesquisa sobre la muerte de Jossy a la policía, y también que dejara la ciudad y que se fuera con su hijo a algún lado. Quizá de regreso a Cajamarca. Podía buscar un trabajo allí, enseñando algo. Debía dejar ese laberinto de ruidos.

Pero sentía que no podía hacer eso. Nunca había conocido a Jossy. Pero tenía que saber quién la había matado. Y lo de Gabriel, algún día iba a saber quién lo había matado también.

—Creo que voy a visitar al señor Gustavo Rey —dijo Sonia—. Hace tiempo que quiero conocerlo. Tú anda y hazme un favor. En el grifo de Miguel Dasso, en una esquina, la señora Lali de Rey dejó su carro para que lo lavaran. A lo mejor está allí todavía. Acá está el número de placa, toma. Trata de ver qué puedes encontrar allí.

MIÉRCOLES POR LA TARDE

Lali estaba sentada en su cuarto. Mientras estuviera sentada allí, todo iba a ir bien.

Algo se movió en los alrededores. Volteó.

—Sí, señora Lali —dijo José desde el umbral—. Usted quería hablar conmigo.

—Quiero que vuelvas a contarme todo lo del domingo. Vino una detective y, bueno, hay que estar preparados, José.

—Sí, pero no creo que tenga nada de qué preocuparse.

Lali lo miró. Frente a ella, erguido e impasible, José parecía un soldado que le hacía la guardia a un palacio. Estaba en su puesto. Había visto llegar a la detective desde la esquina. Sabía todo lo que pasaba en la casa y sus alrededores.

—¿Por qué crees que no debemos preocuparnos?

—Porque no tienen pruebas de nada, señora. Nadie nos vio, nadie la vio a usted. No se preocupe. Se lo digo yo que he estado en la policía.

—Bueno, ya. ¿Estás con el auto?

—Fui a recogerlo, pero todavía no estaba listo.

Lali caminó por el cuarto. Sintió los ojos de José que la seguían.

—Ahora vuélveme a decir, José. ¿Qué hiciste con el cuerpo?

—Lo empujé al agua hasta que se lo llevó el mar. No había otra cosa que hacer, señora. Alguien podía vernos si la sacábamos, ya sabe.

—¿Allí mismo?

—Allí mismo. La tiré al mar, señora. Le quité la ropa antes para que fuera más difícil reconocerla.

—¿Y qué hiciste con la ropa?

—La puse en una bolsa que encontré por allí y la dejé en un tacho de basura.

Lali bajó la cabeza. Estar con José la calmaba por el momento. Había una paloma atrapada entre las rejas de la ventana. Daba aleteos que chocaban contra el vidrio.

—Muy bien. Puedes retirarte, José.

—Estaré atento, señora, para cualquier cosa.

—Gracias.

José desapareció.

Lali liberó a la paloma que salió volando enloquecida. Caminó por el cuarto. Gustavo tardaría en volver. No iba preguntarle nada acerca de la desaparición de la chica ni él iba a mencionárselo, por supuesto. Ni hablar.

Bajó las escaleras, se sentó en la sala. De pronto oyó el ruido de la puerta que daba a la cocina.

El escenario se estaba moviendo. Alguien había entrado al cuarto. Era la figura espigada de su hermano André, silencioso como un tiburón.

Su hermano André de siempre. El mismo. Pantalón verde, camisa amarilla, y el alma negra.

—Hola, Lalita.

—¿Qué haces aquí?

—Visitándote. La empleada me dejó entrar. ¿No puedo visitar a mi hermana acaso?

—¿Desde cuándo estás allí?

—No importa. Te digo algo. Me he enterado de todo lo que ha pasado.

Ella sintió que el piso se abría en sus pies, pero se controló.

—¿Te has enterado de qué?

André alzó la mano, apuntó a la ventana y luego se la llevó a la boca con una sonrisita.

—Todo.

—No sé qué hablas, hermanito.

Había logrado que su voz sonara tranquila.

—Bueno, te contaré, pues. Mira, hermanita. Ay, no sé, me encanta llamarte así. Hermanita.

—Ya córtala, oye.

André seguía sonriendo.

—Bueno, mira. Te voy a contar una historia, a ver qué te parece. Un marido le dice a su esposa que se ha enamorado de una chiquilla que trabaja en la oficina. Hasta allí, todo normal. Entonces la esposa se hace la comprensiva pero secretamente contrata a un muchacho que viene del extranjero. Cómo la ves. Bueno, seguimos. Por encargo de ella, un argentino guapetón y experimentado viene, seduce a la chica, provoca que se separe del marido y luego se va a su país. Tan simple como eso. Hasta allí, todo bien también. Pero algo falla. Pasa que la chica se entera de lo que ha pasado o lo deduce, más bien. Resulta que el argentino ha estado acostándose no solo con ella sino también con la esposa que lo contrató, qué te parece.

Lali lo escuchaba sin mover un músculo. La voz cantarina se parecía a la de los pájaros que acosaban su ventana.

—¿Sigo? —dijo André.

Lali encogió apenas los hombros.

—Tus historias siempre me parecieron entretenidas, hermanito.

—Claro —sonrió—. Voy a seguir, pues. Entonces un domingo por la tarde viene la chica y le reclama a la esposa lo que ha hecho. La esposa la engaña, la lleva a la playa y paf, se acabaron los reclamos de la chica. Fin del problema para la esposa. O empiezan los problemas, no sé cómo decirte.

André le ofreció una sonrisa. Un rayo de sol había logrado infiltrarse entre las nubes y tocaba la ventana. La camisa de André relucía en ese momento.

—No sé por qué dices todo eso.

—José es mi amigo. Me dijo que podía interesarme esta historia.

—Por Dios.

—No te preocupes que tu secreto está a salvo conmigo. Por ahora.

—No sé qué me estás diciendo, André. Te diré que todo esto que me cuentas me llega a la teta, así que no me jodas. ¿Cómo has entrado a la casa?

—Ya te dije que la empleada me dejó entrar.

—Voy a despedir a la empleada entonces.

André se sentó. Se veía bien allí, como si fuera un habitante natural de ese espacio, un tigre acomodándose en sus dominios de la selva.

—No te preocupes que si quieres puedo olvidarme de la historia. Pero quiero algunas cosas a cambio, por supuesto.

Lali se quedó en silencio. Era mejor desconcertarlo. Lo había sabido desde las primeras aventuras con su hermano, el día del santo de su padre, cuando ella recibió el abrazo y André una palmada en el hombro, la salida del colegio cuando André dijo que se iba a París y que no volvería nunca, la boda con Gustavo a la que él nunca llegó, y el retorno después de haber dado vueltas por varias ciudades de Europa, ahora que estás casada con un hombre tan rico, quisiera ver si puedes ayudarme, hermanita, necesito comprarme una casa, cerca de la tuya. En la avenida El Golf, de preferencia. Quisiera que estemos cerca, además, yo sé todo lo que pasa por aquí, ya te das cuenta de eso.

Era su gran historia con André, ella como la pecadora que su padre había condenado al infierno de su familia y él refugiado en los brazos de su madre, que se había enfermado demasiado joven para protegerlo.

Su padre, sí. El viejo y sus hijos y ella. Ella siempre, en el centro de la creación. Desde que su padre le había susurrado sus maldiciones en la cuna, había creado una burbuja de acero a su alrededor. Las cosas siempre habían ocurrido para que esa cuna nunca dejara de moverse. Era una niña que recibía las caricias lascivas de su padre. Pero luego había sufrido los insultos y golpes de su padre, y de todos los hombres también. Su padre era el dueño del mundo. Y ella quería seguir controlando el mundo en vez de él. Su padre y ella siempre habían despreciado a su hermano André, y a los otros hermanos que prefería no nombrar. Pero alguna vez André le había dicho algo que la había inquietado, le había dicho que su padre la había acostumbrado a odiar a los demás hombres. Era su mensaje de siempre. Su padre la cargaba, la ponía sobre la mesa de la cocina. Y los trajes y las salidas y los regalos, mientras André se quedaba cogiendo del brazo a su mamá.

En una ocasión, Lali había escrito algo: "Gozo sobre todo atrayendo la atención de los hombres para poder humillarlos. Me interesa que estén circulando a mi alrededor hasta formar un anillo con ellos, encerrarlos para quitarles todas las salidas, hacer un anillo de caricias y trampas del que no pueden escapar. Entonces, puedo darles órdenes como la hora en la que deben recogerme, la ropa que deben usar y los lugares a donde quiero que me lleven. También les digo a qué velocidad deben conducir sus autos y su vida. Me gusta sentir su rencor cuando los insulto y también disfruto de su risueña resignación cuando les exijo que se disculpen conmigo. Es algo sin lo que no podría vivir. Y todo se lo debo a mi difunto padre. Solo quiero estar con él y me da mucha felicidad acabar con los que quieren quitarle el trono".

Recordaba bien ese mensaje en su diario pues lo había destruido poco después de escribirlo. No le daba vergüenza ser así. Era lo que la hacía superior. En realidad, ¿qué se habían creído los hombres? ¿Quiénes eran ellos? Por eso también había humillado a Gustavo, con todas sus ínfulas de muchacho rico. Lo había envuelto en el papel de regalo de su cortesía de niño bien, había sonreído a sus hoy difuntos padres, y se lo había tragado con un sorbo de champán el día de su matrimonio. Las fugas y aventuras de su marido solo la incentivaban a humillarlo más. Su madre, sus primos y sus tíos habían aceptado ese designio.

Luego, el mundo dominado por los hombres se había resignado ante ella. El universo era una pista platinada llena de agujeros y baches, pero ella se deslizaba por allí como una bailarina profesional. Con las amantes anteriores de su marido, una amenaza o una oferta de dinero habían bastado. Pero ahora había encontrado a una chica distinta a las otras. Alguien que se había resistido, incluso se había rebelado. Estaba asombrada, no apenada, de lo que había hecho con ella. Debía mantenerse tranquila entonces. Nadie debía saber. Solo José sabía. Y ahora su hermano André parecía saber la historia. Ese era su hermano, el que movía los pies como un niño en el sofá de su casa en ese momento.

Debía despedir a José después de saber que le había contado la historia a André, pero no podía despedirlo después de lo que había hecho. Era una situación especial. José la había ayudado, no hubiera podido terminar ese domingo sin él. Pero también la había traicionado. Solo había una explicación y mientras miraba a André, siempre tan sonriente, una grave sonrisa la iluminó a ella también.

—Ya te haré llegar mi propuesta, hermanita —dijo André.

De pronto estaba sola, con el sonido de los autos de la avenida El Golf.

André había desaparecido, como un fantasma.

Lali se quedó mirando el jardín. Una ráfaga de viento estiró las flores. Lo más probable era que André le hubiera pagado un buen billete a José. En ese momento, todo estaba claro. José, su chofer, y André se estaban acostando. André le pagaba una propina, y se apoderaba de su cuerpo y de sus secretos.

Un ruido la interrumpió. De pronto cogió el teléfono.

—No voy a dejar que me chantajees, huevón.

MIÉRCOLES POR LA TARDE

Sonia llegó al edificio, se anunció en la recepción principal y pidió hablar con la secretaria del señor Gustavo Rey. Cómo se llama ella, le preguntó al hombre uniformado que manejaba el teléfono. Es la señora Norma, le contestaron.

—Señora Norma —dijo sosteniendo el auricular.

Una voz grave al otro lado.

—¿Sí?

—Mi nombre es Sonia Gómez. Vengo a ver al señor Gustavo.

Una pausa, un ruido de teclas, una pausa.

—Disculpe. ¿Viene de alguna empresa?

—No. Soy detective y creo que le interesa saber lo que quiero decirle. Es sobre Jossy Sangama.

Un silencio corto.

—Ya hablamos con la policía sobre eso, señorita.

—Pero yo tengo algo que decirle que la policía no sabe. Estoy segura, de verdad, que a su jefe le gustaría oír lo que vengo a decirle.

Un ruido de papeles, unas voces distantes.

—No veo que tenga cita con él, señorita Gómez.

—Dígale, por favor, que sé algo de Jossy Sangama. Y también que soy amiga del mayor Carrillo. —Después de dudar, agregó—: Yo sé algo de todo lo que ha pasado. Si quiere puede decirle eso también.

Sintió un murmullo, un largo silencio. De pronto se oyó la voz.

—Páseme con el vigilante —dijo.

Sonia le pasó el teléfono al guardia que escuchó lo que le decía la señora Norma con monosílabos. El tipo colgó, le pidió un documento y le dio una contraseña a Sonia.

—Sétimo piso —le dijo.

MIÉRCOLES POR LA TARDE

El teléfono estaba hecho de un tipo de plástico, pero parecía de metal en ese momento. Le helaba las manos.

—Pero no te pongas así, hermanita —dijo André—. Papá siempre te prohibía usar ese lenguaje.

—No me vuelvas a querer engañar —dijo Lali a su hermano—. Ya me di cuenta de todo lo que está pasando, huevón. Siempre fuiste un puto.

Lali se estaba riendo. La voz de su hermano llegó dulce y grave.

—Por Dios, Lalín. ¿Por qué crees que te estoy engañando? Te estoy ofreciendo un trato nomás. Un trato puro y transparente como el agua, hijita. Si no, me iría derechito a la policía, hermanita.

La voz de André se movía en el aire como un colibrí.

—Me cuentas una historia increíble. ¿Quién te ha dicho eso?

André se encogió de hombros con una sonrisa.

—Me lo ha dicho alguien en total confidencia. Pero tú ya me conoces. Los secretos no van conmigo, hermanita.

—Tú lo único que quieres es sacarme plata, chantajearme como siempre. Tú no sabes nada sobre mí.

—Pero…

Lali cortó.

El retrato de la madre de Gustavo en la pared la observaba, amenazante. Necesitaba salir de allí.

Marcó los números en el celular. La voz de José.

—Por favor. Trae el auto del grifo. Ya debe estar listo.

—Sí, señora.

—Pero deja la llave en la entrada y vete. No quiero verte ahora.

Colgó.

Sonia entró a una sala de alfombras gruesas, ventanales con marcos de acero, y algunos cuadros y plantas colocados a discreción en las paredes. Una señorita de gesto fruncido pasó a su lado con unos sobres.

La señora Norma estaba sentada, con la cabeza fija en la pantalla.

—El señor Rey la atenderá en un momento —le dijo, sin mirarla.

La gente avanzaba por el pasillo mirando algún papel. Todos vestían ternos o trajes y parecían estar yendo a toda prisa a una reunión.

De pronto Sonia pensó en que su amado Gabriel había estado antes en ese mismo lugar. No sabía por qué. Ese guardia la había reconocido.

Algo se movió en el ambiente, hubo un ruido de teléfonos, voces que contestaban y, de pronto, apareció un hombre alto, la cabeza bordeada de canas, el terno luminoso. Su corbata roja lo atravesaba como una estaca que lo fijaba a la tierra, abasteciendo su vientre de sangre.

El hombre tenía una mano aferrada a un cartapacio.

—Señorita Gómez —dijo—.

Sonia notó un pliegue de inseguridad en los labios.

—Señor Rey. Vengo a hablarle de Jossy.

El hombre miró a un costado, al aire vacío. Luego pareció retomar el control. Dobló las manos detrás de él.

—Pase —dijo, mientras daba media vuelta.

Sonia entró a la oficina. Unas plantas altas y esbeltas con flores amarillas en la esquina. Era el único color en la habitación de paredes limpias, un escritorio de madera cubierto de una lámina de vidrio y una foto del señor Rey encima de un velero.

Sonia se quedó mirando la imagen.

—Buena foto —le dijo, con una sonrisa.

—Me la tomé en Miami —murmuró a su vez el señor Rey-. Estuve allí hace poco.

—Claro —dijo Sonia—. Ya me había enterado. Usted tuvo que dejar a Jossy en Lima. Milagro que ella no fuera con usted.

El señor Rey se acomodó en el asiento. Sonia continuó.

—Aunque supongo que tendrían problemas con la visa. Curioso pensar que si se la hubiera llevado, a lo mejor ahora ella estaría viva.

El señor Rey se movió apenas, alzando una mano.

—No voy a molestarme en contradecirla —dijo—. Pero si viene a hablarme de mi vida privada, me siento aliviado porque no pienso entrar en eso. Pensé que venía a contarme algo más sobre la investigación.

—Como bien sabe, usted es un sospechoso principal.

El señor Rey sonreía.

—No veo por qué.

Sonia estiró las piernas. Vio otra foto del señor Rey con su esposa y sus dos hijos. Todos sonrientes y montados en caballos.

—Por la historia típica —dijo ella—. Usted ya sabe, señor Rey. Hombre casado con plata seduce a chica provinciana y llena de sueños. Chica quiere casarse con hombre. Hombre la rechaza. Ella lo amenaza con decirles a todos que ha estado con él. Eso ha pasado millones de veces, señor Rey —dijo, alzando los brazos—. Usted se lo sabe de memoria.

—¿Cómo?

—Siempre pasa. Usted ya sabe cómo es.

Gustavo Rey le sonrió.

—Usted se cree muy inteligente, señorita.

—Dígame entonces cómo fue.

—No es así, pues. Usted, como detective, debería saber un poco más de la vida. No se deje llevar por las películas, por favor.

—Solo hay una cosa que me hace dudar de que usted la mató, señor Rey. Y es que creo que la amaba realmente. Aunque puede ser que la matara precisamente por eso.

En ese momento, la señora Norma entró con unos papeles. El señor Rey se inclinó un momento a firmarlos. Mientras tanto, la señora miraba a Sonia con una luz fija.

Cuando el señor Rey terminó de firmar los papeles, la señora Norma murmuró algo en tono satisfecho, y cerró la puerta.

—También me confunde un poco que ofreciera dinero a la policía para ver quién la había matado. Para algunos, eso significa que usted es el culpable, pero no sé. Porque ahora yo creo que la mató otra persona.

Los ojos de Rey se abrieron.

—Solo pedí que me ayudaran a saber. Aunque me cueste algo. Lo mismo le digo a usted. Que me ayude a saber quién la mató. Pero que todo quede entre nosotros, por favor.

—No se preocupe. No he traído grabadora. Puede decirme lo que piensa.

—Fíjese, la he dejado entrar porque pensaba que podía decirme algo sobre por qué murió. Pero si no sabe nada, si lo único que quiere es interrogarme, mejor es que se vaya.

Es verdad, quiero saber quién la mató. Ella trabajaba aquí y le tenía cariño. Lo que no entiendo es por qué se interesa usted en este asunto. Usted no es de la policía, según puedo ver.

—Ahora ando por mi cuenta.

—¿Entonces tiene un cliente que le ha pedido que venga?

—¿Usted sabía que ella se enamoró de un chico argentino que vino a seducirla?

—¿Vino a seducirla?

—Especialmente contratado. Y yo creo que alguien le pagó a ese chico para que sedujera a Jossy. Alguien que usted conoce, señor Rey.

Gustavo se había quedado inmóvil en su silla. La miraba con los ojos helados.

—No puede ser —murmuró.

—Por eso es que ella lo dejó. O sea, la noche que usted tuvo el accidente ella le dijo que había conocido a otro. Era porque estaba enamorada del chico argentino ese.

Gustavo bajó la cabeza.

—Creo que lo mejor es que se vaya. No puedo seguir escuchándola. ¿Quién la ha mandado aquí?

Sonia dobló las manos en el regazo, como atendiendo una oración.

—Voy a descubrir quién lo hizo. No por usted, sino por ella. Demasiadas chicas engañadas sin que nadie haga nada. ¿No cree?

—Yo no la engañé.

—Usted no es lo peor de esta historia, descuide.

Gustavo la observaba.

—¿Quién trajo a ese argentino? ¿Me está diciendo la verdad?

Sonia puso una mano en el escritorio de Gustavo. Empezó a mover los dedos sobre la madera.

—Usted tiene su cerebrito y puede darse cuenta, señor Rey. Hay mucho en juego. Mire todo lo que ha conseguido en esta oficina —dijo Sonia, extendiendo un brazo.

—Con mi esfuerzo.

—Claro que sí. Buenas tardes.

Sonia se puso de pie. Lo observaba desde allí. No. En ese momento le parecía imposible que él la hubiera matado.

—No sé qué quiere decir, pero no quiero saber tampoco —dijo Gustavo.

—Gracias por recibirme, señor Rey.

Al salir, vio la figura huesuda de la señora Norma inclinada sobre la pantalla. Pasó junto a ella. Adiós, señora Norma, le dijo, sabiendo que no recibiría respuesta. En la calle, se detuvo un momento. La gente pasaba a su lado.

Había que descartarlo. La sorpresa de su rostro parecía genuina. De pronto sonó el teléfono.

—Encontré algo —dijo el Mocho.

—¿Qué?

—Ahora te lo llevo.

—Muy bien. Te veo en la oficina.

Sonia paró un taxi. El chofer, por algún motivo, era muy parecido al señor Rey. Era como si la estuviera siguiendo.

MIÉRCOLES EN LA NOCHE

Lali vio a José entrar a la casa. Se acercó a él. Lo miró como si recién lo conociera. Sintió el impulso creciendo en todo el cuerpo.

—Te dije que no entraras.

—Pero…

Alzó la mano y la estrelló en la mejilla del chofer. La piel le ardía. Estaba asimilando la furia y el desconcierto en la mirada de José.

—Señora Lali, por favor…

—Mi hermano André vino a verme.

José bajó los ojos.

—Sí, señora.

Lali lo miró a la cara.

—¿Han estado tirando André y tú? Dime la verdad. ¿Cuánto te pagó?

José dio un paso atrás. Puso las manos en la espalda.

—Señora, por favor. Cómo puede decir eso. Por favor. Usted me ofende, señora. Con todo respeto…

—Nada de respetos. Dime la verdad.

—¿Qué verdad, señora?

—André sabe todo lo que pasó. Ahora mismo vas a decirme todo lo que hablaron.

—Nada, señora.

Lali cogió un cojín y lo envió a la cara de su chofer.

—Me has traicionado, José. Nunca pensé que…

—Disculpe, señora. Quisiera disculparme. Quisiera ayudar en lo que pueda. Bueno, no sé. No le permito que me ofenda, señora. Eso no se lo permito. Por favor. Yo estoy para servirle, usted ya sabe…

Lali lo miró. José tenía el saco pulido, las orejas altas y frágiles, la boca descolgada. El hombre hacia esfuerzos para no agachar la cabeza. Pensó que sería mejor tenerlo cerca.

—Ya hablaremos. Por ahora, llévame al gimnasio que necesito pensar un poco.

El teléfono empezó a sonar.

Era Gustavo. Mejor no contestar por ahora. Ya pensaría en algo. Tenía que irse de allí.

Lali se montó en la caminadora y empezó a correr hacia la nada. Los golpes se repetían. No debía tener miedo, pac pac. José había empujado el cuerpo, pac. Era una tarde de invierno y no había nadie en el muelle, pac.

Se detuvo. Se sentó con una toalla en la mano.

No, no. Era imposible que pudieran descubrir lo que había pasado. Lo sabía José y ahora también su hermano André, el cabrón. Pero ellos nunca iban a ir a la policía. El problema era que André fuera donde Gustavo, por supuesto. ¿Pero qué podría hacer Gustavo si se enteraba? ¿Qué podía hacer? Ella iba a negarlo todo, iba a negarlo todo. No había testigos. Claro, claro. Podía decirle a Gustavo que era un invento de José, azuzado por su hermano, que quería culparla para quedarse con la herencia de su madre, cuando muriera. Sabía que, si ella no estaba para atenderla, su madre moriría pronto.

Eso le diría a Gustavo.

Fue a la bicicleta estacionaria. Así que podía estar tranquila, pensó, mientras golpeaba los pedales. Lo más conveniente en ese momento era incriminar a Claudio. Llegado el caso, diría que quizá él mató a Jossy. Pero nadie debía saber que ella lo había traído. ¿Debía hablar con Leticia Larrea? No, no. Claudio estaba fuera del país y resultaría difícil que lo encontraran. No era su nombre, además. Mejor buscar otra historia.

Volvió a subir al aparato. Mientras seguía moviéndose, las palabras de esa chica llamada Jossy retomaban su curso. Las podía oír por encima del ruido de la bicicleta, de las frases de la televisión a sus espaldas, de los jadeos de los que corrían a su lado. ¿Qué le había dicho? ¿Usted fue la que organizó todo, usted me mandó a Claudio, usted le pagó para que me engañara? Si no tienes las agallas para retener a su marido, por qué mierda tienes que recurrir a unos putos de mierda que vienen de cualquier parte para hacer el trabajo sucio y, además, cómo mierda pude yo caer en esa basura.

Lo vio todo claro otra vez.

En algún momento, Jossy se sacó del dedo una sortija de compromiso que, según ella, Gustavo le había dado. Esto fue lo que me dio Gustavo, para que me casara con él. Pero te lo doy a ti, puta. Tú estás casada con él, así que es tuyo. Pero ¿por qué me das esa sortija? Vámonos donde Claudio, vámonos al aeropuerto para que te vea. Tú no me estás llevando donde él. Claudio ya se fue hace rato de aquí. Me voy a bajar del auto, señora Lali, mejor dicho, puta Lali. No sé qué hago aquí ni a dónde me llevas. Pero voy a enseñarte algo que Claudio te dejó. Mentirosa de mierda, mentirosa, mentirosa.

Pero ya era demasiado tarde, porque la señora Lali estaba aferrada al timón, bajando al Circuito de Playas, volteando a la derecha hacia Magdalena, entrando a la avenida casi vacía a esa hora del domingo, a la izquierda las columnas nebulosas y blancas de las olas, en la velocidad sin tiempo, junto a su pasajera.

Aceleró con el auto de José en el espejo, mientras apretaba los dientes, sabiendo que debía hacer algo antes de llegar al final de la ruta. Había tomado la determinación con placer, casi con tranquilidad, era lo que siempre había querido hacer después de todo, y sentía una furia en todo el cuerpo, la determinación de acabar con la voz de esa chica para siempre. Vio la saliente de La Punta al fondo, y le pareció que el movimiento de las olas, con sus cintas blancas, era una bienvenida de la naturaleza, la playa estaba casi vacía en esa tarde de cenizas, algunas gaviotas perdidas, cada vez menos. Había llegado a Magdalena, el mar abierto y un muelle de piedras a su izquierda, y nada más.

Seguía avanzando mientras Jossy decía con la voz enronquecida por la rabia, así son ustedes, unas putas hipócritas, las mujeres como tú, Lali, las que piensan que el mundo es un burdel y que buscan siempre tener su cuarto separado en los burdeles para que nadie las vea. Putas de mierda, como tú.

Lali subió en la salida de San Miguel, dio la vuelta, pasó por encima del promontorio y entró a la calle La Paz. De pronto volteó otra vez, pero a dónde va, le dijo Jossy.

El auto volvió a enrumbar hacia el Circuito de Playas. Un muro de adobe y polvo, la tierra sembrada de piedras, dar la vuelta mientras esa voz seguía, las cintas del mar a su derecha. Una fila de gaviotas se había alineado como un auditorio indiferente sobre el cable que conectaba los postes. La masa de agua avanzaba hacia ella. Fue en ese momento que Lali frenó y dobló a la derecha, había llegado a un lugar de estacionamiento frente a la playa, unas veredas, algunos postes, cuatro cubos de basura de colores, caminos de cemento y el mar al fondo, un muelle de piedras. Pensó que allí podría dejarla y escapar.

—Voy a decirle todo a Gustavo —dijo Jossy.

Entonces, Jossy abrió la puerta y se echó a correr hacia la playa.

Estaba oscureciendo, Lali vio un cartel que decía playa peligrosa al fondo. Empezó a correr detrás de Jossy. Tenía en la mano la pistola que guardaba para casos de asalto y secuestro, la tenía en la mano derecha y le pesaba. Gustavo siempre le había dicho que la pistola estaba allí, esperándola, en caso la necesitara. Tenía el viento en los ojos.

En ese momento, Jossy era una figura negra que se recortaba contra la luz opaca del mar. Lali iba a alcanzarla. Sintió los golpes de las piedras y el polvo en sus pies. Corría viendo su espalda, la mano en la pistola, la furia del aire salado, el viento espumoso de las olas mientras la desgraciada iba más allá, al borde de las rocas, con el pelo ondeando, un montón de látigos en el cielo. La vio correr por el muelle, mientras un coro de gaviotas enloquecidas se atravesaba. Luego vio a Jossy detenerse y, de pronto, voltear hacia ella. Las olas estallaban detrás, una explosión silenciosa, y Jossy le decía no te tengo miedo, puta, y se acercaba a ella. Entonces, Lali sintió una enorme calma, la que se había preparado para tener durante muchos años si llegaba un momento como ese. Pero al verla gritar tan cerca, se dio cuenta de que el arma le pesaba demasiado, no sabía que podía tener ese peso. Era inútil. No podía disparar. Nunca había podido usar un arma.

Entonces dio un grito, se acercó a Jossy y la empujó, y luego le dio un golpe en la cara con todas sus fuerzas. Vio a Jossy caer hacia atrás con los brazos alzados buscando algo. Antes de golpearse la cabeza en una roca afilada, en el último instante de su vida, Jossy tuvo una fracción de segundo para fijarse en ella, con una partícula de hielo en los ojos.

Lali dio un paso atrás. Vio a Jossy debajo, la luz escapando de su rostro, el cuello doblado y las olas mojando su pelo. Se asomó al borde del muelle de tierra y piedras. Jossy estaba desparramada en una roca, una pierna estirada, el ruido del mar y la espuma golpeando cerca. De pronto una ola la cubrió con un estruendo blanco y furioso, como buscando llevársela. Fue entonces que vio la sombra de José en el camino de polvo junto al muelle. No se preocupe, no se preocupe, decía José. Ella se alejó a toda velocidad.

Volvió con la sortija que Jossy le había tirado en el auto. Ponle esto en el culo, no te olvides, le dijo a José. Para que otras mujeres sepan lo que les pasa. Qué me dice. Bueno, muy bien.

Lali miró alrededor. Los autos seguían en la pista, pero el terreno junto al muelle estaba vacío. Los arcos de madera parecían protegerla. Ya. Haz algo con el cuerpo. Ahorita. Yo ya me voy. Mañana hablamos. Ahora me voy de aquí. Haz algo con eso.

Jossy había volado hacia atrás con el golpe que esa mujer le había dado.

Desde la roca, en los últimos instantes, mientras veía el rostro de Lali, alcanzó a mover la cabeza.

Tenía que regresar a su tierra. Nunca había debido llegar allí. Era el agua helada que la cubría, no el agua de las cascadas de Ahuashiyacu, que la habían bendecido desde niña. Eran las aguas del mar furioso que estallaba contra las piedras de Lima.

Ahuashiyacu era el agua que ríe, rodeada de helechos y orquídeas, en la cordillera La Escalera, donde ella había nadado, la Banca de Schilcayo, el chorro de agua plateada cayendo en un remanso donde ella había amanecido flotando desde niña. Una podía flotar allí siempre, mirando la cascada.

Pero no se podía flotar en el mar de Lima, que lo arrasaba todo bajo el cielo color ceniza, Lima era el cielo de la muerte, el agua furiosa contra las piedras, todo tan oscuro y blanco. Una no podía sostenerse en esa agua.

De pronto, en el silencio mojado y ruidoso, vio el sol de su infancia. Tenía una imagen tan distante de su padre, que había muerto cuando ella tenía cuatro años, había visto trabajar a su madre en la casa, con su bodeguita de panes, golosinas y gaseosas, llevando ese poquito de plata a la casa, se había jurado salir de allí, renunciar al sol de Tarapoto para venir al cielo blanco de la capital, comprarse ropa, estudiar secretariado ejecutivo, buscar una empresa, y dejar atrás los cuartitos de polvo, las angustias de los centavos a fin de mes, la soledad de no poder comprarse un cuaderno para el colegio.

Siempre había pensado que era una oruga, un gusano de tierra, pero que iba a transformarse en una mariposa algún día, para volar tan lejos. Por eso había logrado salir de esos cuartos de tierra, y llegar a la capital, solo que ahora, en esa agua que la sobrepasaba, los chorros helados en la cabeza, el fin de su vida maniatada por las rocas.

No sabía si había amado a Gustavo o a John, ni mucho menos a ese muchacho argentino que era un puto de mierda. Pero había querido amarlos a todos, se dijo, había querido siempre estar en el mundo, había buscado estar en el cuerpo de alguien, y ahora se perdía en el pozo de lo desconocido. En ese momento, caminaba por el agua helada de sus deseos. Una estrecha oscuridad, una corriente del más allá, el dolor que le partía el cráneo.

Alcanzó a ver su sangre en la espuma blanca. Luego vio las orquídeas. Al fin. En la oscuridad, un chorro entrando en sus pulmones.

Pensó que quizá por allí iba a sumergirse en el gran río Mayo. Iba a cruzar el gran valle, las aguas de allá, el regreso al silencio.

Después de decirle todo eso a José, Lali corrió de regreso hacia la playa.

Estaba huyendo de lo que acababa de hacer. Le temblaban las piernas. Se cayó, se incorporó, llegó el auto. Había matado a esa chica. Se sentía atontada por la idea. ¿La había matado? ¿Había ocurrido todo eso realmente? No sentía miedo, ni alivio ni alegría. Solo un dolor en las rodillas mientras llegaba. El aire húmedo le enredaba el pelo.

José iba a encargarse del cuerpo, pero ella la había matado. ¿Cómo había ocurrido eso?

Miraba en todas direcciones, todo parecía desierto y la gente estaba muy lejos, quizá alguien lo había visto desde arriba, pero por eso mismo tenía que irse de allí.

Se vio a sí misma otra vez en el espejo. Tenía la cara tapada por la arena y el polvo. Estaba asombrada de su propia indiferencia, y en ese instante tuvo el coraje de sacar su lápiz de labios frente al espejo otra vez, y llenar el rojo que se le había escapado por el sudor mientras había escuchado los insultos de la chica. Le daba asco recordar sus palabras allí, en ese auto. Saber que la otra había estado en ese asiento. Se sentía avasallada por las náuseas, no lo soportaba, esa chica allí, un montón de basura que había caído en los asientos. Pero había sentido el placer de empujarla, y solo recordó con horror ese placer cuando vio a José a lo lejos, maniobrando un bulto.

Arrancó el auto. Estaba anocheciendo y apenas podía ver algo, a lo lejos, en el muelle. Debía irse. Irse. Irse. Nadie iba a saber nada. Dejar el auto en el grifo al día siguiente, para que lo limpiaran.

No. No debía hacer eso. Debía limpiarlo ella misma. Pero no sabía si iba a poder. Las olas retumbaban en el silencio.

Siguió de frente, a toda velocidad, y llegó a Miraflores. Vio a lo lejos la imagen de Cristo, con los brazos abiertos, como aceptando y celebrando lo que ella acababa de hacer. Subió junto al Club Regatas y continuó. De pronto vio la cruz de los pescadores.

Se quedó allí. Bajó del auto.

Un humo ácido salía del agua. La voz de su madre diciéndole no te preocupes, hijita, no había otra solución, tenías que hacerlo, reordenar sus determinaciones, esperar a sentir otra vez la voz de su madre, la larga y cavernosa humedad, un tiempo de eternidad sobre las olas, a un costado del camino desolado, mientras aparecían algunos ciclistas que parecían tan ajenos, unos ciclistas que iban a subir al morro, de pronto la voz de José en el teléfono, no se preocupe, señora Lali, ya está todo bien, no se preocupe. El cuerpo anda flotando por allí, nadie la ha visto, no se preocupe, señora. Ahora se lo lleva la corriente. Yo ya me voy a mi casa. Ya nos vemos mañana. Lo mejor ahora es quedarnos tranquilos nomás, no es la primera vez que hago algo así, señora, no se preocupe.

Lali se quedó mirando el mar que se movía en las brumas, un viento helado con un silbido.

Pensó en Gustavo y en su madre. Los dos echados en sus camas esperando levantarse y ella allí, mirando el mar, con lo que había hecho. Debía tranquilizarse por el momento, todo dependía de que se mantuviera en calma. Regresó al auto, arrancó el motor.

El ruido la calmaba. El mundo estaba obligado a seguir y ella debía continuar la rutina en medio de todas las personas que conocía. Vivir era una gran marcha hacia adelante para que nadie nos quite lo nuestro. Una marcha hacia la nada para conservarlo todo. Vio el Cristo arriba, y se hizo la señal de la cruz. No podía seguir. De pronto volvió al auto y siguió hacia el fondo, tomó a la izquierda, escaló las vueltas del ascenso al túnel, el borde de piedras del cerro, la oscuridad circular con una luz curva al fondo, las calles de la gente de Chorrillos, dos hombres que caminaban con los rostros partidos por la indiferencia.

Debía llamar a Gustavo a la clínica a ver cómo estaba. Sí. Era domingo y felizmente él seguía allí. Debía decirle que todo iba bien. Decir: "Todo va bien." Detenerse. Hacer su vida de domingo otra vez. Iba a ver a su madre, sí, estar con su madre, sentarse frente a ella, debía asegurarse de que tomara sus pastillas.

Lali dijo para ella misma. Aló, Gustavo, todo bien. Voy donde mi madre. Ya, amor. Estoy viendo televisión aquí, en el cuarto. Felizmente, ganamos el partido, vino el Papo a verlo conmigo. Te felicito, amor. Claro que sí. Mañana te llevo a la casa.

Luego cuelga el teléfono y se propone una cadena de eventos. Después de visitar a su madre, llegar a su casa, bañarse en una tina con burbujas, tomar una pastilla, quedarse en la cama, a lo mejor llamar a la Mona, y ya no ver el cuerpo y la cara de esa chica.

Ahora, algunos días después, las imágenes son tan nítidas que solo quiere que se vayan alejando, aunque una parte de ella las retiene. Está en la bicicleta estacionaria, trata de golpear los pedales para ahogar esos recuerdos, pero los retiene. Goza con el olor húmedo de los recuerdos. Había matado a esa pobre y estúpida niña. No había planeado hacer algo así, pero la alegraba. Y ahora un cuerpo flotaba entre las olas y ella estaba en tierra firme. Claro que estaba bien. Sí, Gustavo, todo bien. Esa detective no iba a malograrle nada. Porque ella iba a volver a su casa pronto.

Todo eso había ocurrido el domingo en la tarde y las imágenes allí, la voz de esa chica la seguía insultando, y ella abría la puerta del auto para alcanzarla, darle un golpe en la cara y echarla hacia el agua de piedras.

Debía terminar de pedalear. Salir del gimnasio. Volver a su sala, estar con Gustavo. Era su lugar, era su lugar. Tal vez Gustavo llegaría del trabajo a comer algo. Pero no quería llamarlo. Iría a tomar un café, a leer algunas revistas, mejor no llegar a su casa todavía.

No tenía otro sitio donde ir. Al cine, o a comer, o incluso visitar a una amiga.

Pero una persona siempre termina por volver a su casa, pensó. ¿Cuánto tiempo puede estar alguien lejos de su casa?

Era un sitio tan hermoso, además. Las buganvilias lucían más rojas y bellas que nunca.

Se descubrió a sí misma pensando dónde estaría Claudio, o como quiera que se llamase. Pero desechó esa idea con facilidad.

Caminó por el barrio. Miraba hacia la vereda. Sus pasos parecían tan seguros. Era como si la guiaran, la animaran a seguir adelante.

Entró a su sala y vio una figura inmóvil.

Era José. ¿Quién lo había hecho pasar?

—Fuera de aquí —le dijo ella—. No eres más que un cabrito que se está tirando a mi hermano. No quiero verte nunca más. Nunca pensé que ibas a traicionarme. Te voy a hacer un cheque y te vas. Fuera de mi casa.

—Pero, señora. Yo no quiero ningún dinero. Yo quiero que…

—¿No me has oído, cabrón?

De pronto algo se movió. José miraba hacia la puerta. Era Gustavo. Llevaba su maletín. Estaba entrando al cuarto.

—¿Qué pasa?

—Nada —dijo ella, empezando a sonreír—. Qué milagro tan temprano, amor.

MIÉRCOLES POR LA NOCHE

—¿Qué encontraste? —dijo Sonia.

Vio algunos pájaros negros volando frente a la ventana. Era algo inusual.

El Mocho sacó dos trozos de papel. En una esquina podía verse el nombre del hotel. Más abajo, las letras "marte". En el otro pedazo, podía verse "Me" y luego una línea curva. Luego el nombre "Lali".

—Estaba en una de las hendiduras bajo el asiento— dijo el Mocho—. Me metí al auto mientras estaban distraídos los del grifo.

Sonia sacó el sobre que les había dejado la señora Lali. Puso el papel del sobre y los retazos que le había traído el Mocho.

—Creo que mañana voy a visitar a la señora Lali —dijo—. ¿Me acompañas?

—No. Este es un asunto entre mujeres —dijo el Mocho—. Además, creo que quieres estar sola con ella.

—Ya me conoces —dijo Sonia.

—Espera, que me he enterado de algo más —dijo el Mocho—. Es su hermano. Un tipo llamado André.

—¿Qué pasa con él?

—Él y Lali se han odiado toda la vida, pero con mucho cariño. Y una prueba de eso es que el hermano se acuesta con su chofer, un tipo llamado José.

—¿Quién te ha contado eso?

El Mocho sacó un cigarrillo y lo encendió. Las volutas de humo iban acompañando el relato.

—Un día que la seguí a ella, después lo seguí al chofer y lo vi entrando a la casa del hermano. Vi la dirección y después que era de un tal André Reaño. Después vi que salieron juntos y que él se sentó en el auto, en el asiento delantero. ¿Desde cuándo un tipo con plata se sienta adelante, en el asiento del copiloto del chofer? Cosas del amor entre un blanco infeliz con plata y un cholo feliz que necesita plata. Eso se llama intercambio pe.

—¿Pero los viste?

—Claro. Y José se quedó hasta tarde, por lo que me dijo un bodeguero. Tuve que pagarle algo para que me dijera. Ya después te cobro, Sonita.

—Ya, pues. Entonces podemos saber lo que ha pasado ahora.

—Sí. Dime tú.

—El domingo por la tarde, cuando se da cuenta que Claudio ya se fue sin ella, Jossy sube al cuarto de hotel donde se veía con él. Encuentra allí esta notita que Lali le dejó. Reconoce la letra porque ella trabajaba en la oficina y había visto las notas de la esposa de su jefe. Se da cuenta de que Claudio ha estado acostándose con Lali. Jossy va a la casa con la nota que dice "amor" o "amarte", por lo que puede deducir todo lo que ha pasado. Entonces decide ir a buscar a Lali a su casa.

—¿Va a la casa?

—Va a la casa, la increpa, la señora Lali no sabe qué hacer, pero la lleva a la playa y le da vuelta. En el camino, Jossy tiene tiempo para romper la nota y dejarla bajo el asiento. Pero Lali no se da cuenta. Todo a plena luz de la neblina de la tarde del domingo.

—Pero ¿no hay más pruebas? —dijo el Mocho—. Este pedacito de papel no sé si es prueba, oye.

—Tendrían que analizarlo. Vamos a hablar mañana con ese José.

Sonia se sentó.

—Seguramente no va a decirnos nada. Pero vamos a ver. Con los hombres nunca se sabe. Y con las mujeres tampoco.

—¿Por qué le dices eso a José, Lali?

—Nada, es que estoy muy nerviosa, Gustavo. Discúlpame, José. Estoy hablando sola, creo. Repitiendo algo que leí hace poco.

—Pero ¿qué te pasa?

—Nada, nada. Una vez fui a ver una película con un personaje que se llamaba José y le decían algo así. Desde entonces, como jugando, siempre le digo eso. ¿No, José?

José volteó hacia Gustavo, asintió con la cabeza. Gustavo dio un paso adelante. Sacó unos papeles del maletín. Luego dejó sobre la mesa las llaves del auto, el iPhone, el reloj dorado. No estaba de más, en ese instante, la exhibición.

—Muy bien, José. Le dejo esos encargos entonces —dijo Gustavo, entregándole los papeles. Para que los lleve a esa dirección.

—Muy bien, señor.

José se retiró. Gustavo miró a Lali.

—Voy a estar en el escritorio —dijo.

JUEVES POR LA MAÑANA

El café que Lali estaba saboreando era un moca tailandés que la cadena Starbucks estaba trayendo desde poco antes. Le hubiera gustado que alguien le tomara una foto en ese momento y que apareciera en Facebook. Se la tomó ella misma.

Era una gran noticia. Sí. Le parecía toda una novedad saber que ese café venía de Tailandia y le gustaba cómo los empleados de la tienda asentían con una sonrisa ("muy bien, señora") cada vez que ella lo pedía. Aficionada a los distintos sabores, sensible a las emociones de sus labios, ella se divertía con ese brebaje menos dulce y más sustancioso que los habituales.

El café la ayudaba a olvidar lo que había ocurrido. Estaba tratando de imitar su propia vida hasta antes del incidente. Debía ser quien siempre había sido y seguiría siendo. Había matado a la amante de su marido, pero no sería la única. Muchas esposas matan a las amantes entrometidas, y siguen tan campantes. El mundo necesita que algo así ocurra con frecuencia, para sostener su curso natural. La venganza es el motor de la historia, pues. Por lo menos de la historia de la decencia. Los esposos iban a terminar siempre por agradecerles. Esa mañana Gustavo se había despedido de ella con afecto, casi con amor.

Sentada en el sillón del Starbucks, junto a su territorio del Country Club, con el pelo largo y mojado, estaba hojeando la sección de sociales de una revista. Tenía los ojos atentos a cada vestido. De pronto se detuvo en una página. Allí estaba ella, como siempre. Se veía bien. Puta madre, muy bien. Su vestido, su peinado, su gran sonrisa.

Su nombre. Lali de Rey. Era una foto en la fiesta de su sobrina. Del brazo de Gustavo, regia.

Algo se alteró en su cuerpo. Era la vibración del celular. Vio que Gustavo la estaba llamando y contestó. La voz de su marido la tranquilizaba.

—Hola, amor. Mira, justo que me llamas y veo nuestra foto en la página, cuando fuimos a la boda.

—Ah, qué bueno. Estoy aquí en la oficina con todo el trabajo acumulado. Voy a llegar tarde hoy.

A continuación, hubo una conversación vaga, frases a medio terminar, algunos silencios y un corte de voz al final. Ya saldré cuando se alivie toda la chamba aquí, ya te aviso.

Quizá Gustavo querría estar solo ese día. Había que dejarlo, no exigirle nada por el momento. No tardaría en normalizarse todo.

De pronto vio el auto. José estaba allí.

—Ya te he dicho que no quiero verte —le dijo—. Ven mañana. Y no pienso pagarte nada por tus horas extras. Yo no hago tratos con traidores. Si quieres, te mando algo por tus servicios y por tu ayuda, si me dejas tu dirección. Pero quiero que te vayas. Eres un puto, eso es lo que eres.

José la miraba sin mover un músculo. Su voz era lenta y segura.

—Señora, yo no acepto este trato. Disculpe, señora. Yo sé lo que pasó con esa chica, señora.

Ella alzó un dedo.

—¿Me amenazas? Qué simpático. Pero si tú fuiste cómplice, Josecito. Tú estabas allí. Cualquier cosa que digas y yo le diré a la policía que tú la mataste. No te preocupes que sales de la cárcel en veinticinco años. Tus hijos todavía te estarán esperando. ¿A quién crees que van a hacerle caso, a ti o a mí?

José se quedó inmóvil, en silencio. Ella nunca lo había visto con ese gesto de gravedad, y por un momento tuvo miedo de él.

—Pero, señora Lali.

—Ya vete. No te quiero volver a ver.

Lo que ocurrió entonces fue una serie de sonidos en la

boca de José. Un montón de sílabas perdidas, frases que no terminaban de hacerse. Lali oyó que decía: "Yo… seño… la dad… no… es que… por favor…".

Lo vio apretar los labios. José cerró la boca y se quedó así, de pie, mirándola. Ella nunca había visto una mirada como la suya. Por fin, José inclinó la cabeza y se alejó.

¿Qué iba a hacer con él? Era capaz de ir a la policía, aunque hubiera sido cómplice. Pero no lo iba a hacer por miedo. Él terminaría más involucrado que ella. No lo iba a hacer. Bueno, carajo, ya pensaría en qué hacer en ese caso. Bueno, bueno, bueno. Qué mierda. Lo mejor era permitir que las cosas siguieran como estaban.

Por lo pronto debía relajarse, olvidarse un poco. Iba a pedir otra taza de café más tarde, cuando volviera al Starbucks.

Tenía la situación en control mientras alguien quisiera algo de ella. El dinero que le pedía André. El silencio que necesitaba Gustavo. El secreto de la complicidad de José.

Si al final, todo era una cuestión de pagar esas deudas, tampoco habría problema. Estaba dentro de lo previsto, claro que sí. Podía pedirle el dinero a Gustavo con cualquier pretexto para dárselo a José y, si era necesario, a su hermano André. ¿Por qué no le decía a Gustavo que había descubierto que José se acostaba con su hermano? Míralos, pues, las dos joyitas, amantes por dinero, qué tales viciosos. Podían irse de viaje luego. Se lo diría a lo mejor.

Iba a ir a la casa a cambiarse para visitar algunas tiendas. Luego iría a ver a su amiga la Mona. Habían quedado en planear un viaje con los dos esposos pronto. Debían elegir algún destino, Punta Cana o Cozumel, de preferencia, y luego pasarles el presupuesto a los maridos, que se lo iban a pasar a sus secretarias. Todo estaba previsto.

JUEVES AL MEDIODÍA

Pero no todo estaba siempre previsto. Sonia había salido de su oficina y se acercaba a la casa de Lali, cuando se detuvo. Vio a un hombre caminar por la avenida El Golf. Avanzaba con lentitud junto a los edificios. Estaba como perdido.

Era él. Lo había visto en la casa de la señora. El chofer de Lali.

El hombre tenía una camisa blanca, un andar vacilante y la cabeza ligeramente ladeada. La llovizna lo alejaba, como una sombra en la vereda.

Sonia apuró el paso.

—Señor José Torres —le dijo.

El hombre se detuvo. Dio media vuelta.

—Soy yo. ¿Qué pasa? —dijo.

—Mi nombre es Sonia Gómez, señor Torres. Disculpe que lo interrumpa.

El hombre miró a ambos lados, con los ojos atentos. Luego la encaró.

—¿Qué desea?

Un golpe de brisa lo despeinó. Se arregló el pelo, la miró.

—Quisiera hablar con usted, si fuera tan amable.

—¿Quién es usted? ¿Es de la policía?

—No, no. Quisiera invitarlo a comer algo, por aquí, si usted fuera tan amable. Soy detective, en realidad. Y ya sé todo lo que pasó con Jossy. Ocurrió en la playa.

El hombre la observaba.

—No sé de qué me habla, señorita.

—No se preocupe. Lo mejor es que me acompañe. Es algo que le interesa, se lo digo, de verdad. Puede confiar en mí, señor Torres.

—No sé de qué me está hablando, disculpe —dijo.

José se alejó, caminando a toda prisa.

Sonia lo siguió con la mirada. Antes de voltear en la esquina, José dio media vuelta y se detuvo.

JUEVES POR LA TARDE

Lali regresaba a su casa. Iba a toda velocidad. Los autos corrían a su costado, como si todos estuvieran tratando de vencerla.

Aceleró. Solo quería seguir adelante.

Nadie debía saber.

Ver a Gustavo. Con Gustavo estaría a salvo. Se detuvo en una luz ámbar.

El tráfico se sucedía delante de ella. Un auto verde con un chofer de aspecto simiesco atravesó la pista. El hombre la miró como si la hubiera reconocido, y desapareció con un furioso golpe de timón. Ella sintió que lo había visto mucho tiempo antes. Quizá era algún amigo de su infancia. Pero no. Nadie la seguía, nadie la seguía. Tranquila. Estaba bien. Nadie iba a buscarla por la muerte de una chica cualquiera. Y José no iba a decir nada, pues él también estaría implicado. Ya, ya, vamos. No hay que preocuparse. Todo va a estar bien. Además, ella…

Al llegar encendió el botón del garaje automático. El auto calzó en el espacio frente a la puerta. Todo estaba bien. Se bajó, se colgó la cartera del hombro. La sala lucía impecable. Todo en su lugar.

Un poco más tarde, Gustavo estaba fumando en el patio, junto a su oficina.

Se había quedado en el edificio esperando que llegara el silencio. Los practicantes y los ejecutivos se iban como a las nueve. La sensación había empezado poco antes del almuerzo, una parálisis en el estómago, la dura tristeza de la garganta, las frases cortas en la reunión general, los presupuestos que le había entregado al contador. Por fin, el día se acababa. No tenía por qué volver a su casa todavía. Estar con él. Con ella.

Jossy. Jossy.

El cuerpo que había estado allí con él, la voz que continuaba. Ella.

Quedarse allí y estar solo, con ella.

La señora Norma hacía rato que se había despedido. Los demás estaban yéndose. Era tan extraño ver los objetos de su oficina, eran los mismos objetos que Jossy había visto tantas veces allí. Todos la recordaban. Esa misma lámpara los había iluminado la primera vez que se besaron allí.

Sí, Jossy. A esa hora de la tarde, la complicidad de la noche, ellos se habían quedado como solos, la mesa, los dos sofás azules, la alfombra gruesa, la pantalla de la lámpara. Todos esos objetos sin ella.

Él hubiera querido tocar esas cosas para sentir algo. Sí, el perfil de ojos oscuros y piel tensa, y la voz.

¿Qué hora era? La misma hora en la que Jossy ha estado aquí conmigo, la misma hora en que la vi entrar por esa puerta, la misma hora en la que seguimos juntos, siempre.

Se lo repitió en voz alta. Pero ahora me doy cuenta, Jossy. Solo ahora. Tantas noches, Trabajando, conversando, haciendo el amor.

Nunca había imaginado que alguna vez iba a pensar así en ella, una novia muerta y enterrada en unas rocas. Él se asomaba. El agua caía. Ella regresaba de allí abajo.

Se concentró en recorrer algunas imágenes con ella, en el viaje a México, cuando fueron al museo y se quedaron de pie frente a la feroz cara de la diosa Coatlicue, las idas a los cines donde se sentaban con sus botellas de agua y las manos entrelazadas susurrando algo de vez en cuando, en la cama de ese hotel al que ella llevaba flores, y a veces él una botella de vino. Recoger esos recuerdos, acumular las imágenes, escuchar su voz mira Gustavo, no sé qué he hecho de tan bueno, mi amor, para que te fijaras en mí, no te merezco, mi amor.

La primera vez.

No hablar con nadie más. Una neblina hecha de sombras sólidas, hilvanada por el ruido de la calle, sobre los girasoles que Jossy había llevado con una sonrisa a su oficina, alguna de las primeras mañanas. Y luego las bromelias. Eran plantas de hojas largas, que aparecían entre las piedras. Vivían allí cerca de la ventana. Necesitaban de agua, pero no la absorbían por la raíz sino por la base de las hojas. Jossy se lo había explicado tan bien. Mira, Gustavo. Estas flores necesitaban la humedad, pero la recogían del aire. El viento las alimenta. Viven de las bondades del aire.

Se sentó frente a ellas. Sus pétalos rojos y afilados. Eran plantas sencillas, se parecían a Jossy. Sí, sí. Ella las había traído una mañana a su oficina y le había explicado todo eso. Sí, se parecían a ella.

De pronto vio algo en las sombras del cuarto. Era una figura que se iba concretando, como unas formas que se dibujaban lentamente. La oscuridad se coagulaba en colores definidos y se resolvía por fin en un cuerpo.

Sí, Gustavo. Estoy aquí, pero no lo sabes. No me ves. Pero no voy a dejarte, mi amor.

Gustavo se sintió fijado en la silla. De pronto estaba allí. Flotaba un poco por encima del piso.

La veía bien.

El cuerpo ceñido a la luz, una cintura delgada, las piernas finas, las facciones largas y tristes.

Estaba con un traje que nunca le había visto. Era como si se hubiera vestido especialmente para ir esa noche, falda larga, blusa azul, pelo recortado, una sobriedad de monja, para verlo. Era su primera visita desde que se había ido y debía verse bien, así había pensado seguramente. Al comienzo la vio sentada en la ventana, luego ella se puso de pie, caminaba hacia él. Se veía hermosa como si tuviera un traje hecho para la muerte.

He vuelto a ti, Gustavo.

Su voz era la misma pero más aguda. Voy a quedarme. Estoy revoloteando por aquí. Siempre. Como una mariposa. ¿Te acuerdas que te conté de la leyenda de la mariposa que nunca deja al hombre que la amaba? Tú no tienes la culpa de lo que me pasó. Fui yo quien quiso dejarte. A lo mejor si me hubiera quedado contigo estaría viva. Fui una tonta en dejarte. Hubiera sido difícil, pero habríamos podido estar juntos. Porque nunca antes había sentido lo que sentía...A lo mejor. Ahora te extraño. Quisiera salirme de la muerte para estar contigo.

¿De verdad lo crees?, dijo Gustavo. Sí. Pero en realidad tú también tienes la culpa por haber dejado tan tarde a tu esposa. Nunca la quisiste. Pero te convenía seguir con ella. Claro, te entiendo porque sé que eres así. Todo lo que haces es porque te conviene. Porque los hombres no saben. Pero los hombres con dinero son los que menos saben. Viven tan lejos del mundo. El dinero no los deja ver el mundo. Están como drogados por los billetes. Se acuestan todas las noches soñando sus miserables, estúpidos sueños de grandeza, y se levantan todas las mañanas, seguros de poder llevarlos a cabo. Eso es lo que pasa. El dinero es una muralla entre ellos y el resto. No tienen idea de lo que ocurre aquí, ella se tocaba el pecho, y aquí, se tocaba entre las piernas. Tampoco allá, señalaba la ventana. Pobre Gustavo. Yo estoy muerta y puedo hacer lo que quiera, pero tú estás allí, en las cosas de tu oficina, amarrado a tus deberes y obligaciones, a tus emociones, y preocupado de tu posición, y tienes que llegar a la calle y salir a buscar un lugar donde puedas ir, y además de todo eso, arreglarte con tu mujer. Pobre, pobre. Si supieras lo que ha pasado. Pobre tú, Gustavo, que tienes que lidiar con todo este asunto. Con las cosas de los vivos te iba bien, pero ahora tienes que lidiar con los asuntos de los muertos. Y no vas a poder. Pero al menos vas a tenerme. Siempre. Así estamos, así seguiremos, amor.

Jossy, dijo Gustavo. No es verdad. Yo de veras... Hubiéramos podido, pero tú.

Te sigo amando, le dijo Jossy.

La imagen puso la cabeza hacia un costado, miró hacia abajo y se desvaneció. Gustavo se puso de pie. Todavía podía quedarse un poco más. Pobre, pobre.

JUEVES POR LA NOCHE

Lali sintió el ruido de Gustavo en el cuarto: el saco, los zapatos y pantalones, el silbido ligero de su boca, la torcedura del colchón mientras se echaba. Su cuerpo tenía un sonido distinto desde que había vuelto. Era más grave y lento, un sonido a algo que raspaba.

No se movió. Era mejor dejarlo solo en la vigilia, imaginando su libertad del momento. Hubo algunas señas rutinarias adicionales: el chorro de agua, la tos corta, las cadencias ásperas del cepillo. Por fin, sintió el olor cerca. Era un olor a lavanda, a perfume, a sudor familiar. Nadie más lo tenía. Gustavo había entrado, se había quedado dormido junto a ella.

Quizá una corriente nocturna lo arrastraba hacia la otra mujer. Pero eso solo estaba ocurriendo en sus sueños. Todo estaba en paz.

VIERNES POR LA MAÑANA

Cuando Lali se despertó, Gustavo ya se había ido. Lo llamó por teléfono. Nadie le contestaba. Llamó a la oficina. La señora Norma le dijo que su escritorio estaba vacío.

Lali se duchó, se puso el vestido blanco, tomó dos cafés con tostadas y queso fresco. Debía ir al gimnasio. Pero podría ir más tarde. Vio el periódico.

¿Debía llamarlo de nuevo? Eran las diez.

Salió al jardín. Sintió vagamente el ruido del timbre de la calle. Se dedicó a mirar las bromelias.

De pronto algo se había alterado en el paisaje de flores y arbustos. Una figura larga apareció.

Era la detective otra vez. Maldita sea. La detective Sonia Gómez. ¿Cómo había llegado hasta allí? Estaba en el jardín delantero de su casa.

Su cartera, sus pantalones negros, su blusa roja. Había esperado no verla nunca más. Pero estaba allí. Tranquila, tranquila, no debía asombrarse. Pero ¿cómo había entrado?

—No sabía que los detectives se meten así a la casa de sus clientes —le dijo mientras abría la puerta—. ¿Para eso también estudió en la escuela?

Sonia no debía contestarle. La empleada de la casa la había dejado entrar cuando ella le dijo que era de la policía. No se lo iba a decir.

Y, sin embargo, no podía tranquilizarse frente a esa mujer. Alguna parte del cuerpo siempre le temblaba frente a ella. La había visto en su oficina y en la calle frente a su casa. Había estado con ella en el auto.

Pero a Sonia le parecía que era la primera vez se le aparecía. Su pelo castaño, sus ojos de gato y el traje blanco inmaculado que le resaltaba los muslos. Había algo tan inapelable en su elegancia y en la seguridad con la que la observaba. Debía seguir con cuidado ahora.

—Le dije a la señorita que me abrió que me estabas esperando. Soy de la oficina de Gustavo, le dije, y se lo creyó.

—No es verdad.

—Bueno, en todo caso quería conversar un ratito. No sé si prefieres conversar aquí en el jardín donde pueden vernos tus sirvientes o entrar a un lugar más privado —dijo Sonia.

La señora Lali le sonreía.

—También podría hacer que la sacaran a patadas —le dijo.

—Si prefieres. Pero no te conviene. Los empleados aquí se van a preguntar quién soy yo de tan importante que me sacan a patadas. Se lo pueden contar a Gustavo. No te conviene, Lali.

Lali bajó los hombros.

—No me importa conversar —dijo— si es que tiene algo interesante que decirme.

Lali volteó y Sonia la siguió a la casa. Entraron a una pequeña sala desde donde se veía el jardín. Se sentaron en unos muebles color crema, junto a un estante de libros que funcionaba como adorno. La estatua de un ángel vengador, sacada de algún altar colonial, con un escudo y una espada flamígera, las observaba.

—No quiero dar muchas vueltas al asunto —dijo Sonia—. Pero ya me imagino que sabes por qué estoy aquí.

—Dé todas las vueltas que quiera, señorita Gómez. No tengo ni idea de por qué está aquí. Nosotros ya hicimos nuestro negocio.

Sonia trató de sonreír.

—Tu hiciste tu negocio, Lali. Tú mataste a Jossy Sangama. O sea, el negocio está hecho. No creo que buscaras eso. No querías matarla, eres una persona con muchos defectos, pero no creo que tengas pasta de asesina. Pero lo hiciste.

—Si usted lo dice. Debe tener pruebas.

—La mataste. No queda ninguna duda de eso. En un momento te voy a decir cómo creo que fue y tú me vas a dar la razón si te parece, Lali.

Sonia se asombraba de su propia voz.

—Si usted quiere hacer volar su imaginación, pues adelante, señorita Gómez —dijo Lali mientras alzaba las manos—. Pero perdone, he sido muy mala anfitriona —agregó moviendo la cabeza—. ¿Puedo invitarle un café o algo?

—¿Por qué no? Pero antes quiero contarte en lo que estuve pensando mientras venía aquí, Lali.

—Así que usted también piensa, señorita Gómez. Qué bueno saberlo —dijo moviendo las manos—. Ay, por Dios. Gente como usted piensa, qué emoción. ¿Toma con leche y azúcar?

Sonia no se movió. Lali llamó a la señora Gladys y ordenó dos tazas de café.

—Sí, a veces pienso —sonrió Sonia—. A veces también pienso, no creas. Estaba pensando que una mujer viene a esta vida con la esperanza de tener algunos derechos, por ejemplo. La esperanza es uno de los derechos humanos, quizá el más importante, ¿no te parece? Nadie te lo debe quitar. Estaba pensando en eso. Los derechos y las esperanzas, vaya qué cosa. Puta madre, Lali, mira lo que me haces pensar. Uno de los derechos que una tiene es el de vivir sus pasiones y de joderse por ellas. El derecho a joderse y a hacerse daño y el derecho a ser infeliz por culpa propia y a aprender algo de este mundo de mierda, si una puede. Claro. Darse de golpes, pero aprender. Eso sí que está bien.

Lali le sonreía.

—Vaya, tan filosófica usted, señorita Sonia.

Ella abrió los brazos, como disculpándose.

—Así se me da a veces, por hablar tonterías.

—Muy bien.

—Pero vamos a lo concreto, Lali. Por lo que tú hiciste, Jossy se murió a los veinticuatro años. Hubiera podido morirse a los ochenta o a los noventa, pero se murió muy joven. ¿Por qué tuvo que ser así? Hubiera podido casarse con algún tipo que la quisiera, no un tipo como el infeliz presuntuoso de tu marido ni tampoco con el huevoncito de John, su exnovio, ese no sirve para nada. Me refiero a un tipo normal, un tipo que la quisiera y que tuviera un trabajo y que respetara a la gente. Un tipo así, con sus virtudes y defectos que comprendiera los de ella, por lo menos, y que llegara a la casa todos los días casi al mismo tiempo que ella, después del trabajo. O sea, Jossy hubiera podido tener hijos y educarlos y regañarlos a veces y verlos regresar del colegio y hacer sus tareas y luego sentarse frente a la televisión con ellos y luego dejar pasar el tiempo, verlos crecer y verlos ir a la universidad y apoyarlos en las carreras que ellos eligieran. Hubiera podido progresar en su trabajo y aprender de algunas cosas en alguna empresa de seguros, que era lo que le gustaba, y de repente otras cosas, como ganar algún dinero y tener una casita donde algún día pudiera recibir a sus nietos también de vez en cuando, qué te parece. Bueno, a lo mejor hubiera podido tener una vida, hubiera podido tener un tiempo de vida, es algo a lo que una aspira, tener un tiempo de vida, aunque la vida de cualquiera tenga tantas cosas de mierda también. Pero tenía derecho a estar por un tiempo aquí, como cualquier persona que trabaja y estudia y tiene sueños por más huevones que sean. Jossy fue una cojuda, como cualquiera de nosotras. Se creyó demasiado los cuentos. Se creyó el cuento de tu marido, y el del puto que le mandaste. Pero el problema de ella no fue ese. El problema de ella fue que se encontró contigo. Por eso tuvo que pagar. Su error no fue enamorarse de tu marido ni creer en las promesas de Claudio. Fue amenazarte a ti, amenazar lo que tienes aquí. Esta casa, estas cosas, los autos, ese jardín con tus flores, tus viajes, tus amigas, tus vestidos, tus fiestas, tus recepciones, tus eventos a los que vas con Gustavo con los trajes que te has comprado en alguna tienda en Miami, donde también te arreglas la cara y te subes el culo de vez en cuando, para poder salir en las páginas sociales. ¿No? Toda esa mierda que has acumulado todo este tiempo, Lali. Eso era lo que te hacía feliz. Pero apareció esa chica en tu puerta. Y te dijo cosas. Iba a contar la historia tuya con Claudio. Y te asustaste, de repente. Ibas a perder todo esto. Por eso tuviste que liquidarla. Porque ella vino aquí y te tocó la puerta, y te amenazó. Qué me dices.

En ese momento, la señora Gladys entró con una bandeja, dos tazas de café humeante y un azucarero. El humo en las tazas era como el esbozo del genio de una lámpara que no lograba materializarse.

La señora Lali no había dejado de sonreír. Le agradeció a Gladys y la vio partir. Empezó a mover su taza.

—Carajo, qué bien. Todo muy bonito. Me cuenta una historia triste y bonita. Pero no sé qué tiene que ver conmigo.

—Pero había algo en lo que tú y ella eran iguales, Lali. Mira esto.

Sonia sacó los dos pedazos de papel. Cada uno estaba en una pequeña bolsa de plástico.

—¿Qué es eso?

—Dos trozos del papel que le dejaste a Claudio, el argentino. No sé mucho de juntar palabras, pero creo que lo que falta aquí completa la frase: "Me hubiera gustado amarte." Por eso te digo que te parecías a Jossy. En eso tú también fallaste. Tu crimen no fue matarla, a lo mejor nadie se hubiera enterado de eso. Pero fallaste con esta nota. "Me hubiera gustado amarte." Ese fue tu error, querida. No debiste haber sido tan, no sé, tan sentimental.

Lali dejó de sonreír un momento. Se oyó el ruido de la aspiradora y de un teléfono. De pronto sonó la puerta. Era una mujer con un mandil blanco.

—Señora. El señor Gustavo la llama por teléfono.

Lali no la miró.

—Dígale que estoy con una visita. Yo le devuelvo la llamada —dijo Lali, doblando las manos sobre el regazo.

La mujer se retiró.

—No ha tocado su taza —le dijo—. ¿No quiere un cafecito? Espero que no me desprecie la invitación… sería muy maleducado de su parte.

Alzó la taza.

—Tómate tú los dos cafés —le dijo Sonia—. Tú los necesitas.

Lali se echó dos cucharaditas de azúcar.

—Usted cree que sabe mucho, señorita Gómez —dijo. Pero lo que sabe no tiene importancia. No lo puede probar. Ese papel no prueba nada. Nadie sabe dónde lo encontró.

—Tu tenías una Taurus, está registrada a nombre de Gustavo. Pero no la usaste. No sabes usar un arma, después de todo. Lo que hiciste fue empujarla hacia las rocas del muelle. Allí ella se partió la cabeza. Quedó muerta allí nomás. Y ya te dije. Tu marido Gustavo ofreció cincuenta mil dólares al que descubriera quién mató a Jossy. ¿Ya lo hablaste con él?

Los ojos de Lali apenas se movieron. Alzo los brazos.

—Veo que el aire de San Isidro le hace mucho daño, señorita Gómez. Seguramente no está acostumbrada a respirar una zona donde hay mucho verde. Caramba. Nunca había visto tantas fantasías juntas.

Hubo un momento de silencio. De pronto se oyó una música de piano que venía de una casa vecina.

—Yo te voy a decir lo que pasó, Lali. Esa tarde ella había quedado en irse con Claudio a Buenos Aires. Ella fue al hotel y por supuesto que cuando llegó, él ya se había ido. Tú ya le habías pagado y el trabajo estaba hecho. Pero Jossy no aceptó eso. No podía ser verdad. Y subió al cuarto donde él había estado. Allí fue donde encontró el papel que tú le habías dejado a Claudio. Con tu nombre. ¿Voy bien hasta ahora?

—Bueno, bueno. Todo lo que dice me parece divertido. Siga.

—Entonces ella se dio cuenta de lo que había pasado y vino aquí. Era tarde, un domingo, y no sé si le abriste la puerta. Pero si te puedo decir que alguien te vio salir con ella en el auto.

—No puede saber eso porque no ocurrió —dijo Lali.

—Se fueron a dar una vuelta. La escuchaste decirte un montón de cosas. Seguramente tú estabas serena. Y luego, cuando llegaste al mar, cuando sentiste que nadie te veía, la perseguiste por el muelle de piedras, y la empujaste. Y llamaste a José Torres, el chofer que te ha estado sirviendo durante años.

Lali alzó la barbilla.

—Usted parece estarse guiando por una idea un poco tonta, señorita Gómez. La idea de que yo puedo ir a la cárcel. ¿No se da cuenta?

—A lo mejor tienes razón. A lo mejor crees que no vas a ir a la cárcel. Por tu familia y por tu dinero, gente como ustedes van poco a la cárcel. Tu esposo hasta fue presidente de no sé qué organismo del Estado, lo tengo por allí. Ustedes pueden evitar el escándalo pagándole a la policía. Pero yo voy a ir a la prensa. Y la prensa va a vivir de ese escándalo si yo le doy algunas pruebas.

—Pero no tiene pruebas, señorita Gómez. No tiene nada más que palabras. Nada más. La prensa qué caso va a hacerle. Además, nosotros conocemos a algunos dueños, que...

Sonia dejó salir su voz con toda la firmeza y la serenidad que podía acumular.

—Mira, en todo este asunto, yo he aprendido algunas cosas. Pero la más importante es que eres una buena mierda, Lali. Eso, sobre todo —le sonrió.

Lali dio un sorbo.

—No sé por qué dice eso. Si va a insultarme, puede irse ahora. Pero antes tome su café.

Sonia se acercó. Bajando la voz, con un susurro, le dijo:

—No te hagas la ofendida, Lali. Él acaba de confesarlo todo. Nos ha dicho dónde puso el cuerpo.

—¿Quién acaba de confesarlo todo?

—José, tu chofer. Es lo lógico. Un tipo con antecedentes penales. El mayor Carrillo, mi amigo, ya lo tiene. José acaba de confesar. Ha contado como fue. Y están en camino para acá. Ya vienen para acá. ¿No te gustaría escapar? Lo único malo es que ahorita José no tiene como llevarte. Él está en la oficina del mayor Carrillo ahora. Ya no es tu chofer —Sonia sonrió—. No debiste haberlo tratado tan mal.

De pronto se movió la puerta. Alguien había entrado. Era Gladys, la empleada.

—Señora, el señor José ha llegado. Dice que si se le ofrece algo.

Lali la miró.

—Mil gracias, Gladys. Ya le aviso. Dígale que me espere.

Cuando Gladys salió, Lali se puso de pie, se acercó a Sonia y le dio una bofetada. Sonia no se movió. Sentía la quemazón en todo el cuerpo.

—Veo que usted es una buena detective pero que su verdadera profesión es ser una buena mentirosa —dijo en voz baja. Después de una pausa, agregó—: Maté a esa putita porque se lo merecía —le susurró—. Pero no tiene ninguna prueba contra mí, así que, si no quiere que le pase lo mismo, váyase ahorita de esta casa, mentirosa de mierda. ¿De verdad creía que una mujer como yo puede ir a la cárcel, señorita? José, por favor, acompañe a esta mentirosa a la puerta.

Sonia se puso de pie. Estaba mirando a Lali sin moverse.

José se había acercado a su patrona.

De pronto, Sonia estaba en la calle. Una serie larga de autos cruzaba la avenida El Golf. Había bocinas. El semáforo estaba cambiando de luz. Volteó.

José estaba a su lado. Le entregó un pequeño bulto envuelto en un sobre y desapareció.

Hurgó en su bolsillo y encontró la grabadora. Lali había hablado en voz baja. Alzó la cabeza y vio un taxi que se detenía. Luego vio el bulto que le había dado José. Era un teléfono.

—Lléveme a la Dinincri, en la avenida España —le dijo al taxista.

El mayor Carrillo estaba leyendo el periódico en su escritorio cuando sonó el teléfono.

De pronto la puerta se abrió. Era Sonia.

—¿No te gusta tocar la puerta?

—Nunca toco la puerta.

—Bueno, ya hablamos con el chofer. No dijo nada. Pero creo que sabe.

—¿Y por qué lo dejaron irse?

—No tengo ninguna prueba contra él. Ni contra nadie, la verdad.

—Yo tengo algo.

—¿Qué cosa?

—Tengo la grabación.

El mayor recibió el sobre. Dentro estaba la grabadora. La encendió. Se oían algunos ruidos de voces de Lali y de Sonia.

—No sirve. No se escucha nada.

—Entonces mira lo que me dio José —dijo ella.

Sacó un bulto dentro del sobre. Era un teléfono.

—No sé para qué quieres robar teléfonos ahora. ¿No te da suficiente el negocio?

Sonia apretó uno de los botones. De pronto su rostro se iluminó. Le entregó el aparato al mayor.

—Carajo —dijo—. Mira qué buena película nos ha tocado. Ahora sí.

El mayor Carrillo se echó a reír.

Lali se sentó en la sala. Debía esperar. La visita de la detective la había dejado temblando. No iría al gimnasio. Tomaría una pastilla.

No. Sería mejor ir al gimnasio, vamos.

De pronto sonó el timbre, de pronto había dos carros policías afuera. Corrió la cortina. Muy bien. Muy bien. Era así. El fin de las dudas y los problemas.

Imaginó el día en el que todo eso iba a terminar. Se puso de pie, se limpió algunas pelusas del traje y subió a buscar su abrigo.

El mayor Carrillo colgó el teléfono.

—Un video de la señora empujando a la Jossy al mar. Nada menos —dijo el mayor.

—Lo tomó José —dijo Sonia.

El crucifijo en la oficina del mayor miraba hacia afuera, como esperando que alguien entrara.

—José es cómplice, pero no se preocupe por él. Va a recibir la recompensa y se va a ir fuera del país un tiempito. Ese fue su acuerdo. Habrá que decirle al señor Gustavo.

—Así tiene que ser.

—¿Cómo sabias que él tuvo que ver?

—No sé. A veces una tiene sus intuiciones.

Una secretaria de pelo oscuro y enrulado estaba de pronto junto a ellos.

—Mayor, los periodistas están afuera, esperándolo.

—Ya salgo.

—Los choferes saben mucho de sus patrones, a veces.

El mayor le devolvió el teléfono. Allí estaba la imagen de Lali peleando con Jossy, empujándola, el cuerpo estrellándose contra las piedras.

—Te daremos parte de la recompensa entonces.

—Prefiero que no me paguen por esto, Alfredo. Hay una chica muerta.

—Pero te corresponde.

Sonia alzó los hombros.

—No es mi estilo —dijo—. Denle todo a José para que se vaya a otra parte, con su familia. O dénselo a la familia de la chica.

—Bueno, ya veremos qué dice el general. Oye, Sonia. ¿Y tú por qué te has metido en esta investigación?

—Porque me dio la gana. En realidad, me caía bien esa chica. Aunque no la conocí.

El mayor volvió los ojos al periódico.

—Siempre has hecho lo que te daba la gana, Sonia. Pero conmigo nunca te dio la gana de nada. Creo que con ningún hombre.

Sonia sonreía.

—No creas. Hubo uno. El único hombre que me pudo controlar.

—Conozco la historia —dijo el mayor sin mirarla, abriendo un cajón.

—Dime una cosa, Alfredo. Si el señor Gustavo Rey no ofrecía la recompensa, ¿la hubieran metido presa a esa mujer?

—Quién sabe, quién sabe —contestó—. Yo creo que sí. La policía no es tan mala como crees.

—Bueno, si tú lo dices.

—Pero el señor Gustavo quería saber lo que había pasado. No va a estar muy contento por el escándalo, pero él quería saber qué había pasado, y ahora va a saber.

Se oyeron unos gritos en el corredor. Algún detenido protestaba, por el momento.

—Una cosa más quería pedirte. Tenemos los documentos y algunas cosas de la occisa que encontramos. Ropa, documentos y la maleta. Nadie los ha reclamado. Te puedo hacer firmar un documento para que tú le lleves sus cosas a la familia. Yo no soy muy bueno para estos asuntos. ¿Podrías?

—¿Llevarle sus cosas a la madre de Jossy?

—Por favor, si pudieras hacer eso. A mí no me sale. Creo que las mujeres son mejores en cosas así.

Encogió los hombros.

—Dámelas. Yo lo hago.

—He puesto una sortija de compromiso allí también. Creo que era de ella. Alguien se lo había incrustado en el culo, ya sabes eso. Un detalle de la asesina, por lo visto.

Sonia miró hacia abajo. Firmó un papel y lo dejó en la mesa.

De pronto sonó el teléfono. El mayor escuchó, preguntó si todo había sido tranquilo, dijo "muy bien" y colgó.

—Ahora sí, pues. Ya la trajeron.

—¿Cómo fue?

—Al comienzo alegó que no sabía nada. Pero ya, pues, a las finales se entregó sin ofrecer resistencia. Así es, pues, cuando sucede. Con este video no va a haber problema para meterla. Hasta podemos dárselo a la televisión, van a estar encantados.

—Seguro —dijo Sonia mientras se pasaba la mano por la cara.

—Estás muy cansada, veo.

—No estoy cansada.

—Bueno, quién te entiende. Ahora me disculpas, Sonia, porque los periodistas están llegando. Es una captura importante, tú sabes, mujer. La gente se interesa cuando una mujer rica mata a una mujer pobre, y luego la llevan presa. Y cuando hay cosas de celos y amantes, mucho mejor. Es bueno para el país que pase algo así.

Un policía entró, saludó al mayor. La prisionera está tranquila, mayor. Ya está llegando. Muy bien.

Sonia salió. Desde las escaleras que daban a la calle, llamó al Mocho.

De pronto vio un carro detenerse. La señora Lali de Rey se bajó. Tenía las manos esposadas. Un par de policías la flanqueaban. La señora subió las gradas y pasó junto a ella sin mirarla. Pero a Sonia le pareció que por un instante le había sonreído.

VIERNES POR LA TARDE

Así que ya lo sabes, Gustavo. Por fin te das cuenta.

Lali, tu esposa, fue quien me mandó aquí donde estoy ahora. Este cuerpo lleno de sangre me lo hizo ella. Tú quisiste saberlo y aquí lo tienes. Estabas casado con una asesina, solo ahora lo sabes, y lo nuestro recién empieza.

Gustavo podía verla con toda claridad. Estaba sentado en su casa, con una taza de café, se había negado a hablar con todos los amigos que lo habían llamado por teléfono.

Solo Jossy había cruzado esas paredes, había llegado a su sala, estaba allí, esta vez vestida como venía a la oficina. Su blusa negra de ribetes rojos en el centro, su falda sobre las rodillas, sus medias oscuras y largas, sus zapatos de taco corto, sus ojos con un tinte lila, los brazos y la cara que él había tocado y besado entre las manchas de sangre.

Y ahora yo también quiero decirte que, bueno, que yo también, mi Rey, me equivoqué, tuve la culpa, me quise ir, no sé, fui una estúpida. Pero yo pagué. ¿Vas a pagar tú? Claro que sí. Voy a seguirte. Ahora tú y yo vamos a vivir la leyenda de la mujer mariposa. Tú puedes seguir con tu vida, enamorarte, casarte de nuevo, hacer tus negocios, pero yo voy a estar revoloteando.

Porque Lali se ha ido. Tus hijos van a regresar después, cuando pase el escándalo. Pero no va a ser lo mismo nunca más contigo. Con Lali no vas a hablar. Con tus hijos, un poco, pero no mucho. Apenas has hablado con ellos, además. Todo se ha descubierto. Tú estás vivo y estás conmigo. Estar enamorado de una muerta no es lo peor. De hecho, tiene sus ventajas. Voy a serte siempre fiel desde el silencio. Siempre juntos. Seré tu segunda amante. Tendrás otras mujeres. Otras amantes. Pero la segunda seré siempre yo, después de ellas, junto a ellas. Soy el futuro. Soy ese tipo de pasado que permanece. Es todo tu tiempo. Somos nosotros dos en el tiempo. No voy a dejarte, vas a ver. Te adoro desde el día que te vi por primera vez en la oficina, cuando llevé mis papeles y tú me recibiste. Me dijiste esto es un barco que a veces se mueve, pero sabremos navegar juntos, algo así. ¿Te acuerdas? Tú, Gustavo. Un día me alejé y me he quedado muerta entre las piedras, pero tú sabes que aquí también estamos juntos. Una mariposa va a salir volando de entre esas piedras, sabes. Primero va a revolotear por las bromelias y luego va a acercarse.

¿Y no pudiste seguir conmigo?, dijo él. Pero ¿no sabías acaso? Creo que nunca me creíste. Y ahora estás allí, y yo estoy aquí y no sé quién está vivo y quién muerto y no soy nada sin lo que tú me diste ese tiempo juntos, Jossy.

De pronto ella le sonreía. Él intentó acercarse.

VIERNES POR LA NOCHE

Apenas Lali entró en la celda, sintió el olor a humedad y a orina. Un vaho de polvo flotaba a su alrededor. Cerca de ella había otras tres reclusas que roncaban de espaldas, con la boca abierta. Una de ellas tenía una pierna apoyada en los barrotes.

Lali se sentó en el piso, la cabeza hundida en las rodillas. Estaba allí. Un día antes había pedaleado en la bicicleta estacionaria del gimnasio, luego había ido a tomar un café en el Starbucks junto al Country Club. Pero en ese momento estaba esa celda, y no sabía por cuanto tiempo.

Repasó otra vez todo lo que le había ocurrido. Primero la policía en la puerta de su casa con una orden de captura, luego un auto que la llevaba a la avenida España, un edificio ruidoso, con escaleras y barandas de aluminio sucio, donde nunca antes había estado. Por fin, había sabido del video que el cabrón de José había filmado mientras ella empujaba a Jossy. Luego la voz de Gustavo en el teléfono con los insultos previstos.

Sí. Era extraño, eso había ocurrido. No podía creerlo todavía. Las gentes que la observaban eran apenas objetos en las inmediaciones. Unos barrotes dejaban su sombra en el piso de polvo. Empezó a llorar sin lástima, y vio las lágrimas disueltas en sus manos. No sentía nada. Quizá algo de rabia, pero no había ningún rastro de pena en esos sonidos. Luego mientras iba entrando en el alivio de los sollozos, pensó en qué abogado podía ayudarla. Su error había sido ceder a sus emociones y maltratar a José. Una vez más, había sido demasiado sentimental. Él la había engañado con André y con la detective. Había cedido al dinero que le ofrecían a cambio de no ser acusado de complicidad, ya podía entenderlo. José solo había ido a su casa para hacerle creer que seguía con ella. En realidad, siempre la había odiado. Le parecía tan raro que alguien la odiara.

Pero no debía pensar en eso. Su peor enemigo no era André, ni Sonia, ni la policía ni Gustavo. Tampoco él. Ahora que lo sabía todo, lo peor no sería el odio que su marido sentía hacia ella. Sus peores enemigas eran sus amigas, el deleite de la historia esparcida en las bocas de todas. Las fauces de todas ellas en las reuniones, en los cocteles y en las llamadas telefónicas. Si no hubieran sabido de Claudio, ella habría quedado como la esposa digna que mató accidentalmente a la amante de su marido. No habría estado mal, después de todo. Pero sus amigas sabrían de Claudio, claro que terminarían por saber. Hablarían de él y de ella. Y Gustavo se iría por un tiempo de viaje, con toda seguridad.

Gustavo, el gran Gustavo, el hombre que la había sostenido. Un tipo con dinero y bien plantado, poco apto para la vida. Él estaba condenado por su apellido, por la historia de sus padres, por su imagen de hombre de éxito. Estaba enterrado en su prestigio, pero ella no. Ella podría volver, después de todo. Algún día. Volver.

Desde entonces dejaría de ser la señora Rey. Otra vez era la señorita Reaño. Pero volvería. Siempre había sabido atraer a los hombres. Iba a lograr que gravitaran otra vez hacia ella. Iba a recuperarlos pronto. Gustavo, André, Claudio, todos iguales. Era la señorita Reaño otra vez. Pero saldría de allí. Volvería a ser la Señora de Algo.

En ese momento sabía que nadie iría a verla en un buen tiempo, ni siquiera sus amigas.

Quizá alguna amiga la llamaría a la cárcel, Lalita, qué pena lo que ha pasado, qué podemos hacer para ayudarte, reina, mientras se reían de ella, y gozaban, y no sabes lo que ha pasado, imagínate, era un asunto de todos, claro, ella había hecho lo que cualquier esposa normal cuando se ve amenazada, ella se había encargado de la otra mujer, solo que no había planeado matarla ni que su marido se enterara. Si la otra no la hubiera golpeado, si no la hubiera insultado, si no hubiera salido corriendo, y no hubiera tantas piedras en el muelle…

Sus amigas seguirían preguntando. Ay, hija. ¿De veras contrataste a un puto que viniera para seducir a la chica? Qué tal, oye. Y te acostaste con él, además, qué viva que eres. Mírenla, pues. Se miró las manos, imaginó su rostro, se observaba como desde una distancia intermedia, la distancia que quería preservar.

Tenía que oponer una sonrisa al futuro inmediato. Sí. Se iba a preparar para alguna buena noticia. Seguramente, algún programa de televisión iría a entrevistar a sus empleadas de la casa y ellas dirían a los reporteros que la señora era siempre bien buena, no entiendo por qué pasó algo así. Qué cosa, pues.

El juicio vendría. Ella podía contratar al mejor abogado quizá. Tendría que confiar en alguien. Mejor dejar que pasara el tiempo. Después de unos meses, iba a salir. Quizá un par de años.

La familia de Jossy seguramente no tenía recursos para entablar una demanda. Entonces iban a acusarla desde la

Fiscalía. El abogado del Estado sería un pobre diablo, un pichiruchi, un indio sin educación. Ella iba a contratar al mejor abogado, del mejor estudio de Lima. No había premeditado el crimen, tampoco había tenido alevosía. Alguna sentencia corta con beneficios podía lograrse. Seguramente, la trasladarían al penal de Santa Mónica. Pasaría un tiempo allí, tratando de hacer alguna amiga, a lo mejor. Había oído decir que las amigas de la cárcel son las únicas verdaderas amigas.

Pero el problema era su madre. La enfermera debía saber ahora darle los medicamentos a su hora y manejar los ingresos de la cuenta. Quizá alguna amiga podría ayudarla a manejar eso. Quién. Debía demostrarle a su madre que le seguía debiendo la vida. Debía hablar con Gina, la enfermera, para que fuera a verla en la cárcel. A ella le daría instrucciones. Llamaría a Gladys. Ella la iba a ayudar. O la señora Norma, si Gustavo la dejaba.

Pensó en sus hijos. Los dos vendrían a Lima, quizá irían a visitarla. Ya vería como portarse frente a ellos.

Dobló la cabeza hacia atrás, se quedó dormida, se despertó con el ruido de pasos y voces. Alguien se acercaba. Había una bandeja con café, pan y queso.

—Se lo mandan de su casa —le dijo la voz de un guardia. Ella sonrió. Imaginó a Gustavo ordenándolo todo. Quizá la seguía amando o al menos sentía pena por ella. Pero no.

Un pan y unas rebanadas de queso. El banquete de la soledad. Estaría muy sabroso.

José tomó la mano de su esposa Vilma. Sus dos hijos estaban listos, con las gorras puestas y sus maletines en la mano.

—Vámonos. Es hora.

Ella sacó el rosario y una imagen de la virgen.

—Vámonos.

El auto estaba en la puerta.

En el camino al aeropuerto, José le pidió al chofer que pasara por la casa del señor Gustavo. Cuando llegaron, José se bajó un momento del auto, golpeó la puerta con todas sus fuerzas y subió otra vez.

—¿Por qué hiciste eso? —le dijo su mujer.

Una mañana el juez dictó seis meses de prisión preventiva, mientras se preparaba el juicio. Al día siguiente, ya estaba instalada en su celda del penal. Tenía sus útiles de limpieza, los implementos de maquillaje, algunos vestidos, tres pares de zapatos, dos peines. También había algunos libros.

Todas las mañanas, al despertar, ignoraba a las otras presas que se levantaban con ella. Tardaba un tiempo en ponerse de pie. Se duchaba en agua helada, se arreglaba con el maquillaje, se ponía una ropa distinta todos los días. Una vez por semana su empleada Gladys venía con una nueva muda de ropa y se llevaba la antigua a la lavandería.

Tomaba el desayuno junto a las otras internas sin hablar con ninguna de ellas. Pronto empezó a conversar con Ulma, una holandesa que estaba allí por haber sido burrier. Ulma le contaba historias muy entretenidas de sus relaciones con los hombres.

Como era natural, Gustavo no había ido nunca a verla. Lo encontraría solo testificando en el juicio quizá. Sus hijos le habían enviado mensajes. Había hablado por teléfono con los dos. Le habían prometido ir.

Yo me equivoqué, les había dicho, pero mejor no hablar de eso. Ya lo sabrían todo por su padre. Pero les digo que fue un forcejeo, un accidente casi. Tu padre había estado con ella, la mujer vino a la casa a increparme algo, y para alejarla me la llevé en el auto. Cuando llegamos al Circuito de Playas se bajó del auto. La seguí, forcejeamos y pasó lo que pasó, pero no quise matarla, por supuesto, no quise matarla. Era una chica muy promiscua, pero no merecía morir tampoco. A veces rezo por ella. Sí, mamá. Claro, mamá. Por supuesto, mamá.

Luego, tal vez, algún día, vería a sus hijos otra vez.

—Pero piénsalo bien. Si quieres una parte de la recompensa, te la consigo —dijo Sonia.

El Mocho había encendido un cigarrillo.

—A lo mejor.

—No sé qué haces fumando.

El Mocho miró el cigarrillo.

—Algún vicio tenemos que tener. Si no tenemos algún vicio, ¿qué sería de este mundo pues?

Sonia miró por la ventana. Tanta gente avanzaba, algún vicio tendrían todos esos tipos en la calle, cada vicio tenía su propia historia. Por lo general, solo sus parientes más cercanos los conocían, quizá ni ellos.

Mi vicio es la nostalgia, se dijo. Estar enamorada de Gabriel. Un vicio que adoro.

Hubo un largo silencio.

—La verdad es que sí quiero que me des algo de la recompensa —dijo de pronto el Mocho—. Voy a comprarme una casaca y le voy a poner de nombre Jossy.

—Señora Norma, cancele todas mis citas —dijo Gustavo.

La señora Norma lo miraba.

—Tenía una reunión en la clínica Saldaña. ¿Para cuándo les digo que va a ir?

—Para el año entrante —dijo Gustavo—. Y le voy a dar seis meses de adelanto de sueldo, señora Norma. Me voy a Estados Unidos a ver a mis hijos, luego me voy a dar una vuelta por Europa. No voy a venir en un buen tiempo.

La señora Norma tenía una mirada de asombro, deformada por los anteojos triangulares que a veces se ponía.

—Usted se merece un descanso, señor Gustavo.

—Por supuesto.

—¿Quiere que le sirva un café?

—No. Quiero que ataje a los periodistas que llaman.

—No se preocupe por eso.

El teléfono empezó a sonar. La señora Norma no se movía.

—¿Alguien se va a quedar a cargo de la oficina?

—Sí —dijo Gustavo mientras se ponía el saco—. Usted. Ya sabe todo lo que hay que hacer. Pero estamos hablando por Skype o por teléfono, por si acaso.

La señora Norma miró hacia abajo, luego movió algunos papeles. Luego volvió hacia él.

—¿Va a regresar hoy día, señor Gustavo?

—Voy a ir a mi casa, voy a coger mis cosas y me voy a un hotel por ahora. Tengo a periodistas en mi puerta. Ya le avisaré adónde voy.

—¿Se va a quedar en un hotel?

—Hasta que venda la casa. Luego viajo. Pero ya regresaré en unos meses. Estamos en contacto entonces, señora Norma. Yo la llamo.

—Sí, señor Gustavo. Descuide.

—Y gracias por su discreción. Ah, me olvidaba. El doctor Oscar Limón está a cargo de mi divorcio. Le ruego que lo asista en los documentos que le pida.

—Por supuesto, señor Gustavo.

Gustavo cogió el maletín. Se acercó a la señora Norma y, por primera y última vez en su vida, le dio un beso.

Ese domingo, el patio estaba iluminado con rectángulos de luz. Después del desayuno, las mujeres se habían agrupado conversando. Algunas de ellas sonreían mientras se pasaban un periódico.

Era día de las visitas y la mañana sería larga. Mientras algunas de las internas iban a misa, ella se quedó sentada, con una novela policial en las manos.

A las once, empezaron a aparecer algunos familiares. Ella no esperaba a nadie. Pero ese día, de pronto, una silueta se fue concretizando en el corredor. Avanzaba con una sonrisa y los brazos extendidos.

Era su hermano André.

—Oye, hermanito. Qué milagro.

—Vine a verte —le dijo.

—No sé a qué debo este honor.

André se había vestido especialmente para la ocasión. Saco oscuro, camisa blanca, pantalones apretados, zapatos relucientes color crema. Se sentó frente a ella. Estaba hurgando en el bolsillo, como para asegurarse de que tenía algo guardado.

—No creas que me alegra que estés aquí en estas condiciones, hermanita —dijo, mientras seguía buscando.

Las palmeras asomaban en la ventana y se podía oír el canto de algunos pájaros felices. Pensó que él era uno de esos pájaros y sonrió.

Desde la ventana de su hotel, Claudio podía ver una rama que se acercaba señalándolo. La puerta sonó. Fue a abrir con cuidado. No quería despertar a la mujer en la cama.

Esa primera mañana en el hotel Alpha de ciudad de Acapulco, Claudio Rossi se sentó a tomar desayuno en la habitación, con su computadora en la mesa. Mientras comía, recordó el restaurante donde había ido con Jossy, La Rosa Náutica, frente al mar, en el barrio de Miraflores. Pobre chica, pensó. Pero sobre todo pobre él. Nunca debía sentir la menor emoción por una clienta o por una de sus víctimas. Las emociones iban en contra de su deber profesional. Cuando el momento llegara, debía encontrar a una mujer de mucho dinero, lo más guapa posible, de un carácter llevadero, y sentar cabeza en todos los sentidos, con ella. Era su ideal. Algún día, algún día... Mientras tanto, era Claudio Rossi según el pasaporte falso que siempre usaba.

Pero en ese momento pensaba en Jossy. Habían pasado buenos momentos.

Con un leve ataque de nostalgia, puso en su computadora algunos diarios de Perú. Se encontró con un titular. MUJER ES LLEVADA A PRISIÓN, ACUSADA DE LA MUERTE DE LA AMANTE DE SU ESPOSO. SEÑOR GUSTAVO REY. SEÑORA LAURA DE REY EVITA DAR DECLARACIONES A LA POLICÍA.

Claudio se alejó de la pantalla. Un escalofrío lo paralizó un instante.

Debajo estaba la información. Con un escozor en las manos, leyó el artículo hasta el final. Lali había matado a Jossy. Había ocurrido el mismo día en el que él se había ido. Por lo visto, la había empujado al mar. Luego había dejado el cuerpo frente a la playa. Había alevosía, pero no premeditación, opinaba un abogado.

Claudio sintió un nuevo estremecimiento, y un alivio. Nada en el artículo del periódico lo mencionaba. Quizá alguien iba a decir su nombre, pero se confortó con la idea de que era falso. En realidad, no tenía un nombre. Además, no era un delito seducir a una chica y luego dejarla. No le convenía al marido que se hurgara mucho en ese tema. Así que estaba a salvo. Esposa mata a amante. Marido no declara. Él era solo parte de alguna circunstancia. Además, era lo que las esposas siempre debían hacer, no faltaba más.

Cerró la computadora. Sorbió de una taza de café. La mujer a su lado seguía durmiendo, con un brazo descolgado en el aire.

Trató de reconstruir lo que había pasado.

Lali había matado a Jossy. Lo mejor sería que ella pagara por su crimen. Unos años de cárcel tampoco le hacen mal a nadie. Su marido le conseguiría algún buen abogado para sacarla allí, después de divorciarse de ella, obvio.

No tengo nada de qué preocuparme, se dijo. Mi presencia es una vergüenza muy grande para que nadie me mencione. Estoy protegido por mi sordidez, mi estupidez, mi falta de escrúpulos. Siempre lo estaría. Pero ya no debía pensar en eso.

Sí, intentaría dejar esa vida algún día.

Quizá cuando el cuerpo ya empezara a fallarle. El oficio de seductor a sueldo era corto, como el de un deportista en realidad, era lo mismo, de modo que debía aprovechar esos años. Quizá después podría vivir de lo que tenía ahorrado, tomarse un tiempo para él, dar la vuelta al mundo. Y encontrar a esa mujer de dinero que lo acogiera. Mientras tanto, tenía algunos años más haciendo lo mismo. Algún día volvería a Lima, quizá para hacer otro trabajo. Por el momento, era mejor seguir las noticias desde lejos.

Algo se movió. La chica a su lado alzaba la cabeza, se estaba despertando. Tenía senos grandes y el pelo revuelto. Le sonreía con todo el peso del sueño en la cara. Ay, amor. No sabes el sueño que tuve.

—¿Cómo te tratan por aquí? —dijo André, con una sonrisa.

Lali encogió los hombros.

—Muy bien —dijo—. Soy una presa famosa. Le doy su prestigio al penal. Así que me tratan como a una reina.

—Afuera todos hablan de ti, no sabes. Ya me han dicho tus amigas la Mona y Jessica que van a venir a verte. Pero eso va a ser solo para que después les cuenten a las otras lo mal que estás. Tú ya sabes como es. Vienen aquí y te dan besos y abrazos. Pero eso lo hacen porque después pueden llamar a tus otras amigas a decir: "Ay, la vi horrible, pobrecita, pero ella se lo buscó". Es un deporte adictivo, hablar mal. Es una necesidad del cuerpo, para defenderse de lo mal que hablan de ti las otras. Hasta cuando quieres mucho a una amiga, siempre te alegras de su desgracia. Es la naturaleza humana, hijita. Lo que la gente quiere no es estar bien, sino estar mucho mejor que los demás. Esa es su felicidad. Tú harías lo mismo en su lugar, tampoco te hagas.

Lali le sonrió.

—Yo sé. No tienes que explicarme, hermanito.

—Además, tú eres la experta en hablar de otros.

—Nadie me ganó nunca en chismes.

—Solo que ahora no los cuentas, hermanita. Los estás viviendo.

—Subí de nivel —dijo Lali.

André tenía los ojos líquidos, un peinado lateral y cada vez que hablaba, el lunar junto a sus labios hacía un baile extraño, como un insecto ebrio.

—Bueno, Lali querida. Estás haciendo historia y estás haciendo historias. La gente habla solo de ti y de lo que has hecho. Matar a la amante del marido es muy anticuado. Pero contratar a un tipo para que la seduzca es más interesante. La gente está llena de miedos y por eso desfoga sus miedos hablando de otros, cuando caen en desgracia. Nadie puede ser feliz si sus amigas no están un poco mal. Ahorita todas festejan.

—Así es. Mejor que estoy aquí entonces, para no enterarme de nada. Mis amigas vendrán una vez para hablar de mí, y listo.

—Vendrán una vez, y listo. Nadie quiere venir a la cárcel —dijo André señalándose el pecho—. Lima es una ciudad con tanto miedo que un montón de personas prefiere que no se sepa nada de sus vidas. Todos en esta ciudad quieren extender la neblina, cubriendo sus secretos, pensando en lo que los demás dirían de uno. Me lo dijo mi amiga Lola hace poco. No se divorcia de su marido por el "qué dirán". Alguna vez leí que el índice de suicidios en Lima es más bajo que en el resto de las ciudades. Pero no es porque la gente aquí sea más feliz. Es porque en Lima nadie se suicida porque le preocupa el "qué dirán". Esta es la pasión para la gente que conocemos, como es vista por otros. Hay tantas cosas ocultas, pero nadie sabe lo de nadie hasta que pasa algo como esto, y al final todo se sabe.

Un pequeño grupo de internas pasó a su lado. Dos de ellas tenían a sus bebitos en el pecho.

Lali estaba sonriendo.

—Me sorprendes con toda la basura que hablas, hermanito.

André alzó los brazos.

—Bueno, veo que estás bien, Lali querida. Te veo muy fuerte y saludable, muy bien, hermanita. Espero que sepas que yo no tuve nada que ver con la entrega del video a la policía. Eso fue todo asunto de José.

—Por supuesto, Andrés. Tú serías incapaz de una cosa así.

André sonrió.

—El que le dio la recompensa no fui yo. Fue tu marido, Gustavo. Él había sido amante de José antes que yo, sabes eso. Por eso José todavía le tenía ley. Y Gustavo le pagó y lo mandó de viaje con su familia por un tiempo, por supuesto. O sea, su recompensa, pues.

Lali se quedó mirando a su hermano. Hizo una mueca de sonrisa.

—No te creo lo de que se acostaron Gustavo y José. Eso no te lo creo.

—Bueno, pero que me creas es lo de menos. Nunca vas a creerme nada. Lo importante no es creer sino saber cómo son las cosas.

Lali encogió los hombros.

—Si tú lo dices.

André escarbó en su billetera.

—¿Y no sabes nada de tu amigo argentino? Claudio, creo que se llamaba.

—Nada. Seguirá puteando por allí.

—Algún día tendrá que dejar de putear. Y tú también.

—Yo voy a seguir —sonrió Lali.

André cruzó las piernas.

—Es la misma historia de siempre, ¿no, hermanita?

—Qué historia.

—No podemos renunciar a nuestras ilusiones. Tú también tenías tus ilusiones. Tu casa, tu nombre, tu figuración. Pero se me ocurre que amabas de verdad a Gustavo. No sé por qué. No eres tan mala como crees. Amas a mamá por lo menos, eso sí. No sé si amaste alguna vez a tu marido, pero yo creo que sí lo amabas y lo sigues amando a tu manera tan tuya, hermanita. Pero la chica que mataste no era tan distinta. La chica que mataste también tenía ilusiones. Tú también fuiste como ella, hermanita. Tú también, no te hagas. Eres como todas.

—Qué hablas, hermanito.

Una interna sentada al fondo del patio estaba mirándolos con los ojos enormes.

—Por un tiempo pensamos que podemos vivir de esas fantasías —dijo André—. Eso es así, y me parece bien. Yo también tengo mis ilusiones y mis sueños, no creas.

Lali lo miraba. Nunca había escuchado una confesión de su hermano. Era porque estaba tramando algo.

—Prefiero que no me los cuentes.

André se rio. Parecía el chillido de un ratón.

—No pensaba.

Un grupo de internas se detuvo en el centro del patio. Tenían las manos en los bolsillos y hablaban. Alguna de ellas había contado un chiste y todas estallaron en carcajadas.

—Deben estar hablando de nosotros —dijo André.

—No me importa.

—Tampoco te importará que tus amigas estén hablando y que Gustavo no quiera verte y que esté pensando en irse unos meses fuera. Pero tú puedes hacer algo para joderlos a ellos también.

Lali lo observaba.

—En vez de hablarme de tonterías, quiero que me prometas algo.

—Lo que digas.

—Quiero que vigiles los medicamentos de mamá.

—No te preocupes. Voy a ir a verla ahorita.

—Ya. Gracias.

André estiró las piernas. De pronto estaba alzando los brazos, como si fuera a anunciar algo importante.

—Bueno, ahora te dejo, mi vida. Pero antes, una cosa.

André sacó una bolsa. Dentro había un frasco con un líquido.

—Me has traído un regalito, André.

André miró hacia la puerta.

El líquido transparente se agitaba dentro del vidrio.

—Sí, bueno, mira esto.

—¿Qué es?

—Es algo que te va a gustar. O sea, por si acaso algún día te sientes mal. O si se retrasan los trámites de tu salida. Ya sabes que puedes salir de aquí pronto —dijo moviendo el envase—. Y yo sé que los chismes no te importan. Pero si sales, vas a salir sin marido, sin casa y, además, puta madre, vas a salir sin plata. ¿Quién va a querer estar contigo, además? Eres una asesina, aunque digan que no hubo premeditación.

—Eso va a hacerme más popular, hermanito. No sabes.

André miró hacia abajo. Alzó la cabeza sonriéndole.

—Y ahora que estás aquí voy a mover cielo y tierra con los abogados para quedarme con todo lo de mamá. Por tu lado, Gustavo va a quedarse con todo. Así que no tienes nada de qué preocuparte, porque vas a perder todo, tu plata y tu dignidad, aunque eso ya lo perdiste hace tiempo. Pero hay un modo de vengarte de él, si quieres. Y también de irte de aquí.

André extendió la mano agitando el frasco otra vez, como una campanita. Lali lo recibió. Era oscuro y verdoso. Apenas pesaba.

—¿Me has traído un poco de veneno? Qué considerado, hermanito. Debes haber pagado bien para que no te lo decomisaran afuera.

—No, no te preocupes. No vas a sufrir nada, niña. Es como que te quedas dormidita, nada más. Cuestión de minutos.

—Muchas gracias, querido.

—Y además vas a ser la estrella de un chisme mayor. Hasta las revistas van a hablar de ti con respeto. Y hasta con miedo.

Lali puso el frasco sobre la mesa.

—No es mi estilo. Lo siento

André guardó el frasco y dobló las manos.

—Una pena.

—Siento que hayas perdido tu dinero con eso. Más bien, ¿por qué no te lo tomas tú para que no se pierda?

Lali estalló en una carcajada larga, que hizo saltar a las internas que estaban cerca.

—¿Qué pasa? —dijo un guardia.

—Nada —contestó Lali—. Cosas de familia.

André sonrió.

—Bueno, como quieras —dijo su hermano, poniéndose de pie. Había doblado las manos atrás—. Yo lo hacía pensando en ti, pero haz lo que quieras.

—No te preocupes. Todo lo mío es mancomunado con Gustavo. Y ahora él se va a divorciar de mí, seguro, pero yo también tengo mis derechos. Y no voy a seguir por aquí. No creo que esté mucho tiempo, descuida.

—No estaba pensando en eso. Y será un gusto verte libre, querida Lali.

—Antes de lo que piensas, André.

Su hermano se alejó un paso.

—Adiós, Lali.

Ella se acercó a besarlo. Se apartó para mirarlo bien. Allí estaba esa cara que conocía mejor que ninguna, los ojos risueños y las mejillas anchas de André. Tuvo que admitir que sus facciones eran parecidas.

—Vete a la mierda. Pero también ven a verme de vez en cuando, no seas malo.

—Claro que sí.

—Y anda a visitar a mamá. Y vigila sus pastillas, ya sabes. La enfermera ya sabe todo lo que hay que hacer.

André sonrió, le dio un beso y se fue caminando a toda velocidad.

Lali se puso de pie. Algunas internas vagaban por allí. Otras hablaban con sus familiares. Ella se acercó a una esquina y cerró los ojos un instante.

Sí, ya estaba fuera de allí.

Sonia avanzó al lado de los microbuses que poblaban la calle Canevaro. El viento sucio le golpeaba la cara. Iba lentamente, como tratando de retardar el momento. Una serie de puertas de madera astillada, rejas negras, paredes de yeso descolorido. En el camino abrió la caja y sacó el sobre. Vio la sortija y la tiró a la calle.

Llegó a la casa. Era una puerta de madera gastada, con algunas barras negras. La rendija se abrió. Una cara joven la observaba.

—¿Sí?

—Usted es Betty, la amiga de Jossy, ¿verdad?

Ella asintió. Sonia le extendió la mano.

—Soy Sonia Gómez —le dijo—. Vengo por un encargo del mayor Carrillo.

—Sí. ¿Qué desea? —dijo Betty, dándole la mano.

Sonia señaló la caja.

—Son las cosas de Jossy. Vengo a entregarlas.

La cara desapareció. Hubo una pausa. Un policía pasó cerca en una motocicleta.

—Adelante —dijo Betty.

Sonia entró a la sala. Vio la imagen del Corazón de Jesús con la llama roja. Muebles modestos y limpios. Una mesa de plástico. Una gran lámpara. En una esquina, la foto de Jossy mirándola, sonriendo.

—La señora Sangama sale en un momento.

Sonia miró a su alrededor.

Una cortina de plástico se movió.

La madre de Jossy estaba de pie, en el centro de la sala.

Una túnica blanca, el pelo endurecido en un moño, los labios crispados. Se apoyaba en un bastón.

—Señora Sangama. Espero no molestarla.

Tenía los ojos fijos.

—No me molesta si me trae las cosas de Jossy, señorita. Es lo que le pedí esta mañana a Dios, en la misa.

—Muy bien, señora. Aquí está su ropa —dijo Sonia—. Y algunas otras cosas. Es lo que encontraron en la maleta que tenía cuando fue al hotel. También está su cartera. Todo está allí.

La señora Sangama miró el despliegue sobre la mesa. Se sentó en el sillón.

—Siéntese, por favor —dijo.

Sonia encontró un lugar al final del sofá. Había una jarrita de flores de plástico. Un cuadro de colores azulados y fondo oscuro brillaba en la pared. Una mujer flotaba, desplegando sus alas.

—Es la imagen de la mujer mariposa —dijo Betty—. Algo de nuestra tierra. Es la que vive siempre y aparece revoloteando.

Sonia sonrió.

—Ya la capturaron a la que lo hizo, ¿no? —dijo la señora Sangama.

—Sí, por lo menos estará presa un tiempo. Después, no sabemos.

—¿Dónde está?

—En la cárcel de Santa Mónica. Le han dado prisión preventiva. Hasta que venga el juicio. Ya les avisarán.

—¿Cuánto tiempo cree que se quedará en la cárcel?

—Quién sabe.

—¿Usted cree que podríamos hacer lo posible por matarla antes de que salga?

Sonia vio los ojos oscuros y fijos.

—No creo. Lo mejor sería no pensar más en ella. Ya sé que es difícil, pero…

—Porque ella va a salir libre, ¿no?

—Esperemos que no.

—Pero tiene plata para pagar un buen abogado pues —dijo Betty—, así que seguramente estará libre en uno o dos años. Considerando que fue un crimen pasional, dirán, y todo eso. Además, mató a la amante del marido, imagínese. Yo estudio Derecho, por eso le digo, yo he visto otros casos. Disculpe, señorita.

—No hay problema.

Sonia la miró de cerca. Betty tenía el pelo largo y oscuro. Una llama blanca de odio brillaba en sus ojos.

—Por lo menos ahorita ya no vive en San Isidro, sino en una celda.

—Sí, eso por lo menos. Muy bien. Eso creo que se lo debemos a usted, señorita Gómez. Pero ella volverá algún día. Y la señora Sangama y yo seguiremos aquí. Jossy seguirá muerta. Esa puta volverá a su vida. Y nosotras aquí, sin Jossy.

—Sí. Pero vamos a ver la sentencia que le dan. Espero que varios años.

—A veces pienso que yo tuve la culpa por animarla a irse con el argentino. Ya usted sabrá de eso. Yo quería que lo dejara al hombre que había sido su jefe, y la animaba. Nunca pensé que… bueno.

Betty se había tapado la cara.

—Ya ocurrió y no podemos hacer nada.

—Pero solo quería ayudarla —dijo Betty—. Ayudarla a que terminara con el señor ese. Pero la engañaron y ella no lo aceptó. Se rebeló. Hay otra gente que cuando la engañan se queda tranquila. Pero ella no era así…

La señora Sangama las observaba envuelta en su túnica, cerrada hasta el cuello.

—Lléveme donde ella. Tengo que ir a ver a esa mujer —dijo en voz baja.

Sonia se quedó en silencio. Hubo una larga pausa.

—Está presa, señora —dijo Betty—. No puede verla. Ahora no puede.

—Sí, yo sé. Tengo que ir a verla.

—Pero no va a poder, señora. Está presa y solo pueden verla familiares.

La señora Sangama endureció el rostro. Sus arrugas se extendieron. Tenía las manos aferradas al bastón.

—Pero mi hija está aquí, ¿no es cierto? —dijo, señalando las prendas.

—Sí, señora.

Betty se puso de pie.

—Voy a poner las cosas de Jossy en su dormitorio, para que las vea allí. Voy a ordenar su ropa sobre la cama.

La señora asintió. Betty salió al corredor con el bulto de prendas.

—Todo es rápido, ¿no? —dijo la señora, mirando a Sonia—. Un día Jossy me está contando que es muy feliz y al día siguiente ha desaparecido para siempre.

—Sí. Es así.

Las dos se miraron.

—Y no podemos hacer nada más que rezar, señorita Sonia.

—Solo sé que estamos vivos y que los muertos van a estar siempre con nosotros. Después de eso, hay que seguir nomás.

La señora bajó la cabeza.

—Dios quiso llevársela —dijo la señora Sangama.

—No creo que Dios tuviera nada que ver con esto —dijo Betty, entrando al cuarto con dos vasos de agua—. Ya está ordenada a ropa sobre la cama, señora Rosa. Allí esta Jossy.

La señora Sangama volteó hacia la amiga de su hija y fijó sus ojos en ella un momento. Betty era la testigo que le quedaba de la persona que más había amado. En ese momento la miraba con una mezcla de amor, nostalgia y reproche, los ojos iluminados. Estaba sola, salvo por esa cara que también había mirado de frente en la de Jossy.

Betty se acercó y la tomó de los hombros. La señora Sangama se había encogido.

—Señora Rosa, qué le parece si vamos a ver su ropa y después salimos a dar una vuelta. Después podemos ir a rezar a la iglesia, qué le parece.

La mujer asintió.

—Bueno, me retiro —dijo Sonia—. Quizá nos veamos algún día.

Las tres estaban de pie.

—Adiós, señorita Gómez. Gracias por traer sus cosas. Y nos avisa si sabe algo de esa mujer.

—No se preocupe.

Sonia se acercó a la señora y le dio un abrazo. Luego hizo lo mismo con Betty.

—Adiós, y seguiremos hablando —dijo.

—No se preocupe, señorita. Ella está aquí —dijo la señora Sangama, extendiendo las manos hacia arriba y a su alrededor.

Solo entonces Sonia se dio cuenta de que la mesa estaba llena de fotos de Jossy. En una de ellas se la veía de pie, sonriendo, frente a las montañas verdes. Había unas cascadas de agua junto a su rostro joven y sonriente.

Salió a la calle.

Un microbús pasó rozando y dejó una estela de polvo. Sonia sacó el teléfono. Oyó la voz de su hijo Omar.

—Hola, mamá.

—Hijo, estoy yendo a la casa. Vamos a salir a comer algo los dos, con tu abuela también si quiere. Tengo ganas de estar con ustedes.

—Ya, mamá.

Sonia dudó un instante.

—Voy a darte un abrazo cuando vaya.

—Ay, mamá. Qué cosas dices.

Sonia colgó.

Los autos pasaban frente a ella. Algunos ruidos de bocinas y motores. Cuerpos oscuros avanzando por la vereda. Fachadas, postes, ventanas. Todo parecía formar parte de un círculo que iba girando para terminar y recomenzar en cada uno de los puntos.

Sonia pensó que ella había sido igual a Jossy. Había llegado a Lima, se había enamorado, había corrido algún peligro.

Había estado también con un hombre casado. Pero a diferencia de Jossy, ella seguía viva.

Pensó en su hijo Omar, que la esperaba, y en su madre y en la madre de Jossy, que estaba tocando en ese momento las ropas y los objetos de su hija. Pensó en Gustavo, que, seguramente un tiempo después, estaría recibiendo a una nueva practicante mientras le espiaba las piernas y la imaginaba desnuda, aunque esta vez con un nudo en el pecho. Pensó en José, que caminaba por alguna ciudad con su familia y el dinero de la recompensa, mientras buscaba su lugar en otro mundo, quizá sin patrones a los que halagar. Pensó en Betty, que viviría con algo parecido a la rabia y la pena y la culpa, recordando a su amiga, pero que iba a regresar a su vida normal, iba a seguir viendo a la señora Sangama, y que algún día iba a contarle a su esposo o a sus hijos lo que había ocurrido. Pensó en la vida errante de Claudio, que quizá estaba enterado de todo, y que se asustaría por un momento hasta buscar alguna otra mujer en la que pudiera satisfacer la droga de su narcicismo. Y pensó en la señora Lali de Rey, que estaba en alguna celda, sentada, mirando por la ventana, transformando su frustración en una certeza creciente, rumiando la fecha en la que saldría de allí, sabiendo que de nada servían los intentos de los otros por marginarla. Todos seguirían por un tiempo sus vidas, pero Jossy iba a estar siempre con ellos, como uniéndolos a todos, y esa era su mejor venganza y acaso su dicha.

Sonia dio un paso, se detuvo y avanzó, cada vez más rápido. Llegó a la esquina. Tomaría un taxi más allá, cuando el tráfico se hubiera calmado.

De pronto las calles estaban casi vacías. Solo se veían algunos autos a lo lejos. Algo se acercaba.

Sonia alzó la cabeza. Una mariposa revoloteó por un instante a su alrededor y desapareció en el cielo gris.

FIN

NOTA DEL AUTOR. Quiero agradecer de un modo especial la colaboración invalorable de Jerónimo Pimentel, Victoria Pelaez, Giancarlo Peña y Alonso Alegría. A Kristin, como siempre, toda mi gratitud y mi amor.

Índice